ミネルヴァ日本評伝選

美しい日本の私

川端康成

大久保喬樹著

ミネルヴァ書房

刊行の趣意

「学問は歴史に極まり候ことに候」とは、先哲荻生徂徠のことばである。

歴史のなかにこそ人間の智恵は宿されている。人間の愚かさもそこにはあらわだ。この歴史を探り、歴史に学んでこそ、人間はようやくみずからの正体を知り、いくらかは賢くなることができる。新しい勇気を得て未来に向かうことができる。徂徠はそう言いたかったのだろう。

「ミネルヴァ日本評伝選」は、私たちの直接の先人について、この人間知を学びなおそうという試みである。日本列島の過去に生きた人々の言行を、深く、くわしく探って、そこに現代への批判を聴きとろうとする試みである。日本人ばかりではない。列島の歴史にかかわった多くの異国の人々の声にも耳を傾けよう。

先人たちの書き残した文章をそのひだにまで立ち入って読み、彼らの旅した跡をたどりなおし、彼らのなしとげた事業を広い文脈のなかで注意深く観察しなおす——そのとき、はじめて先人たちはいまの私たちのかたわらによみがえってくる。彼らのなまの声で歴史の智恵を、また人間であることのよろこびと苦しみを、私たちに伝えてくれもするだろう。

この「評伝選」のつらなりのなかから、列島の歴史はおのずからその複雑さと奥ゆきの深さをもって浮かび上がってくるはずだ。これを読むとき、私たちのなかに新たな自信と勇気が湧いてきて、その矜持と勇気をもって「グローバリゼーション」の世紀に立ち向かってゆくことができる——そのような「ミネルヴァ日本評伝選」にしたいと、私たちは願っている。

平成十五年（二〇〇三）九月

上横手雅敬
芳賀　徹

川端康成（柿沼和夫撮影）

旧天城トンネル（静岡県田方郡天城湯ケ島町）

福田家（静岡県賀茂郡河津町湯ケ野）

清水トンネル（新潟県南魚沼郡湯沢町）

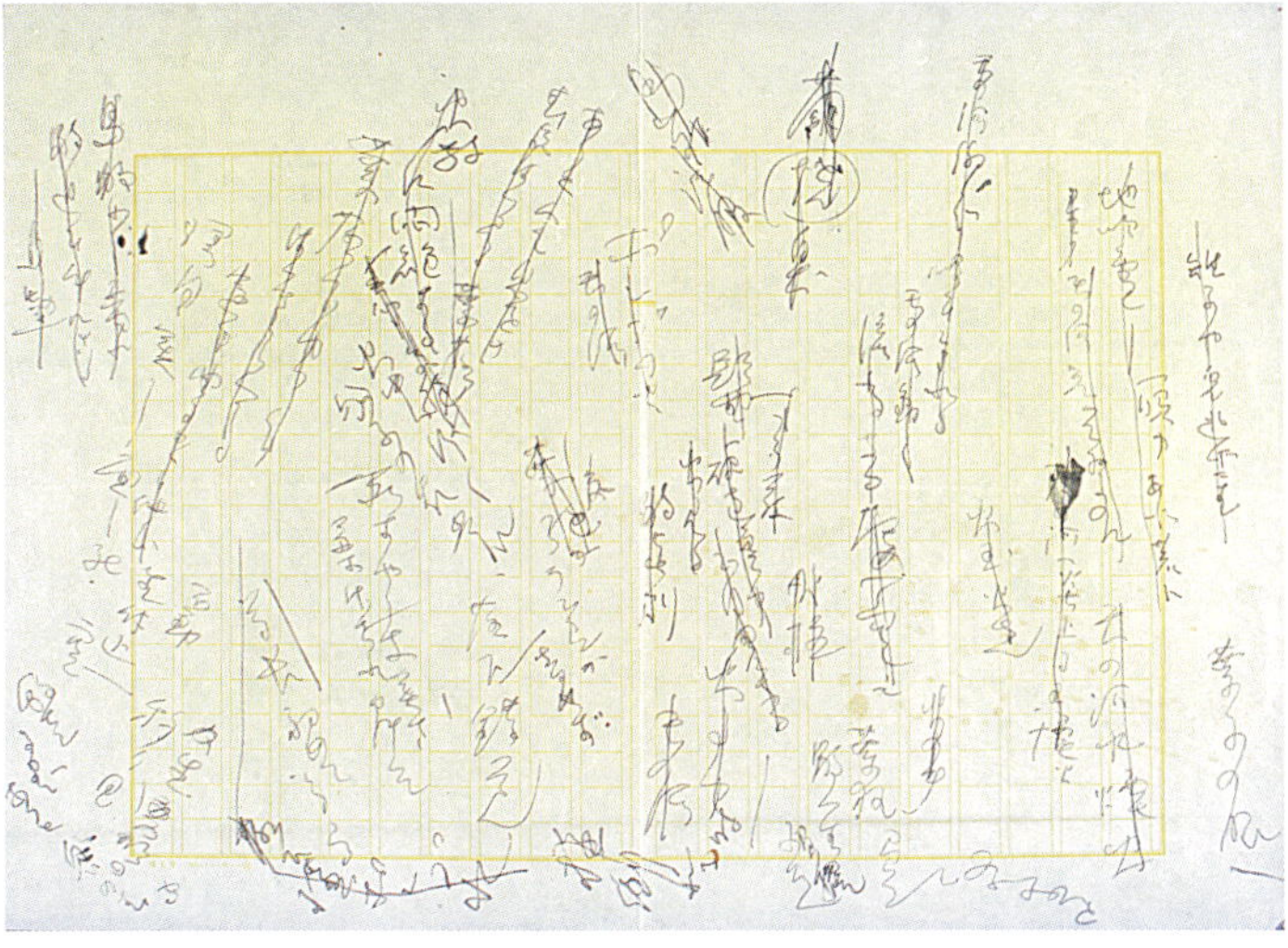

『雪国』草稿（日本近代文学館蔵）

浦上玉堂筆「凍雲篩雪図」（川端康成記念会蔵）

加藤唐九郎作「志野茶碗」（川端康成記念会蔵）

池大雅筆「釣便図」「十便図」のうち一帖（川端康成記念会蔵）

『雪国』英語版

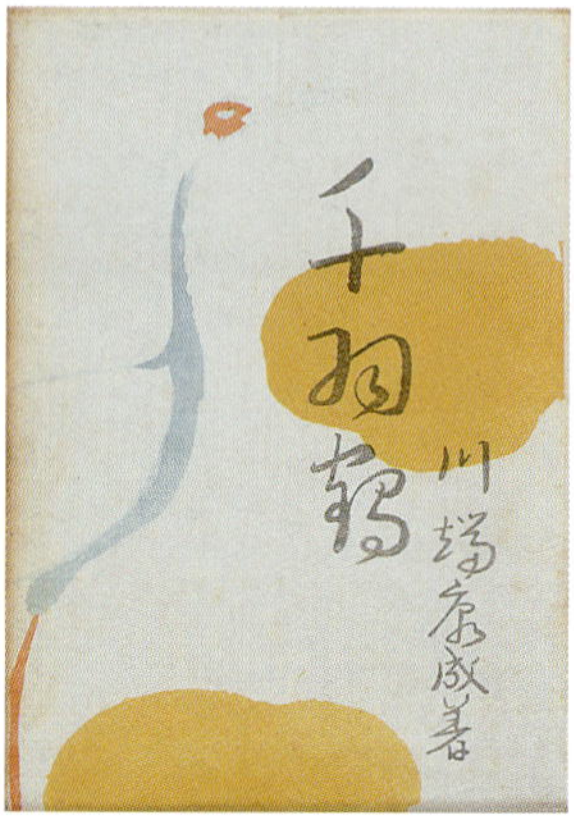

『千羽鶴』

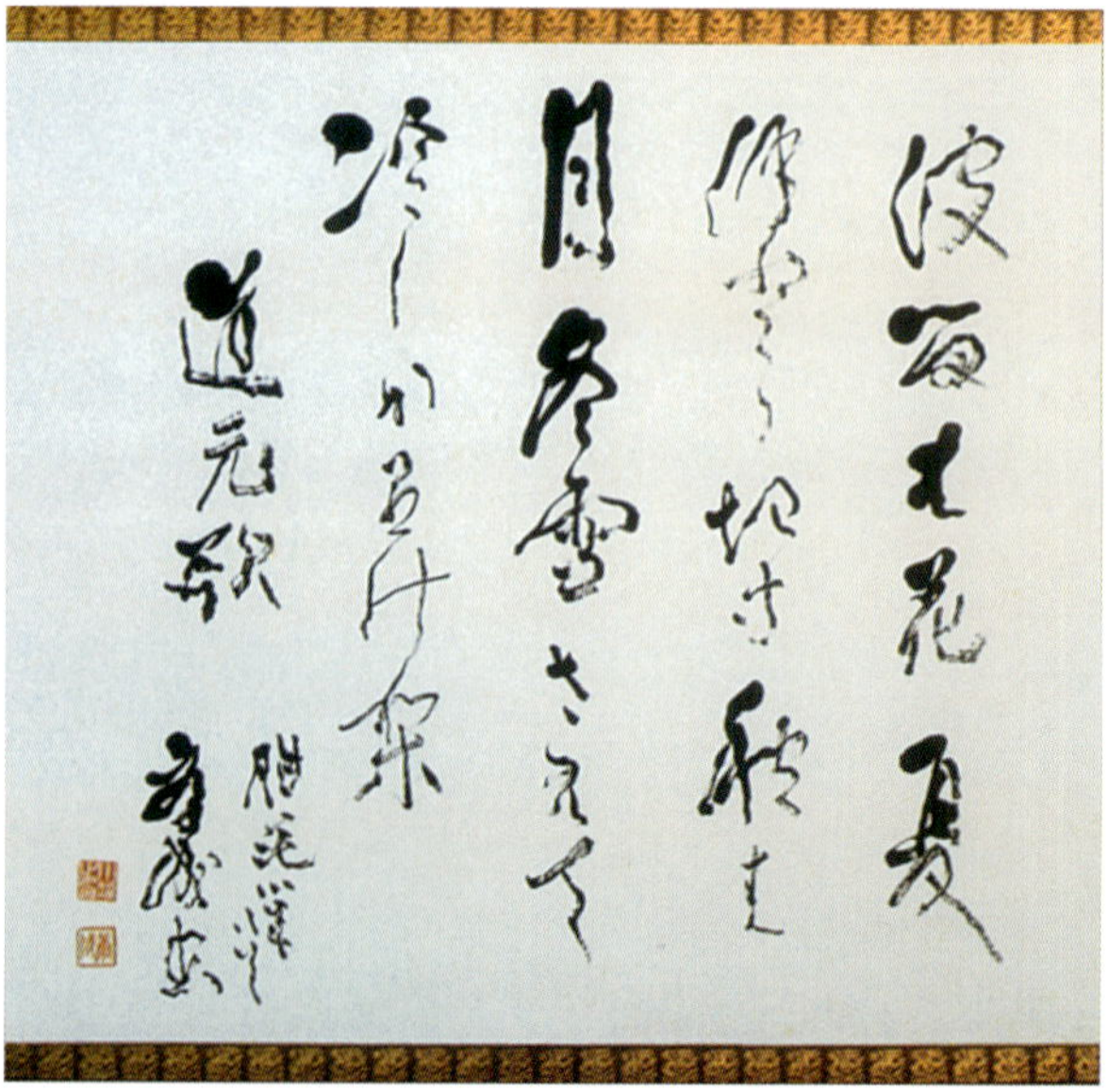

川端自筆の道元歌

「はるは花夏ほととぎす秋は月冬雪さえて冷しかりけり」
（茨木市立川端康成文学館蔵）

東山魁夷筆「冬の花（北山杉）」（『古都』口絵原画）（川端康成記念会蔵）

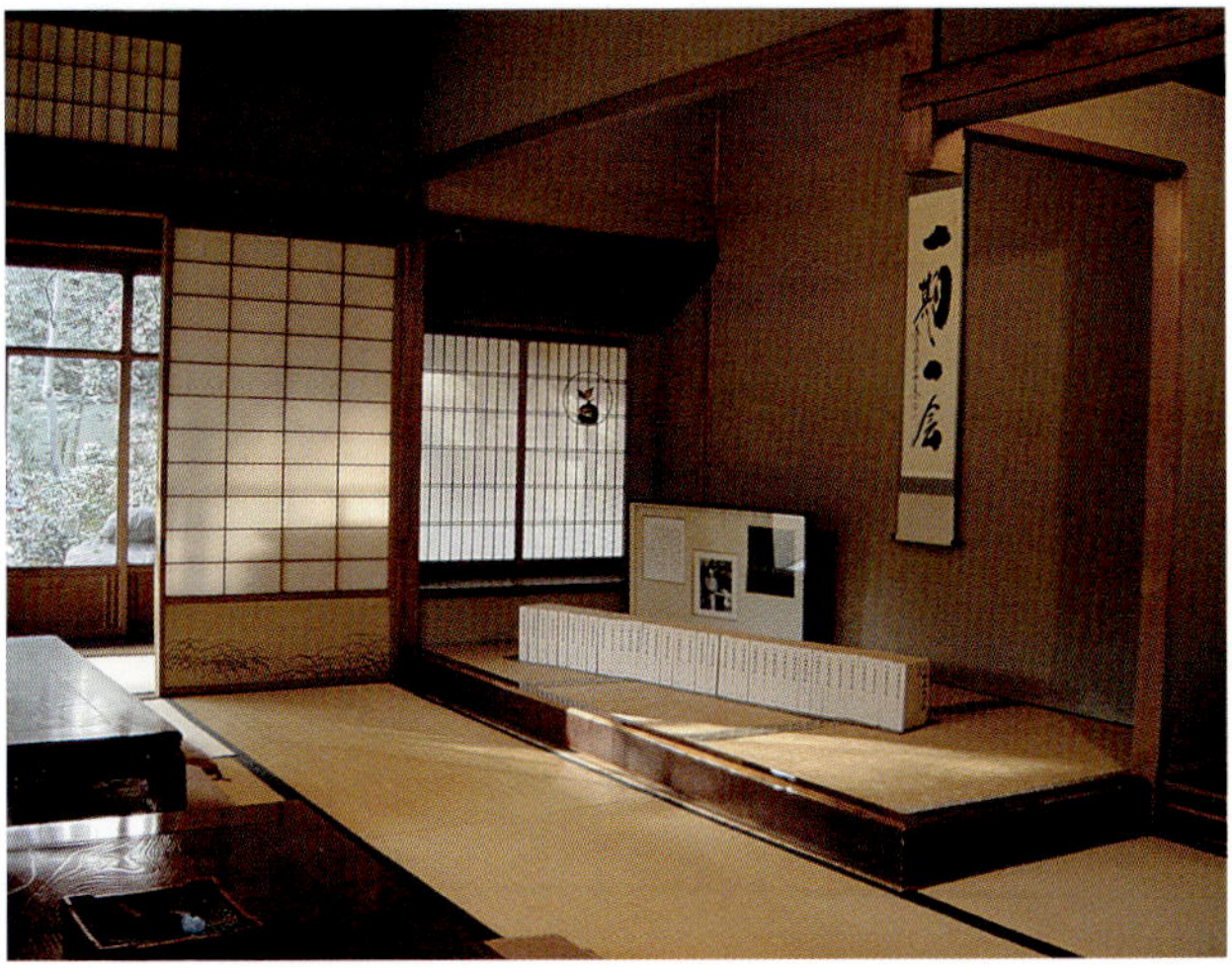

『古都』執筆の部屋（京都市左京区下鴨，葵邸）

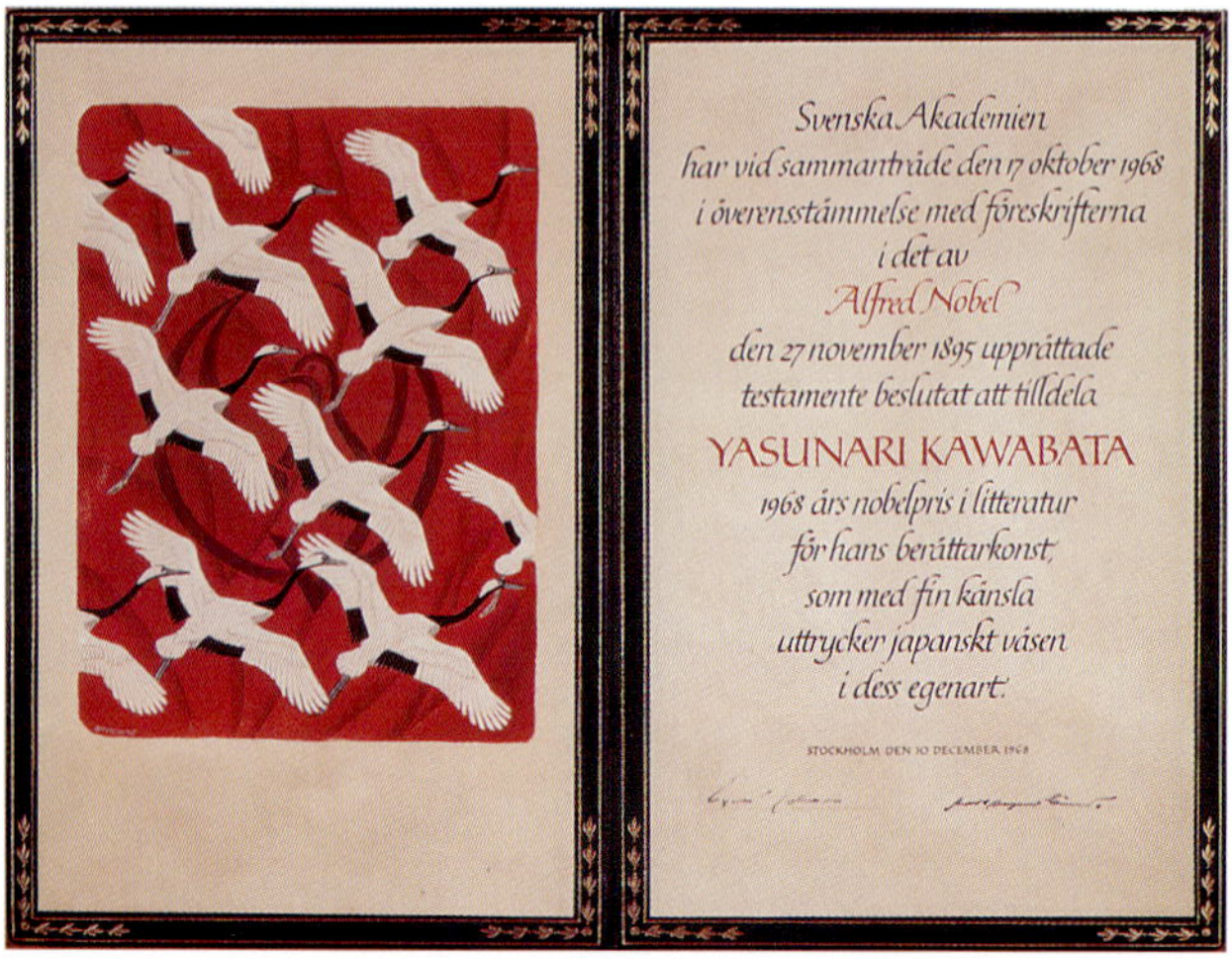

ノーベル文学賞の賞状（川端康成記念会蔵）

ノーベル賞授賞式（昭和43年12月10日）

川端康成——美しい日本の私

目次

目次

図版写真一覧

図版写真一覧

関係地図

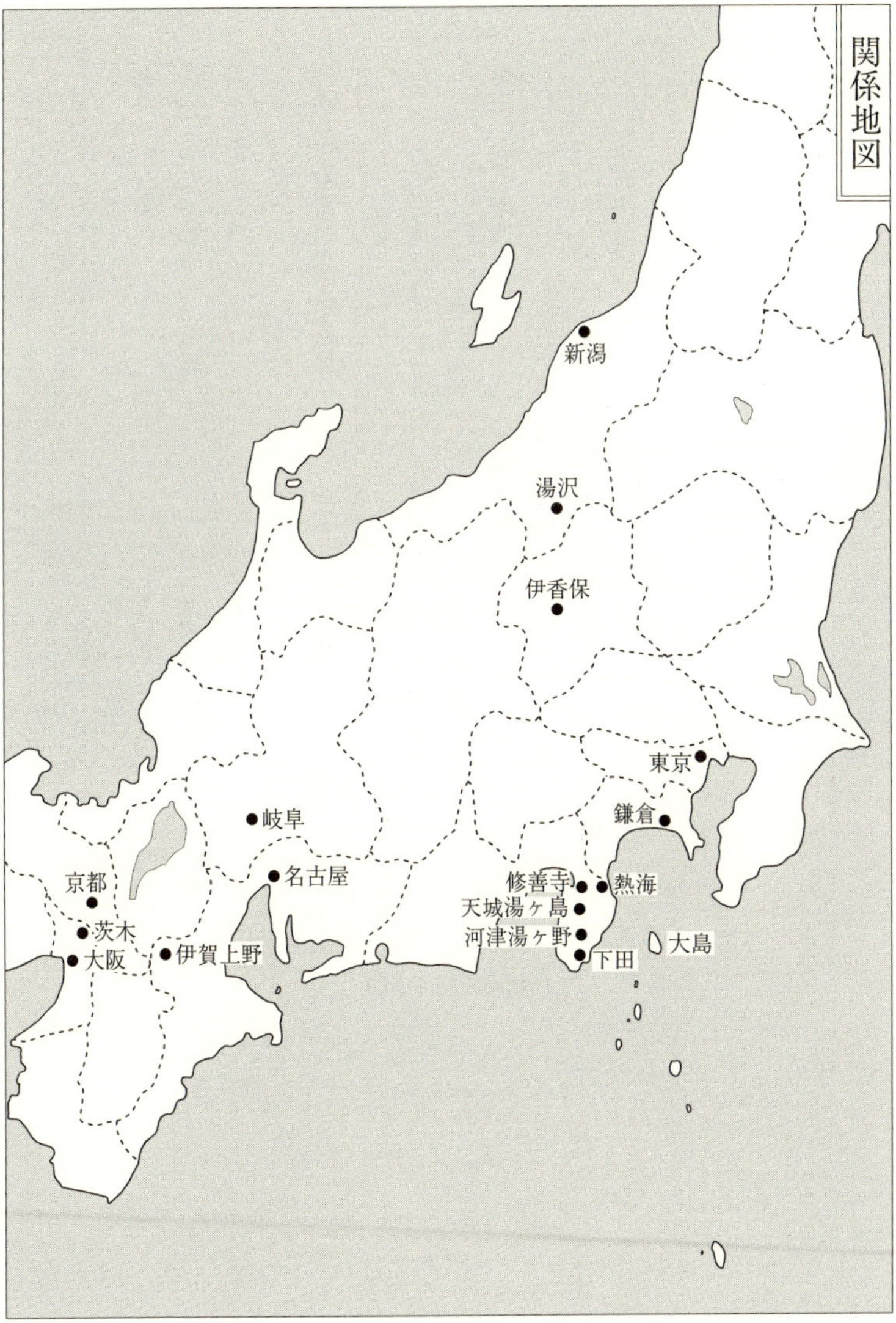

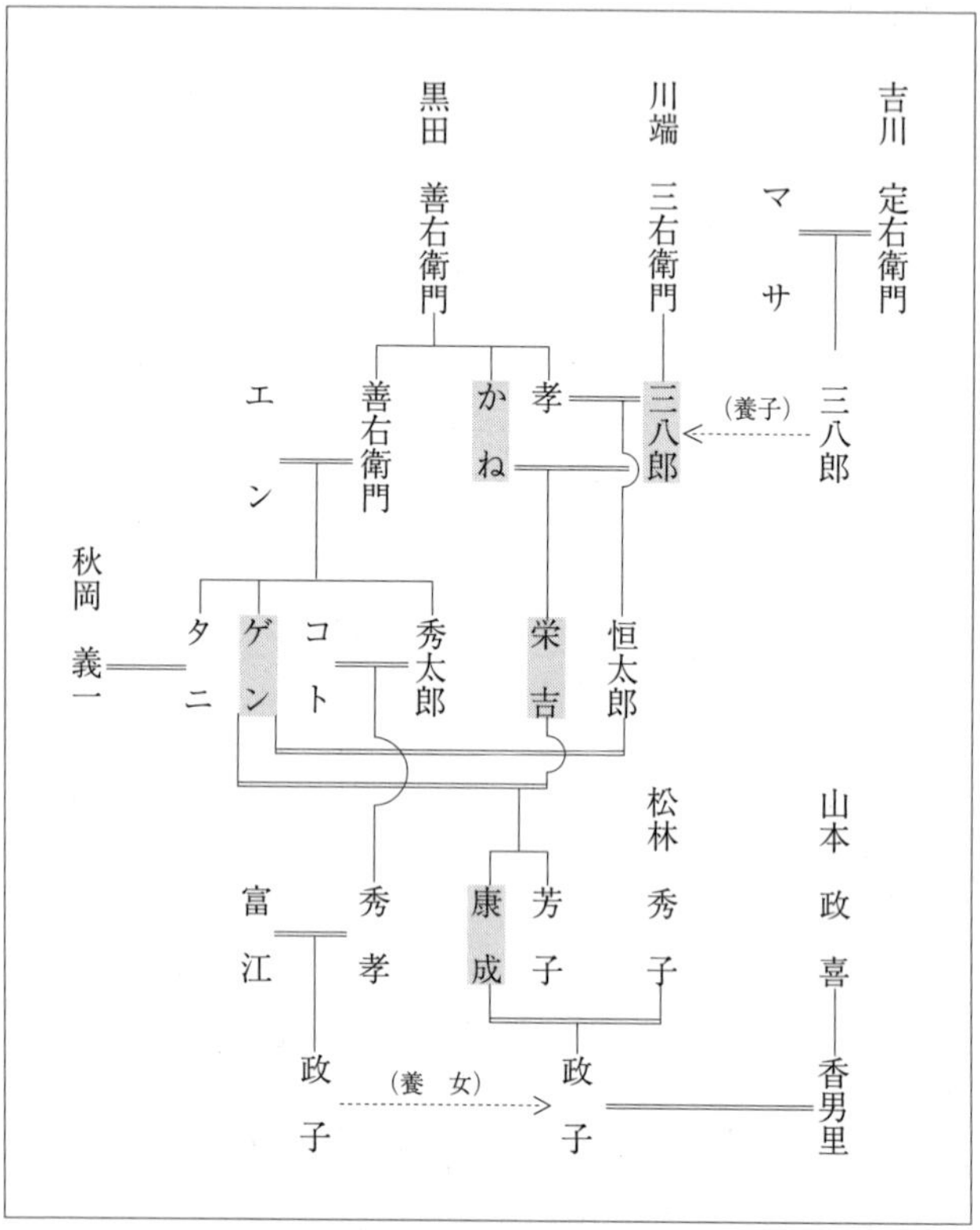
吉川　定右衛門
マサ
三八郎
(養子)
川端　三右衛門
三八郎
黒田　善右衛門
孝
かね
善右衛門
エン
恒太郎
栄吉
秀太郎
コト
ゲン
タニ
秋岡　義一
山本　政喜
松林　秀子
芳子
康成
秀孝
富江
香男里
政子
(養　女)
政子

川端康成関係系図

序章　風土の旅人

日本の精神伝統

昭和四三（一九六八）年一二月、川端康成《かわばたやすなり》は日本人として初のノーベル文学賞を受賞した。選考にあたったスウェーデン王立アカデミーは、授賞理由として川端文学が「日本人の心の精髄をすぐれた感受性をもって表現した」と述べ、代表作としてとくに『雪国』『千羽鶴』『古都』の三作をあげた。これに対し川端は、「日本の伝統を書いたお陰」と感想を語り、ストックホルムでおこなわれた授賞式には羽織袴の和服正装で臨《のぞ》んだ。そして、受賞記念講演では「美しい日本の私」と題して次のように日本人の精神伝統を説いた。

道元（「春は花夏ほととぎす秋は月冬雪さえて冷《すず》しかりけり」）、明恵《みょうえ》（「雲を出でて我にともなふ冬の月風や身にしむ雪や冷めたき」）、良寛（「形見とて何か残さん春は花山ほととぎす秋はもみぢ葉」）という三人の僧の和歌を引用して、そこに共通する自然への合一、帰依《きえ》の感情を強調することから始めた川端は、ついで芥川龍之介の遺書に記された「末期《まつご》の眼」という語を引いて死生観を語り、生涯二度自殺をはかったと伝えられる一休の苛烈な人生観、その書の中の「魔界」という語の意味に及ぶ。その後ふたたび自然との合一こそが日本芸術の神髄であることが絵、生け花、庭、茶道など様々な領域にわたって述べられ、最後に、源氏物語を頂点とする古代王朝文化がやがて中世にむかって滅びていく中で繊細な、哀感に満ちた感性が西行のような歌人によって追求されていった、そこに最も自分の感性に近いものを感じると川端は語ってこの記念講演を結ぶ。

まさに伝統日本文化のカタログを広げて見せたようなスピーチであり、日本紹介という儀礼的意味がこめられていることは確かだが、この講演は単にそれだけにおわるものではない。ノーベル賞受賞講演というこのうえない機会を通じて川端は、長年にわたって心の底に抱きつづけ、深めてきた私的な思いを一気に集約して告白し、公の宣言として刻みつけ、残そうとしたのである。

宿命の受容

講演のしめくくりで川端は、王朝末期の滅びの気配の中で深まっていった哀愁の感覚こそ自分に最も親しいものであると述べるが、こうした感慨は、実はすでに二十年以上前の終戦直後の時期からくりかえし語られてきたものにほかならない。たとえば昭和二二（一九四七）年に発表された随筆『哀愁』において川端は、戦時中、源氏物語を耽読して、そこに流れる滅びのあわれに深く同化し、その思いは、戦後になってもますます進むばかりであること、もはや西欧近代的な現実というようなものを信じられなくなってしまったこと、だがそれは西洋流の虚無や頽廃とも違うものであり、人を慰め、救うものであること等々と述べて、こう言い切る。

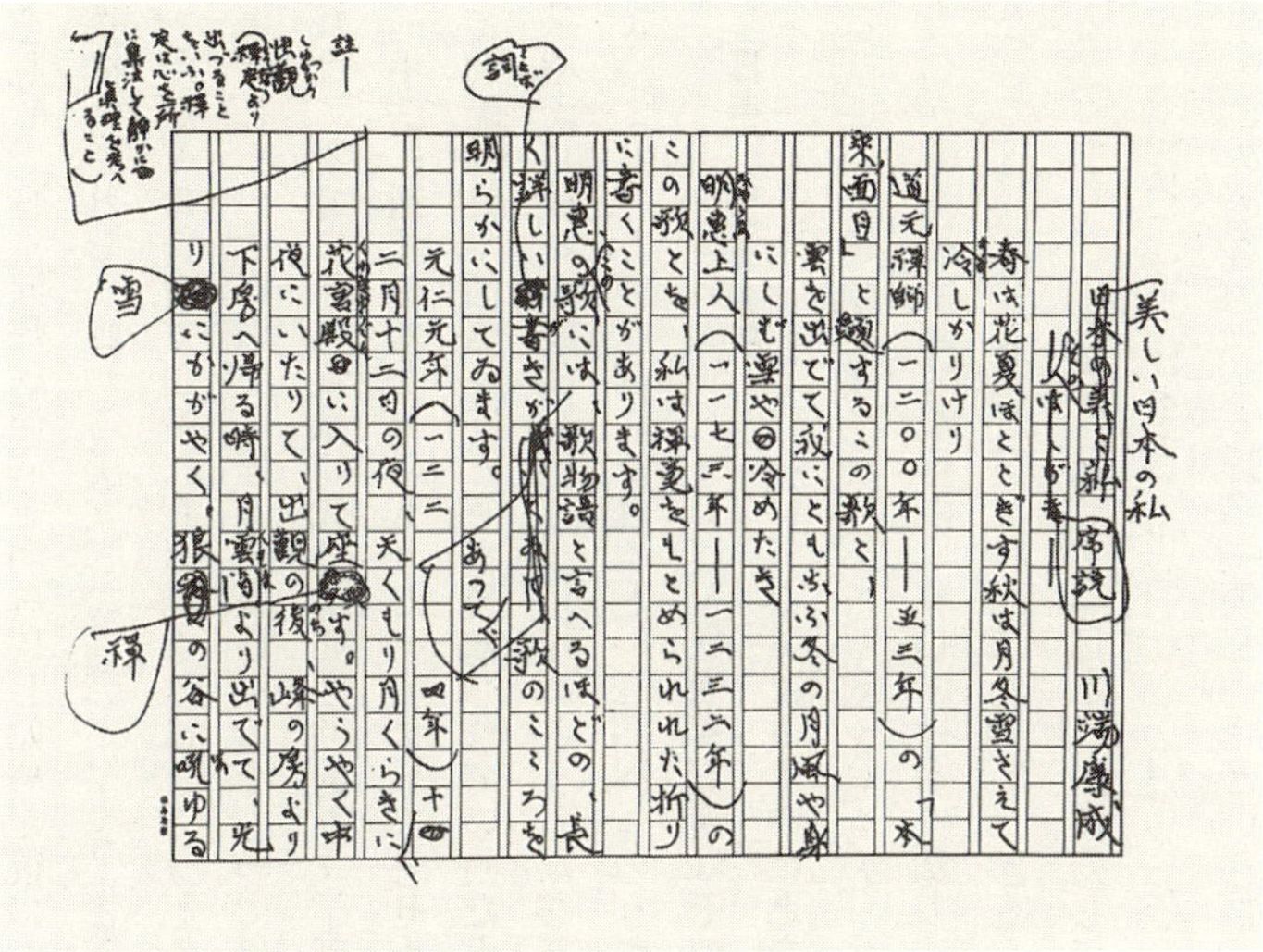

記念講演「美しい日本の私―その序説」の原稿

敗戦後の私は日本古来の悲しみのなかに帰つてゆくばかりである。

「美しい日本の私」で語られているのは、まさに、この『哀愁』の信条に他ならないのである。明治開国を起点に始まった日本の近代文学は、他の文化同様、圧倒的な西欧近代の影響をうけて進展してきた。関東大震災後、大正末から昭和初めにかけて急速に日本社会が現代化していった当時、モダニズムを代表する最先端の文学流派として生まれた新感覚派の一員として作家活動を開始した川端の場合にも、その跡はありありと見られる。表現主義、新心理主義など同時代西欧の最前線の文学理念、技法を積極的にとりこむことによって、従来の日本文学にはない新しい領域を切り開いていこうとしたのであり、そうした姿勢は、やがて新感覚派時代を脱し、日本回帰的傾向を明確にし始めた後にもつづいて、たとえば戦後川端文学の中でも際立った達成とされる『眠れる美女』『片腕』のような作品に色濃くあらわれることになる。

だがその一方で川端に特徴的なのは、こうした前衛西欧的なものに向かおうとする遠心的な姿勢と平行して、それ以上に強く伝統日本的なものに戻ろうとする求心的な力が働いていることである。それは、すでに新感覚派時代に前衛西欧的な文学理論、文学技法を独自の仏教的理念あるいは古典感覚的手法に還元してとりこもうとするようなありかたとしてあらわれ、やがて『雪国』あたりを境として明瞭に日本回帰傾向として自覚されていったものである。そして『哀愁』に述べられているように、戦中から敗戦の経験を経て、川端はこうしたなりゆきを自分の決定的な宿命として受け入れ、それによって自分という個人を日本という共同体のうちに同化することを選んだのである。

日本に合一する私

ノーベル賞受賞講演はその公の場におけるあらためての確認、表明にほかならない。なによりそのことを端的に示すのが「美しい日本の私」という演題である。この演題は、残されている草稿を見ると、はじめ「日本の美と私―そのはしがき―」とされていたのが線を引かれて現行の「美しい日本の私―その序説」に改められている。この改変は講演直前になって行われたようだが、これによって大きく「私」と「日本」の関係は変わることになったといえる。つまり、はじめ「私」と「日本」は並列していたのが、この「と」から「の」への入れ替えによって、「私」は「日本」の一部として内包されることになったのである。日本文化において人は日本――この場合の日本とは、「美しい」という形容がついていること、また講演内容からみて、特に

〈日本の自然〉に重点が置かれているといえる――という全体に同化し、合一している、そうした「私」としてこの場に立っていることをことさらに川端は強調しようとしたのである。

これから二六年後の一九九四年に川端に次ぐふたりめの日本人ノーベル文学賞受賞者となった大江健三郎は、川端のこうした姿勢を個人としての自己の責任をぼかし、日本という神秘的な全体の中に閉じこもった逃避的な態度として批判し、この同国人の先達《せんだつ》よりはむしろ何人かの西欧人の先達の方に共感すると述べて、対照的な立場表明を行ったが、こうした批判の当否は別として、それによって、いよいよ川端の立場が鮮明になったことは間違いない。大江に代表されるような近代西欧的個人主義とはまっこうから対立する立場に立って川端は自分の文学と日本というものを見据えていたのである。

先に述べたように、圧倒的な西欧文化の影響下に進展してきた近代日本文学、文化において、こうした川端のありかたは反時代的ともいえるものだが、そのことをも十分自覚したうえで、川端は自らの道を進んでいった。それは厳しいほどの孤独な歩みだった。とりわけ戦後、この孤独は決定的なものとして川端にのしかかる。ノーベル賞受賞というような栄誉もそれをやわらげることはなく、むしろ、一層こうした世俗的な栄光と内面の孤独との溝を深めていくばかりだっただろう。そしてノーベル賞受賞から四年後、川端は、遺書を残すこともなく、突然の発作のようにガス自殺して七二年の生涯を自ら閉じることになるのである。

川端文学の変幻自在さ

没後三十年あまりを経て、川端の諸作品は日本から海外まで広く読まれ続け、その研究、評価も多岐にひろがり続けている。こうして時代を越えて生き続けているということは、川端の文学というものが、それだけ時代に限定されない種々の読み方にこたえうる可能性を豊かに含んでいるということに他ならないだろう。

川端の小説は、その構成にせよ、文章にせよ、緻密に練りあげられているようで、どこかとりとめなく、読み方しだいでその様相がカメレオンのように変化するようなところがある。たとえば『雪国』でいえば、最初、その冒頭の一章が一回読みきりの短編として執筆、発表され、その際にはまだ『雪国』という表題もついていなかったのが、その後、断続的に書き継がれることになって、一通り書きあげられ単行本にまでまとめられたにもかかわらず、その数年後に再度最終章が書き足され、さらにまた年を経てからも手を加えられて現行の決定版となったというような経緯や、『山の音』などでしばしば主語を省略し、改行を多用して、曖昧で暗示的な表現を連ねていくなどという事例がそれである。

これは一見投げやりで無責任なやり口とも見えながら、実は巧みに仕組まれた戦略ともいえる。「美しい日本の私」でも日本芸術の根本原理として説かれる人為と自然の共生、協同、すなわち芸術家が芸術表現の全部をとりしきってしまうのではなく、その大きな部分を自然に委ねるという伝統日本美学――日本画における余白、邦楽における間などがその典型である――の応用というわけであり、これによって川端文学は、様々な読み方に応じて自在に様相を変え、時代、国を越えて読まれ続け、生き続けることになるのである。

そうした中で私自身は、この評伝を通じて、川端の生涯をいわば「風土の旅人」の遍歴として眺めていきたい。「美しい日本の私」において宣言された日本の自然に帰一していくという覚悟こそがやはり川端の生涯の軸となるものであり、この具体的な過程をたどっていくことが最も川端康成という芸術家の本質に近づく道だと思うからである。

風土の旅人

根っからの職業小説家である川端は若くして文壇に登場して以来、常に文壇のただ中に身を置き、時局に応じて推移する文壇情勢にあわせながら生きていった人間だったが、そうした日々の現実——芭蕉の言葉を借りていえば「流行」——に対してバランスをとるように「不易」なるものを求めて日本の古典文学、芸術の世界へ向かい、さらにその根底にある日本の風土自然に自らを照らしあわせることが、彼のほとんど唯一といってよいような倫理だった。倫理とはいってもそれは、普通の世間でいわれるような倫理とは別次元の、「美しい日本の私」にも述べられている「魔界」というような世界に通じる倫理だが、その倫理に従って川端は黙々と歩み続けていったのであり、その歩みにつれて次々と彼の目の前にあらわれてくる日本の風土自然の多彩、多様な相貌をその作品に刻みつけていった。この行程をたどっていきたいというのが、本書を書き始めるにあたっての私の思いである。

第一章　孤児の感情と血筋への執念

1　生い立ち

旧家の血筋

川端康成は、明治三二（一八九九）年、大阪に生まれた。川端家は、真偽は定かではないが北条泰時にまでさかのぼるという家系を誇りにしてきた旧家で、代々、大阪郊外、現在では茨木《いばらき》市に入る宿久庄《しゅくのしょう》という山の辺の小村に屋敷を構え、庄屋格をつとめてきた。しかし、江戸から明治に世が代わり、祖父三八郎の代に、あれこれ事業を試みては失敗したりして急速に家産を減らし、しばらくは伝来の土地を離れて、あちこちを渡り歩くようにさえなった。この三八郎の次男として生まれたのが康成の父となる栄吉だが、栄吉は医学を学んで大阪市内に開業することになり、そこで、妻ゲンとの間に康成が生まれたのである。この時、康成には四歳上の姉芳子がいた。

しかし一家は間もなく離散することになる。まず明治三四年、康成生後二年足らずで父栄吉が結核で亡くなり、これを追うようにして翌三五年、母ゲンが同じ病で没した。残された姉弟のうち、姉の芳子は母の妹の嫁ぎ先にひきとられ、弟の康成の方は宿久庄に戻った祖父母にひきとられることになる。さらに、康成が七歳の三九年には祖母カネが、十歳の四二年には別れて以来ほとんど没交渉だった姉芳子が亡くなり、最後に祖父三八郎も、とうとう大正三年、康成一五歳の年に他界、川端は、文字通り天涯の孤児となったのである。

この特異な生い立ちこそが生涯を通じて川端に決定的な影響を与えることになる原体験であることは確かである。折にふれて川端は、この体験の意味を振り返る文章を残しているが、それをたどっていくと、大きくふたつの事柄が浮かびあがってくる。

孤児の感情

ひとつは言うまでもなく、孤児の感情である。一切の肉親の絆を失った、天涯孤独の感情は、これから見ていくように、川端文学の根底を絶えず流れ続ける主調低音となるものであり、小説であれ、随筆やエッセイであれ、その隅々にまで浸透して独特の色調に染めあげている。そのことは、川端自身、昭和二三年から川端五十歳を記念して刊行され始めた全集に付した自作解説『独影自命』において、『油』『葬式の名人』『孤児の感情』など、この孤児体験を扱った初期作品をふりかえり、次のように自分の宿命として認め、受け入れている。

この「孤児」は私の全作品、全生涯の底を通つて流れるものなのかもしれない。自分ではさうは思はない、けれども、さうであつたにしたところで、今はもう煩憂としない。

だが、一体、川端は、この孤児であるということをどのようなものとして受け取っていたのだろうか。昭和七年から九年、川端三十代前半で、『抒情歌』『禽獣《きんじゅう》』などを執筆し、まもなく『雪国』にとりかかろうという作家としての確固たる地位を築きつつあった時期に断続的に発表された『父母への手紙』は、亡き父母にむかってあれこれと語りかけるという小説の形で自分の生い立ち、親への思いを吐露したものといえるが、そこには、相矛盾するような複雑に屈折した感情がみられる。

祖父母の屋敷（宿久庄）

一方で川端は、あまりに幼くして死に別れたために、父母というものに対しなんの記憶もなく、夢に見ることもなく、父や母と呼ぶことすらできない、まるで風の音か月の光のような存在だとして、しかも、それを幸せなことだと述べる。なまじ記憶があればそれなりの思い煩いを免れないところだが、そんなものも一切なくて、むしろ「気楽な無」を感じさせてくれるのであり、そのお陰で、自分は何事にも執着しない、すべてをけろりと忘れて恬《てん》淡《たん》としていられる「神のやうな忘れつぽさのさいはひ」を得た、「愛の道は忘却といふ一筋しかあり得ぬ」というのである。事実、川端の人柄には、どんな世俗の渦中にあっても、ひとり、何知らぬ顔で超然としているような独特の涼しさというものがあったが、それはこうした父母とのかかわりように根差したものであるかもしれない。苛烈な文壇世界、家庭内外の人間関係を飄飄《ひょうひょう》と切り抜けて七十年余の人生をひとりで生き抜いていった尋常ならざる強靭《きょうじん》さのよってきたるところといえる。

だがその裏面には、いうまでもなく、これまた尋常ならざる淋しさというものが深くひろがっている。この『父母への手紙』の書き出しにおいて川端は、自分が結婚してもう五、六年になるが子供をもたないでいると述べ、それについてこんなふうに事情を語る。決して子供嫌いというわけではなく、むしろ、子供心というものに対して無上の憧れをもち、子供と遊ぶのがひそかな天国でありさえするにもかかわらず、自分自身はかつて子供心をもったことがない気がする、それで子供をもつということが恐ろしい、子供から無心の愛を寄せられたりすると狼狽《ろうばい》してしまう、子供をしあわせにすることができないと恐れているというのである。さらに、なにもかもさらけだせる肉親というものに憧れながら、本当のところ、肉親の情というものを知らない自分には、肉親とのそうしたつながりが理解できず、たとえば姉が生きていたらと考えるだけでも耐えられない、結局、家庭というものも信じられず、こうした自分と一緒になっている妻とも別離への道をたどりつつあるのだとまでいうのである。底知れない他人不信、孤独である。この時期の傑作といわれる『禽獣』のような作品に際立ってあらわれる他人不信、孤独の感情の原点といえよう。

こうして強靭さと淋しさが表裏一体となった強烈な感情が川端の宿命となる孤児の感情というものだった。

そして、この孤児の感情に平行して幼少時から川端のうちに養われたもうひとつの感情は、血筋への執念だった。およそ普通の意味での家族というものに縁の薄い川端だったが、そうであればこそ、それに反比例するように、こうして衰え、滅びていこうとする一族の血筋への執着が深まっていったといえる。

血筋への執念

この血筋への思いをまず川端に植え付けたのは祖父三八郎である。幼い川端とふたりきり残されたこの老祖父は、川端家ただひとりの跡取りとなった孫にむかって、繰《く》り言《ごと》のように、「北条泰時から出て七百年」と称する家系の誇りを説いて倦《う》まなかった。とりわけ三八郎自身、和歌や絵に趣味があり、『構宅安危論』と題する家相についての著述を残すなど文人肌であったこともあって、この川端の家が代々文化芸術に肩入れしてきた血筋であることを康成に強く意識させたのである。そこから、この血筋を継いで父祖代々の文化芸術への思いを結実させることこそが自分の宿命であり、存在理由であるという川端の執念が生まれてくる。ノーベル賞受賞講演にも自ら引用した有名なエッセイ『末期の眼』は『父母の手紙』と同時期のものだが、その中で、川端はこんな風に芸術家と血筋の宿命について語っている。

芸術家は一代にして生れるものでないと、私は考へてゐる。父祖の血が幾代かを経て、一輪咲いた花である。(中略)旧家の代々の芸術的教養が伝はつて、作家を生むとも考へられるが、また一方、旧家などの血はたいてい病み弱まつてゐるものだから、残燭の焔のやうに、滅びようとする血がいまはの果てに燃え上ったのが、作家とも見られる。

ここに述べられているのは、およそ通常の近代的芸術観――芸術家個人が主体的に自己を表現したものが芸術作品となる――とは対極的な芸術観である。何世代にもわたる血筋に蓄積されてきた芸術的エネルギーが飽和《ほうわ》点に達して噴出結晶したのが芸術作品であり、芸術家は、たまたまその飽和点に達した時期に生まれ合わせて、その噴出結晶の媒体の役割を果たす存在にすぎないというのである。

そして、この血筋とは、血筋といいながらも、実は必ずしも、文字通りの生物学的血筋あるいは家系であるとも限らず、むしろ文化的血筋、文化的共同体、つまりある文化水準、文化志向を世代から世代へと伝承蓄積し、高めていく共同体のありようにほかならない。その核となるのは血縁なり家系なりであるとしても、それが地域、階級へと拡大されていき、やがては一国全体にまで達したところに、源氏物語のような結晶が生まれてくるのである。そうした芸術文化観を川端は信条とし、自らの創作をもそうしたものとして考えていたが、その根はやはり、この特異な生い立ちにあるといえるのである。

2　天涯の孤児へ

昭和一八年、四十代なかばに達した川端は、母方の従兄黒田秀孝の娘政子《まさこ》を養女にもらいうけた。血筋を保とうとしたわけである。この縁組のために川端は少年期までをすごした故郷の地を訪れ、縁者にも会い、あらためての感慨も深かったのだろう、その時の経過をつづった作品『故園』（昭和一八〜二十年）において、さまざまに自分の出自や生い立ちを振り返っている。

祖父との少年期

父母に死に別れ、姉とも離され、川端ひとり祖父母にひきとられて宿久庄にやってきたのはまだ二歳半ばの時だったが、そうして始まった暮らしを川端はこんな風に回想する。

両親に先立たれた孫一人をぢいさんばあさんが抱へて、その孫はひよわい疳持ちだから、祖母の手をかけたことは、はたで見てゐられぬほどだつたといふ。小学校へ上るころまで、私はまともに米の飯が食べられなかつたやうで、祖母がなだめすかして、ほんの少しづつ箸につまんで私の口へ運んでくれてゐた。真綿にくるむやうだつたから、私が小学校へ行くのをいやがると、朝あけた雨戸をまたしめて、村の子供達が私を呼んだり罵つたり、雨戸に石をぶつけたりするあひだ、祖父母も私といつしよに、暗い家のなかでじつとすくんでゐた。

しかし、こうして世話をやいてくれた祖母も小学校入学後まもなくあっけなく死んで、いよいよ祖父との二人暮らしが始まると、今度は幼い川端の方が、年老いて目も不自由になっていた祖父を案じるような日々となったのである。中学校に入る頃から、家が淋しくて、川端は夜ごと、近所の友人の家に遊びに行くようになったが、にぎやかな時間をすごして帰る時になると、祖父をひとり置いてきた後ろめたさと淋しさがつのって走って帰ったという。

私は祖父を呼びながら走つてゐたわけだが、門口から大きい声で呼ぶやうなことはなかつた。黙つて寝床の傍へ行つた。祖父が気づいて、

「ぼんか。」

「うん、今戻つた。」

と、直ぐに言へる時はまだよかつた。

祖父は私の帰つたのを気づかない時があつた。私は枕もとに坐つて祖父の顔を眺めた。顔を近づけてのぞきこむこともあつた。たまには耳を寄せて祖父の呼吸を聞いてみた。

死のさびしさの顔だつた。底まで白つぽい皮膚にしみが浮き出し、ぽやぽやと長い白毛がよぢれ、禿頭の骨にも痩せが目立つてゐたけれども、しかしなによりも、底抜けのさびしさを、それにさからふ生の力も消えて、むなしくそこに置き捨ててあるやうな感じが、私はつらかつた。死顔とちがはない寝顔だつた。

私は泣きさうに心で詫びた。このやうにさびしがらせて夜遊びに出る自分を悔いて、祖父を拝むやうにした。さうすることで、私自身のさびしさを実はごまかしたのである。

父母については記憶もなく、実感もなかったのに対して、この祖父との間柄こそは川端にとって唯一といってよい切実な肉親の情を刻みつけたものだったが、それはこうした淋しさ一筋に貫かれていた。

自然とのふれあい

そうした少年時代の日々の中で様々な身の回りの自然とのかかわりがあったことも川端は回想する。千里《せんり》丘陵から丹波の方に低い山波が続いていくあたりの眺めは、川端自身「平凡で漠然」と言うように、どこにでも見かけられるような特色の薄いものだが、そうであればこそ、山裾に包まれるように里村が点在するという日本の古里風景の原型として川端の胸底に流れ続けることになっただろう。そして家では、小学生の頃から毎日のように庭の木斛《もっこく》の木に登り、そこを巣のようにして日がな読書にふけるのを楽しみにしていたという。はるか成人した後になって明恵上人の樹上座禅の画像を見た時、川端は反射的にこの少年時代の自分の習慣を思い出して涙が出たと言い、この自分でも思いがけない反応に、あらためて「木斛樹上の幼い姿に、私の心情の天性や生涯の幸福があつたのかもしれぬと考へてみたりするやうになつた。」とまで述べる。

また夏には、木陰の石の上で昼寝をする習慣があったこと、祖父の死後ひきとられることになった淀川べりの「叔父」（実は母の兄、つまり伯父の黒田秀太郎）の家に移ってからは、淀川へ昼寝に行ったこと、朝早く田圃《たんぼ》へ日の出を見に出かけては裸足で畦《あぜ》を歩きまわり、泥だらけで戻ってきて従兄（養女とした政子の父秀孝）を驚かせたこと、さらに中学校の寄宿舎に入ってからは、ガラス窓がその当時は珍しく、寝床を窓際に寄せて月光の中で眠るのが幸福だったことなどをあげて、「これらはみな少年の私にただ生き生きと喜びだつた。殆《ほとん》ど無目的で、殆ど無意識の性癖だつた。」などとも回想している。これらの自然とのふれあいも、格別際立ったものとはいえないが、川端の感受性の根を養い、後年の彼の物の見方、文章に深く浸透していったはずである。

文学への開眼

文学とのかかわりは、樹上読書のエピソードなどにうかがわれるように、早くから、身近にあったものを手当たり次第読み耽《ふけ》ることから始まった。家にあった漢籍や、立川《たちかわ》文庫、押川春浪《おしかわしゅんろう》の冒険小説など雑多だが、川端自身がしばしば影響をうけたものとしてあげるのは、源氏物語など日本の古典文学を、中学校に入るころから意味はおぼろげながらも、その文章の響き、流れにひかれて音読するのが好きだったということである。この音読の習慣は、盲目の祖父とふたりきりの暮らしの淋しさをまぎらすという意味合いもあったようだが、確かに後年の川端の文体に深くかかわっているだろう。論理的脈絡を軸に文を構成していくというよりも、言葉の響き、そこから喚起される情感の流れに身をまかすように文を吐き出し、紡いでいくような文体である。

なかなかなじめなかった小学校にもなんとか通うようになってから成績は抜群であったらしく、とりわけ作文がすぐれていたという。茨木中学に進むと、家から六キロほどの道のりを毎日歩いて通学することになり、また体操や教練に力を入れる学校だったこともあって、虚弱だった体がずいぶん鍛えられた。しかし、この中学時代からいよいよ読書癖が高じ、成績が低下するようになったのもかまわず文学に熱中して作家志望を固め、習作を始めることになるのである。

新体詩、短歌、作文などを『文章世界』『中学世界』などに投稿することから始め、やがて大正五年、中学五年に進級する頃には、地元の京阪新報という小新聞に自ら原稿を持ち込み、これが掲載されて、初めて公に活字になった（『H中尉に』など）。この頃は、読書傾向も、武者小路実篤、谷崎潤一郎、中条百合子、トルストイ、ドストエフスキーなど当時文壇で話題となっていたような内外の作品に集中するようになり、なんとか自分も文壇に登場する手立てを探っていた様子がうかがわれる。

中学校への通学路（高橋）

『十六歳の日記』

この時期のまとまった作品として後まで残っているものとしては、まず祖父の死に際の日々を記した『十六歳の日記』がある。これは、文中に挿入された説明によれば、元々、「私は原稿紙を百枚用意して、こんな風な日記を百枚になるまで書き続けたいと思つてゐたのでした。日記が百枚になる前に祖父が死にはしないだらうかと不安でした。日記が百枚になれば祖父は助かる。——なんだかそんな気持もするのでした〔注：実際に残されたのは三〇枚ほど〕。

京阪新報社

そしてまた、祖父が死にさうに思へるからこそ、せめてその面影をこんな風な日記にでも写して置きたいと思つてゐたのでした。」という動機で書かれて、その後、すっかり忘れていたのを、十年余りもたってから偶然発見し、写しとって発表した（『文芸春秋』大正一四年八月、九月号。原題『十七歳の日記』、『続十七歳の日記』）というものである。

この執筆、発表のいきさつについては、川嶋至氏によって、少年時の日記をそっくりそのまま写したというのは虚構で、実際には、すでに職業作家となった大人の視点から相当の潤色、改変を加えられた「創作」ではないかという疑義が呈され（『川端康成の世界』昭和四四年、講談社）、論議をよんだ。少年の初々《ういうい》しさを巧みに装って自らを演出しようとするからくりだという推察で、これに対しては、川端自身「『十六歳の日記』を十六歳の時の執筆「そのまま」と信じられても、二十六歳の発表の時の「創作」がまじつてゐると疑はれても、私にはどちらでもいいやうなことである。」（『鳶の舞ふ西空』）と、いかにも川端らしい、投げやりな要領をえない答えを返して、結局、真偽ははっきりしないが、ともかくも、この作品を川端は自分の作家活動の起点となるものとして、自ら編集した全集（昭和二三～二九年、新潮社）第一巻の巻頭に据えたのである。

死の凝視

大正三年五月四日から始まって、祖父の死の八日前にあたる一六日まで、ほぼ毎日の出来事が記されていくが、その内容は、病床の祖父の様子、それを見守る少年の川端、家事の世話に通ってくる百姓女おみよとのやりとりが大半で、その間に少年の思いがさしはさまれる。印象的なのは、祖父の動作や体の状態、とりわけ、やりとりする会話の様子が簡潔、鮮明に活写されていることである。川端の小説家としての抜きん出た才能として、まざまざと情景が浮かびあがってくるような鮮明な描写力があげられるが、そうした資質の原型がここにはあらわれている。


「ぼんぼん、豊正ぼんぼん、おおい。」死人の口から出さうな勢ひのない声だ。

「ししやつてんか。ししやつてんか。ええ。」

病床でじつと動きもせずに、かう唸つてゐるのだから、少々まごつく。

「どうするねや。」

「溲瓶《しびん》持つて来て、ちんちんを入れてくれんのや。」

仕方がない、前を捲り、いやいやながら註文通りにしてやる。

「はいつたか。ええか。するで。大丈夫やな。」自分で自分の体の感じがないのか。

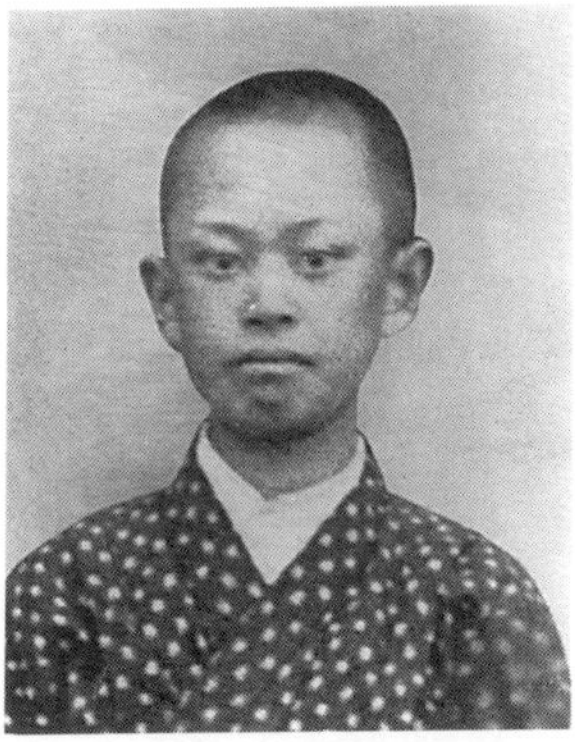

中学校入学当時

「ああ、ああ、痛た《い》、いたたつたあ、いたたつた、あ、ああ。」おしつこをする時に痛むのである。

苦しい息も絶えさうな声と共に、しびんの底には谷川の清水の音。

「ああ、痛たたつた。」堪へられないやうな声を聞きながら、私は涙ぐむ。

茶が沸いたので飲ませる。番茶。一々介抱して飲ませる。骨立つた顔、大方禿げた白髪《しらが》の頭。わなわなと顫ふ骨と皮との手。ごくごくと一飲みごとに動く、鶴首の咽仏。茶三杯。

「ああ、おいし、おいし。」と舌鼓打つてゐられる。


（中略）

宿題の作文を書いてゐると、またまた、

「おみよ、おみよ、おみよ。」と呼ぶ声が、息苦しく、高くなる。

「なんや。」

「ししさしてんか。」

「はあ、おみよはもういんだで。夜の十時過ぎや。」

「御膳食べさしてんか。」

私は呆れてしまつた。

祖父は脚も頭も、くしやくしやに着古した絹の単衣物のやうに、大きな皺が一杯で、皮をつまみ上げると、そのままで元へ戻らない。私は大変心細くなつた。


（五月十四日）

ここで少年川端は、いたいたしい祖父のありさまに心を痛めながらも、決してその感傷で写生が流されるようなことがない。非情なまでに冴えきった視覚、聴覚で情景、やりとりの細部まで記録していくのであり、さらにその先、新感覚派的表現の先駆として評判になった「しびんの底には谷川の清水の音」というような美的連想にまで進む。こうした通常の人情にとらわれない写生への徹底は、自身、全集あとがきで「死に近い病人の傍でそれの写生風な日記を綴る十六歳の私は後から思ふと奇怪である。」と評したほどのものだが、そこに常人とは異なる芸術家としての資質の片鱗《へんりん》がうかがわれるのである。

生い立ちの確認

以上のような日記本文のあと、大正一四年の発表に際してはあとがきが付されていて、そこで先に紹介したようなこの日記成立のいきさつ、祖父が死んだのはこの月の二四日で、一六日以降の記述がないのはいよいよ臨終が近づいて日記どころでなかったからだろうということ、その臨終の日がちょうど昭憲《しょうけん》皇太后の御大葬にあたり、夜、遙拝式が中学校でおこなわれるので祖父の許しをもらって出席し、急いで帰ってきたこと、それを待っていたように祖父は夜半亡くなったこと、その後叔父（伯父）の家にひきとられ、家屋敷も売られ、家とか家庭とかへの思いも薄れたことが述べられている。そして、さらに昭和二三年、全集におさめるにあたって、あとがきの二が付され、一六日分までしかないと思っていた日記の残欠部分、日付は明らかでないが、一六日以降、ずっと病状が悪化した数日分が出てきたと述べて、これを写しとり、あらためて考証やら感想やらを並べている。

三十数年前の日記断片に対して異様とも思える執念である。川端には、一方で、自分の過去についても、作品についても、無造作に放り捨て、忘れてけろりとしているようなところがありながら、他方では、このように時を経て、なお思い出したようにその細部をとりあげては、いじりまわし、こだわり続ける執念深さというものがあった。このあとがきの二を書いた同時期にようやく決定版として改作の筆を擱《お》いた『雪国』の創作過程などがその典型である。それは際限なく完璧をめざす一種の職人気質のあらわれともいえるだろうが、それ以上に、もっと深く、不安な心性——過去であれ、作品であれ、どこかかかりそめの、未確定なものとして信じきれない、それ故に、他の可能性がないか眺めまわし、いじりまわさずにいられないという心性のあらわれであるともいえる。

世界というもの、自分というもの、現実というものの根が宙に浮いているようで、たぐっても、たぐっても、手ごたえがない、夢幻のような感覚である。敗戦を経てこうした感覚がいよいよ強まり、自分の宿命として受け入れるようになったことはすでに述べたが、さかのぼっていけば、やはり行き着くのは、父母の記憶をもたず、盲目の祖父とふたりきりで、ぽつんと世の中から切り離されたようにすごした特異な生い立ちであるのかもしれない。この生い立ちにおいて、現実を確固としたものとして実感し、受け止める根拠がどこかで欠落した、あるいは虚ろになったのではないか。そうであればこそ、それを補うべく、必死に写生する、記憶を確認するという作業も必要になってくるだろう。

『十六歳の日記』『父母への手紙』の他にも、幼児だった自分が父母の葬式の時に仏前の灯明をいやがったという忘れ去っていた出来事を伯母から知らされて自分の油嫌いの理由を納得し、救われるという『油』（大正十年）、幼少の頃から数々の身内の葬式を経験してきたために知らず知らず葬式の心構えが身について「葬式の名人」とよばれるようになったことや祖父の葬式の時に鼻血が出たことを記した『葬式の名人』（大正一二年）など、初期にはしばしばそうした作品を書いている。川端にとって、この生い立ちの確認ということこそが、作家として出発するにあたって、まずなにより果たさねばならない作業なのだった。

3　青春の始まり

『少年』

『十六歳の日記』が、最後の肉親を送って、それまでの生い立ちから訣別する碑文だったとすれば、そうして独り立ちした少年川端が初めて肉親以外の他人との交わりを得る記録が『少年』といえる。これは、大正五年から六年にかけて、川端一七歳の当時、中学校の寄宿舎で同室となった下級生との交情、離れ離れになってからのいきさつを振り返って記した作品だが、その成立事情は以下のような次第である。

昭和二三年から四年にかけて、全集編集の際に、その頃の日記や双方の手紙、一度『湯ケ島での思ひ出』（大正一一年、その一部分が後に独立して『伊豆の踊子』となった）と題してまとめた草稿などが出てきて、読み返したことからあらためて作品化することを思い立ち、これらかつての資料断片を写し取ってつなぎあわせ、合間に補足的な説明や五十歳の時点から回顧しての感慨を織り込んで構成したのである。

『十六歳の日記』とそっくり同様、双子のような成立経過であり、その意味でも対となるような作品である。少年から青年への微妙な境界を越えようとしていた自分のふたつの相貌を、川端はこの二作品のうちに合わせ鏡のように封じ込め、確かめようとするのである。

この下級生（小笠原義人、文中では清野）との交情は、当時の中学校寄宿舎などでは珍しくない同性愛関係で、思春期にさしかかりながら異性との接触を断たれた環境で肉体的にも精神的にも行き場のない欲求を一時的に向けたものといえる。だが当時の川端にとっては、また相手となった少年にとっても、それは全身全霊をこめた真剣な恋愛であり、写しとられた日記や手紙の文面にも、その情熱は生々しくあらわれている。


大正五年十二月十四日。木曜。くもり後あめ。

起床の鈴の少し前、小用に起きた。をののくやうに寒い。床に入つて、清野の温かい腕を取り、胸を抱き、うなじを擁する。清野も夢現のやうに私の頸を強く抱いて自分の顔の上にのせる。私の頬が彼の頬に重みをかけたり、私の渇いた脣が彼の額やまぶたに落ちてゐる。私のからだが大変冷たいのが気の毒なやうである。清野は時々無心に目を開いては私の頭を抱きしめる。私はしげしげ彼の閉ぢたまぶたを見る。別になにも思つてゐようとは見えぬ。半時間もこんなありさまがつづく。私はそれだけしかもとめぬ。清野ももとめてもらはうとは思つてゐぬ。

また、大正六年一月二二日付けの日記には、他の上級生から言い寄られたことを憤慨して訴える清野の話を聞いてこう記している。

聞きながら私の胸は強く動揺せざるを得なかつた。そして清野の訴へのうちにおのづと現はれた、私への信頼と愛慕とには、抱きついて感謝したいと思はざるを得なかつた。

そして、川端が中学を卒業し、上京して一高に入ることになり、離れ離れになってからも手紙のやりとりが続くが、その中で、川端はこんな風に自分の思いを書きつけるのである。

お前の指を、手を、腕を、胸を、頬を、瞼を、舌を、歯を、脚を愛着した。
僕はお前を恋してゐた。お前も僕を恋してゐたと言つてよい。

幼年楽園の回復

こうしたあからさまな情熱の表現には、川端自身、これらの文章を「三十年あまり後の五十歳で読んでみた私も少し驚いてゐる」と記すほどだが、そうであればこそ、純粋な青春の証として「私一個には感慨が深い。三つ（日記、手紙、『湯ケ島での思ひ出』草稿）とも断片であり未熟であるとしても、ただ焼き棄てるのは残り惜しいやうである。」と思い直すのである。歳月を経ることによって、その渦中にある時には見えなかった自分の情熱の意味が見えてくる。

『独影自命』で川端は『少年』について触れ、それまで未公表だったこれらの記録をあらためて作品化し、公表することを思い立った動機について「それは私が人生で出合つた最初の愛だからである。初恋と言へるかもしれない。」と述べ、さらに、この関係の意味について「私はこの愛に温められ、清められ、救はれたのであつた。清野はこの世のものとも思へぬ純真な少年であつた」と語る。神話を思わせるような表現だが、五十歳の時点から自分の来し方を振り返る川端にとって、この少年愛体験は、まさに死から奇跡的に救い出され、蘇生するような神話的な事件だった。一切の肉親を失い、孤児性のうちに閉じ込められていた少年が初めて肉親に代わる他人にむかって心を開き、幼子が親に甘えるように甘え、それによって失われた幼年期の恩寵、無垢の信頼をとりもどすという神話である。

その意味でそれは現実には、青年としての肉体的、性的な要素をも含んだ関係であるにもかかわらず、精神的には、性愛以前の幼年的な世界に戻ろうとする試みだったといってよい。この試みは、この清野との関係を原型として、その後、くりかえし変奏されることになる。次章以降あらためて検討するが、『伊豆の踊子』の踊子体験、『非常』や『南方の火』などに書かれる恋愛体験等である。そのように何度もくりかえして幼年世界に戻り、それによって死から蘇る体験を重ねることによって、川端は少年期から青年期への自己確立の試練を乗り越え、自立した大人、一人前の作家になっていくのである。『十六歳の日記』の祖父の死の体験に続く『少年』の少年愛体験はその原点となるものに他ならない。

第二章　作家への旅立ち

1　青春の出会い

受験準備と高校入学

大正六年三月、茨木中学校を卒業した川端はただちに上京、浅草蔵前《くらまえ》の母方の従兄田中岩太郎のもとに身を寄せ、予備校に通い始めた。中学時代、入学時には首席だった成績も、文学への熱中が過ぎて、しだいに低下気味となり、卒業後は慶応か早稲田の文科へ進むことを初めは考えていたようだが、いよいよ最終的に進路を決定する段になって、持ち前の一流好み気質から一高受験を決意、その準備に入ったのである。

初めての東京生活、それも当時大衆娯楽のメッカとしてにぎわい始めていた浅草周辺に住むことになって、当然そうした遊び場に足を運ぶようにもなったが（この浅草通いはその後も長く続いて、やがて中期代表作のひとつ『浅草紅団』に結実することになる）、だからといって受験を放棄するようなことはなく、七月には首尾よく試験に合格、一部乙（英文科）に入学を許された。実際に高校生活が始まったのは、夏を経た九月からで、全寮制度に従い、後に作家仲間となる石浜金作、鈴木彦次郎などと同室で暮らし始めた。

しかし、初めのうち、川端はなかなか寮生活になじめなかったようである。周囲からは飄飄、超然と見えながら、本人自身は、『少年』の記述に従えば、「私は高等学校の寮生活が、一二年の間はひどく嫌だつた。中学五年の時の寄宿舎と勝手がちがつたからである。そして、私の幼少年時代が残した精神の病患ばかりが気になつて、自分を憐れむ念と自分を厭ふ念とに耐へられなかつた。」というように、清野との愛によって高揚していた時期とは対照的に、疎外、孤立の世界にふたたび落ち込んでいったのである。そしてそこから脱出するために川端は伊豆の旅に出る。

第一高等学校の正門

伊豆——踊子体験

この伊豆の旅は、入学の翌年、二年に進級してまもなく、川端一九歳の大正七年秋、十月三十日から一一月七日にかけての一週間ほどのもので、寮の友人たちにも告げず、ふらりと思い立ったように出かけ、修善寺から湯ケ島、天城峠を越えて、湯ケ野、下田までずっと歩き通した。生まれて初めてといってよい本格的なひとり旅で、伊豆も初めてだったが、その後、終生川端は旅に出ることが多く、また二十代には伊豆に第二の故郷のようになじんで一年の大半をすごすことになる機縁となるものだった。

そして、この旅で最も大きな出来事は、言うまでもなく、道中、旅芸人一行と道連れになって数日を共にすごし、その中の年若い踊子に淡い恋をしたことであり、その経過を題材としてやがて川端初期の代表作『伊豆の踊子』が書かれることになるわけである。

『伊豆の踊子』成立のいきさつについて『独影自命』で川端自身が記しているところを紹介すると、まず、この旅から四年後の大正一一年七月、湯ケ島滞在中に書いた『湯ケ島での思ひ出』草稿一〇七枚のうちの六枚目から四三枚目にとりあげた後、さらにその四年後の大正一五年に、その部分だけ独立させて書き直し、仕上げて発表したというものである。作中の出来事などは大筋ほぼ事実通りのようだが、人物などは美化しているところがあり、「私」の心理なども多少感傷で誇張されているということ。当然そうした異同は考慮にいれねばならないが、それでもこの物語には、『十六歳の日記』『少年』に引き続く川端の青春の頂点をなすドラマが映し出されているといえるだろう。それをしばらく物語に沿って読み解いていきたい。

　道がつづら折りになつて、いよいよ天城峠に近づいたと思ふ頃、雨脚が杉の密林を白く染めながら、すさまじい早さで麓から私を追つて来た。

一高受験の頃

後の『雪国』冒頭の有名な「国境の長いトンネルを抜けると雪国であつた。夜の底が白くなつた。」という文章に瓜二つといえるほど似通った出だしである。いずれの作品も、旅先を舞台として、そこで出合った女性との交渉をたどっていく物語だが、その開始の合図のように、まず未知の土地の自然風土の印象を鮮やかに切り出してくるのが川端の作法だった。日常的な都会風景とは全く掛け離れた野性的な自然が発散するオーラこそが、日常を越えた物語を成立させる前提となるのである。

この秋の伊豆山中風景の中に「私は二十歳、高等学校の制帽をかぶり、紺飛白《こんがすり》の着物に袴《はかま》をはき、学生カバンを肩にかけてゐた。」と主人公「私」は絵に描いたような旧制高校生姿で登場する。実際に旅した時の格好そのままであり、学生としてごく当たり前のスタイルだったというが、それがここでは旧制高校生という社会的身分の証としての効果を発揮し、「私」をいかにも物語（ロマンス）の主人公らしく造形するのである。そしてこれに続いて、まもなく「私」が峠の茶屋で出合うことになる踊子の様子も、さらに一層物語（ロマンス）のヒロインらしく描きだされる。

踊子は十七ぐらゐに見えた。私には分らない古風の不思議な形に大きく髪を結つてゐた。それが卵形の凛々《りり》しい顔を非常に小さく見せながらも、美しく調和してゐた。髪を豊かに誇張して描いた、稗史《はいし》的な娘の絵姿のやうな感じだつた。

こうして、伊豆の自然の中での一高生と旅の踊子の出合い、淡い恋、別れというまさしく「稗史的」な物語（ロマンス）のお膳立てが整えられる。あまりに型通りに出来過ぎた設定、近代小説というよりは近代以前の牧歌的、伝説的物語を思わせる体のものであり、そうであればこそ、事実『伊豆の踊子』は、のちのちまで人々に語り伝えられ、文字通り伊豆の伝説にまでなる。

この伝説性は川端作品の中でも『伊豆の踊子』と『雪国』の二作のみに限られた特別のことだが、そこには二十歳の自分におこった死から再生へのドラマを、一個人の私小説的挿話などではなく、個人を越えた神話的な物語として永遠化したいという強い祈念が感じられる。この冒頭の設定にとどまらず、この物語には、これから見ていくように、様々な神話的仕掛けが組み込まれているが、そのように神話化、永遠化することによって初めて、死から再生への奇跡は奇跡として確認され、成就《じょうじゅ》されるのである。

トンネルをぬけて楽園へ

一旦茶屋で踊子に出合った「私」は、まもなく一足先に出た芸人たちを追って、峠越えのトンネルを抜ける。

暗いトンネルに入ると、冷たい雫《しずく》がぽたぽた落ちてゐた。南伊豆への出口が前方に小さく明るんでゐた。

『雪国』でもトンネルは、引用した冒頭の場面に見られるように物語世界への入口の役割を果たす重要な仕掛けとして登場するが、この『踊子』の場合には、東京での疎外された現実の世界から踊子との恋によって救済される楽園の世界への転換通路として一層決定的な役割を果たしている。トンネルの手前、北伊豆に属する茶屋まではまだ東京に引き続く暗く、寒い世界で（雨に濡れた「私」は「肌に粟粒を拵へ、かちかちと歯を鳴らして身顫ひした。」）、そこからさらに、まさしく死を思わせるような暗く、冷たいトンネルを抜けると、一挙に光に満ちた、暖かい楽園が広がっていて（「峠を越えてからは、山や空の色までが南国らしく感じられた。」）、迎え入れられるのである。こうしたトンネルを抜けて楽園に入っていくという構図は、桃源郷伝説あるいは胎内回帰神話などにそっくり合致するものだが、ここでは「私」の精神的死から再生へという転換劇の枠組みとなるのである。

このトンネルを抜けて南伊豆に入って間もなく「私」は芸人たちに追いつき、踊子とも話をかわすようになるが、そこでこの踊子たちが南伊豆よりもさらに海を隔てた南方の大島に帰るところであり、その大島は冬でも泳げるほどの常夏《とこなつ》の土地であることを聞き、「一層詩を感じ」る。すなわち、南伊豆がトンネルによって東京、北伊豆から隔てられているとはいえ、まだ地上、此岸の楽園であり、「私」が足を踏み入れることができるのに対し、大島はちょうど、蓬莱山《ほうらいさん》や補陀落《ふだらく》あるいはニライカナイのように、海中、彼岸の楽園であり、生身の「私」には入ることのできない世界であって

（注：「私」は下田で島へ帰る踊子たちと別れ、東京に戻ることになる）、そうであればこそ、聖なるオーラに包まれていることが暗示されるのである。

こうして、「私」の浄化救済の物語が徐々に始まる。しかし、当初はまだ、この浄化救済の方向とせめぎあうように頽廃破滅の影も、そこここに射し込んでくる。「私」の浄化救済とは、失われた幼年期の無垢の恩寵を回復することであり、踊子との関係についても、恋とはいいながら、『少年』の清野との愛のように、性的なもの以前の幼子同士のような無心の間柄でなければならないが、ともすれば、二十歳の「私」の踊子に対する意識には強く性的なものが入ってくるのである。この意識はまず、茶屋の婆さんから芸人たちは「お客があればあり次第、どこにだつて泊るんでございますよ。」と聞かされて、それなら踊子を自分の部屋に泊まらせようと空想するところから始まり、湯ケ野の宿に泊まった夜、土地の宴席に出ているらしい「踊子の今夜が汚れるのであらうかと悩ましかつた。」と悶々《もんもん》として夜中まで寝つけないというように進んでいく。

浄化救済への転機

この性的な意識が一気に払拭《ふっしょく》されて、決定的に浄化救済の方向が定まるのが、翌朝宿の風呂に入っていると、川向こうの共同湯から踊子が飛び出してくる有名な場面である。

仄暗い湯殿の奥から、突然裸の女が走り出して来たかと思ふと、脱衣場の突鼻《とっぱな》に川岸へ飛び下りさうな恰好で立ち、両手を一ぱいに伸して何か叫んでゐる。手拭もない真裸だ。それが踊子だつた。

若桐のやうに足のよく伸びた白い裸身を眺めて、私は心に清水を感じ、ほうつと深い息を吐いてから、ことこと笑つた。子供なんだ。私達を見つけた喜びで真裸のまま日の光の中に飛び出し、爪先で背一ぱいに伸び上がる程に子供なんだ。私は朗らかな喜びでことことと笑ひ続けた。頭が拭はれたやうに澄んで来た。微笑がいつまでもとまらなかつた。

踊子の髪が豊か過ぎるので、十七八に見えてゐたのだ。その上娘盛りのやうに装はせてあるので、私はとんでもない思ひ違ひをしてゐたのだ。

「子供」そのもの、あらゆる自意識以前の「真裸のまま」「日の光の中に飛び出し」てくる踊子とは、いわば原罪以前のイヴであり、このイヴの無垢の愛によって「私」は浄化され、失われた楽園に回帰することがかなうのである。まさに神話そのものの光景であり、この場面によって『伊豆の踊子』は生きた伝説となったといえる。

この決定的な瞬間のあとは、ただ、それによって定められた浄化救済の段階を順に踏んでいきさえすればよい。一日湯ケ野ですごした翌日、出立の支度をする「私」は高等学校の制帽をカバンに押し込み、代わりに、買い込んだ鳥打ち帽をかぶる。言うまでもなく、一高生という現実社会での身分と

湯ケ野（静岡県賀茂郡河津町湯ケ野）

訣別し、流浪の芸人一行に同化するための儀式である。冒頭場面に提示されたように、一高生と旅芸人の踊子という社会的身分階層の両端に位置する、いわば王子と乞食娘的な組み合わせが、現実にはありえない物語（ロマンス）的な展開を予感させたとすれば、この王子が王子の印を自ら外し、代わりに旅芸人のなりに身をやつすことによって、物語（ロマンス）はいよいよ成就に向かうのである。

湯ケ野を立ち、秋の日和にあたたまりながら打ち連れて旅を続けるうち、「私」には、踊子とその姉分にあたる娘の会話が聞こえてくる。

「それは、抜いて金歯を入れさへすればなんでもないわ。」と、踊子の声がふと私の耳にはいつたので振り返つてみると、踊子は千代子と並んで歩き、おふくろと百合子がそれに少し後れてゐた。私の振り返つたのを気づかないらしく千代子が言つた。

「それはそう。そう知らしてあげたらどう。」

私の噂らしい。千代子が私の歯並びの悪いことを言つたので、踊子が金歯を持ち出したのだらう。顔の話らしいが、それも苦にならないし、聞耳を立てる気にもならない程に、私は親しい気持になつてゐるのだつた。暫《しばら》く低い声が続いてから踊子の言ふのが聞えた。

「いい人ね。」

「それはさう、いい人らしい。」

「ほんとにいい人ね。いい人はいいね。」

この物言ひは単純で明けつ放しな響きを持つてゐた。感情の傾きをぽいと幼く投げ出して見せた声だつた。私自身にも自分をいい人だと素直に感じることが出来た。晴れ晴れと眼を上げて明るい山々を眺めた。瞼の裏が微《かす》かに痛んだ。二十歳の私は自分の性質が孤児根性で歪んでゐると厳しい反省を重ね、その息苦しい憂鬱に堪へ切れないで伊豆の旅に出て来てゐるのだつた。だから、世間尋常の意味で自分がいい人に見えることは、言ひやうなく有難いのだつた。山々の明るいのは下田の海が近づいたからだつた。私はさつきの竹の杖を振り廻しながら秋草の頭を切つた。

ここにおいてとうとう、「私」は踊子から「いい人」すなわち幼心を失わない人と認められて、これまで自分を閉じ込めていた「孤児根性」から解放される。浄化救済の実現である。

しかし、こうして「私」に浄化救済をもたらした桃源郷世界は、実際には現実世界に取り囲まれているのであり、この現実世界の影は折々に射し込んで、やがて、いやおうなく「私」を桃源郷世界から連れ戻すことになるのである。

引用した一節の直後には「途中、ところどころの村の入口に立札があつた。――物乞い旅芸人村に入るべからず。」と、強い社会的差別、排除の現実が顔をのぞかせ、ついで旅の終着地下田の町中に入ると、いよいよこの現実は「私」と踊子の間に容赦なく介入してくる。下田では一緒に活動写真を見にいく約束をしていたのが、「私」と踊子のふたりきりではいけないと踊子の母親からとめられるのであり、そのまま「私」は、大島に帰る踊子たちと別れて、ひとり東京に戻ることになるのである。

先に立つ「私」を見送りにきた踊子の義兄に、「私」はそれまでかぶっていた鳥打ち帽をくれてやり、自分はカバンに押し込んでいた制帽を取り出す。つかの間の桃源郷体験を終えて日常現実に戻る象徴的な儀式である。隠れるように後を追ってきた踊子とは無言のあいさつをかわして「私」は船に乗り込み、まもなく出港する。みるみる踊子の姿は遠ざかっていき、「汽船が下田の海を出て伊豆半島の南端がうしろに消えて行くまで、私は欄干に凭《もた》れて沖の大島を一心に眺めてゐた。踊子に別れたのは遠い昔であるやうな気持だつた。」と踊子との物語は閉じられる。

エピローグ

しかし『伊豆の踊子』そのものは、その後に、まだエピローグがつく。船室に入った「私」は、踊子との別れの感傷から放心したようになって、たまたま隣り合った見知らぬ少年からあれこれ世話を受けると、何の抵抗もなく、その好意に甘えて身を委ねるのである。

海はいつの間に暮れたのかも知らずにゐたが、網代《あじろ》や熱海には灯があつた。肌が寒く腹が空いた。少年が竹の皮包みを開いてくれた。私はそれが人の物であることを忘れたかのやうに海苔巻きのすしなぞを食つた。そして少年の学生マントの中にもぐり込んだ。私はどんなに親切にされても、それを大変自然に受け入れられるやうな美しい空虚な気持だつた。明日の朝早く婆さんを上野駅へ連れて行つて水戸まで切符を買つてやるのも、至極あたりまへのことだと思つてゐた。何もかもが一つに融け合つて感じられた。

船室の洋燈が消えてしまつた。船に積んだ生魚と潮の匂ひが強くなつた。真暗なかで少年の体温に温まりながら、私は涙を出委せにしてゐた。頭が澄んだ水になつてしまつてゐて、それがぽろぽろ零れ、その後には何も残らないやうな甘い快さだつた。

すなわち、桃源郷体験そのものはすでに終わって日常現実に戻る途上にありながら、「私」はもはや、以前のような「孤児根性」に閉じ込められた青年ではなく、他人に対して無条件で心を開くようになっているのである。桃源郷体験そのものは一過的なものであり、ふたたび日常現実に戻らねばならないにせよ、この体験によってもたらされた心のありかたの変化は一過的なものではなく、「私」は本質的に変わった――失われていた幼年期の恩寵を取り戻すことによって、現実においても他人との開かれた人間関係を結ぶことができるようになったのである。

そのことを確認するためにこのエピローグがつけられ、それによって『伊豆の踊子』は単なる旅の恋物語ではなく、青年が試練をくぐりぬけることにより成長自立していく通過儀礼の物語となるのである。

2　青春の集大成

清野から踊子へ

すでに述べたように、『伊豆の踊子』が物語として完成発表されるのは、実際の体験から八年を経てのことであり、この八年という時間はこの作品の成立に様々にかかわっているが、それを一口で言うなら、この二十（満一九）歳の時の体験に、その前後のいくつかの同種の体験を重ねあわせ、総合して、自分の青春の総決算、さらには、青年から成人への通過儀礼という普遍的な人生行程の物語として仕上げるのに八年を要したということになるだろう。『少年』の清野体験と『伊豆の踊子』の踊子体験が密接に連続していることは、両者の原型となる『湯ケ島での思ひ出』でふたつの体験が一続きに語られていることからもわかるが、主人公の愛の対象となるのが、少年と少女と性は別でも、そうした性差以前の愛という点で本質は変わらないのである。『伊豆の踊子』のエピローグで、踊子によってもたらされた浄化救済の感情がそのまま少年に転移されているのもそのためである。

また、次章で論じることになる失恋体験とのかかわりについていえば、この失恋体験を扱った一連の作品に、やはりいくつか『伊豆の踊子』に重なる箇所が出てくる。たとえば、『篝火』『南方の火』で、相手の娘の裸身を垣間見てその子供らしさを発見し、うたれる場面、あるいは『非常』で、娘から唐突な別れの手紙をもらい驚いて汽車に飛び乗り、娘に会いに行く車中、放心した「私」を気遣って世話をやいてくれる少年のなすがままに身を委ね、安らかな気持ちとなる場面などである。

『十六歳の日記』の場合同様、川嶋至氏は、こうした重なりを検討して、『伊豆の踊子』は、執筆時により近く、切実な体験であった失恋体験を組み込むことにより成立していると推定し（『川端康成の世界』）、これに対し川端は、似たような出来事が偶然それぞれの時点であったと反論するなどのやりとりが行われたが、この場合も、つまるところは、同様の精神的体験が、清野体験、踊子体験につづいてこの失恋体験においても繰り返されたのであり、それらを集約、総決算する作品として『伊豆の踊子』が書かれているということなのである。

この作品が、『湯ケ島での思ひ出』草稿等の試行錯誤を経て、ようやく二七歳で完成発表されるに至ったことの意味はそこにある。清野体験以来十年にわたり繰り返され、変奏されてきたドラマの全過程を終え、青春がすでに過去となったこの時点（この時期、川端は新進作家としての地歩を固め、秀子夫人との結婚生活を始めている）で、川端は初めてこの過ぎ去った青春というものの全体を振り返り、その意味を確認するのである。

そしてその時、『伊豆の踊子』という作品は、単に川端一個の個人的な物語にとどまらず、およそ青年というものが必ず通過しなければならない普遍的な体験――他人、世間というものの壁に出合って、その壁を乗り越え、自立した大人になっていくという体験の物語となる。『伊豆の踊子』が、青春物語の古典として読みつがれることになる以縁である。

風土記的物語の誕生

また一方、『伊豆の踊子』は風土記的物語でもある。東京での対人関係になじめず、疎外されて、伊豆に旅してきた一高生――青年エリートが旅芸人の娘と出合って恋に落ちるという筋立ては、たとえば昔男《むかしおとこ》（在原業平《ありわらのなりひら》）が都から東国に流れ下っていく道筋で土地土地の女と恋のやりとりをするという『伊勢物語』や、光源氏が政争で都を追われ、流《る》謫《たく》の日々を送った須磨《すま》の地で明石《あかし》の君を娶《めと》る『源氏物語』など、いわゆる貴種流離譚《きしゅりゅうりたん》の系譜に連なるものとみなすことができるのである。

さらに、踊子が本来は常夏の楽園である大島の娘であり、そこから伊豆の地にやってきて男と出合い、献身的な愛によって男を浄化救済した後、元の大島に戻っていくという構図は、信太《しのだ》の森の白狐が女に姿をかえて安倍保名《あべのやすな》のもとを訪れ妻となり、子を生み育てた後、元の森に戻っていくという葛《くず》の葉《は》伝説、鶴がやはり女に姿を変えて里の男のもとに嫁入りし、身を削って尽くした後、元の鶴に戻って飛び去っていくという鶴女房（鶴の恩返し）伝説など、動物や精霊などと人間の結婚を物語る異《い》類婚姻譚《るいこんいんたん》に合致する。

こうした古くから語り継がれ、日本人の心性に深く根づいてきた物語類型に重なり合うことによって、『伊豆の踊子』は伝承説話的なオーラをまとうことになるのである。そして、特にその題名にみられるように、伊豆という土地に強く結びつくことによって、この地の共同体的神話すなわち伝説と化する。川端は、その後、『雪国』や『山の音』など、土地土地の風土と密接に結びついた作品つまり風土記的物語を書くことになるが、その原点となるのが『伊豆の踊子』なのである。

青春の総決算、青春物語の古典として、また風土記的物語の原点として、『伊豆の踊子』はまさに記念碑的な作品となるわけだが、さかのぼれば、その始まりとなったのが、二十（一九）歳の時の伊豆の旅だったのであり、川端はいわばこの旅の体験を分水嶺として、それ以前の疎外され、閉ざされた少年時代を脱し、自立した青年として、世間に踏み出すのである。

大人への脱皮

東京に戻った川端は寮の仲間に旅の話をあれこれ語り、なにかふっきれた様子で、これを境に、それまでなじまなかった寮生活にも心を開き始めた。そして、石浜金作、鈴木彦次郎、三明永無などと連れ立ってしばしば町を出歩くようになる。当時モダンな都会風俗として流行し始めていたカフェに出入りして女給を「張った」り、浅草オペラに通ったりという具合である。

そして、これに平行して、作家志望の方も本格化していく。『少年』には、中条百合子が一八歳で処女作『貧しき人々の群』を「中央公論」に発表（大正五年）、島田清次郎が一九歳で長編小説『地上』を新潮社から刊行（大正六年）等、同世代作家のはなばなしい出現に強く刺激されたことが回想されているが、一高入学後まもなく川端は、文壇登場の手引き役となってくれそうな先輩作家として、中学時代から相談の手紙を出していた新進作家南部修太郎のもとをしばしば訪ね、ロシア文学の話を聞いたりしていた。また大正八年には、後に無二の親友となり、選挙運動の手伝いまですることになる今東光《こんとうこう》のもとを、石浜、鈴木と共に訪ねて、当時文壇の寵児《ちょうじ》として脚光を浴びていた佐藤春夫や谷崎潤一郎のうわさを聞いたり、徹夜で文学論をかわしたりして、文学グループを広げていった。

しかし、三年間の高校時代の間、実際に発表された作品としては、学内の「校友会雑誌」に『ちよ』という短編をひとつ掲載したにすぎない。作家として立つ気持ちは固まり、その足場作りには励みながら、なかなかその先の実行、実現までにはいたらないのである。

大正九年七月、川端は一高を卒業、九月には東京帝国大学文学部英文科に入学した。この間、帰郷中には、京都に清野を訪ねている。清野は、この時はもう中学を卒業して、一家で信仰していた大本《おおもと》教の修行を積むため、上嵯峨奥の滝の修行所に籠《こ》もっていたのである。この時のことは、やはり『少年』中に引用される『湯ケ島での思ひ出』に中学時代の体験にひき続いてくわしく記されているが、大本教自体については違和感をおぼえながらも、無心に滝に打たれる清野の姿には神々《こうごう》しいまでの清らかさを感じて、それまで心の内にひきずっていた清野への感情は浄化滅却《めっきゃく》され、川端はこの初恋の少年に素直に別れを告げ、山をおりた。『少年』の結びには、その後、二度と清野に会うことはなかったこと、しかし三十年後の今でも感謝を持ち続けていることが記されている。

この清野との再会と別れが、踊子体験とそっくり相似形をなしていることは明らかだろう。『湯ケ島での思ひ出』に踊子の話に続いて清野の話がでてくるのは、湯ケ島滞在中にたまたま大本教の集会に出合い、教祖を見かけたことがきっかけで思い出されたのだと『少年』には述べられているが、それ以上に、このふたつの体験が川端にとって本質的に同一のもの、すなわち他人と心許しあうことによって疎外感情を克服し、その過程を終えると、そこで別れ、ふたたび世間に戻っていくという体験であったからであるはずだ。それは、青春の体験、少年が青年から大人に成長していくための通過儀礼体験であると同時に、やがて『雪国』や『山の音』に見られるように、成人してからも反復されることになる川端文学における恋愛パターンの原型となるものだった。

「新思潮」参加

大学入学にともなって寮を出ることになった川端は、ひとまず級友の鈴木彦次郎の下宿に居候した後、浅草の帽子修繕屋の二階に間借りすることになった。そして、ちょうどその頃から、川端は仲間と語らって、文壇登場をめざし、本格的な同人雑誌作りに乗り出した。第六次「新思潮」である。

「新思潮」は、明治四〇年、小山内《おさない》薫《かおる》によって創刊され、その後、代々、東大文科生を中心に運営された文芸同人誌で、谷崎、芥川、菊池寛等がここから巣立った、まさに文壇登竜門ともいえる名門誌である。この由緒ある同人誌を引き継ぐべく、川端らはまず、菊池寛のもとを訪ねて挨拶した。当時、菊池は、『恩讐の彼方に』などで売り出しつつあった新進作家だったが、川端ら後輩の訪問を快く受け入れ、文壇へのひきまわしも請け負って、以後、物心両面にわたって惜しみない援助を注いでくれることになる。とりわけ川端への庇護は厚く、川端が文壇に登場するにあたっての親代わりといってよいほどだった。このことを川端は終生忘れず、生涯の恩人としてくりかえし謝意を示している。

翌大正十年二月、第六次「新思潮」は創刊され、川端は『ある婚約』を発表した。これはさほどの評価をうけなかったが、つづいて四月の第二号に発表した『招魂祭《しょうこんさい》一景』は、菊池寛をはじめ、久米正雄、南部修太郎など多方面から称賛をうけた。靖国神社の招魂祭の余興として出ている曲馬団の娘たちを描いた小品だが、的確な写生力が高く評価され、いわば職業作家としての技量にお墨付きを与えられたわけであり、事実これがきっかけとなって川端は、「新潮」など商業誌からも原稿依頼をうけ、原稿料を得るようになる。文壇進出の念願があっけないほど早々にかなったのである。

この前後、川端は大学にはろくに出なかったようで第一年度には一科目も単位をとっていない。もっぱら作家修行が第一で、創作に励むと同時に、翻訳や文芸時評などもさかんに手掛けた。それで得られる原稿料収入といっても微々たるものだったが、心意気ばかりは職業作家と自負し、周囲からもそれなりに遇されつつあった。二十歳そこそこ、短編小品をいくつか発表した程度の学生が職業作家とは、川端自身、「後年の文壇では信じ難いであらう」（『独影自命』）と述べている通りだが、当時はまだ、文壇といっても、そうした半アマチュア的なのどかなところがあったのである。

そうした雰囲気に育まれて、川端は、同世代の仲間たちと切磋琢磨《せっさたくま》しながら精一杯作家への道を登り始める。人生の青春期であると同時に、作家としての青春期でもあった。そしてこの時期、ちょうど符節《ふせつ》を合わせるように、人生の青春期の頂点となる痛切な恋愛体験を迎えることになる。

3　非常の恋

初代との出会い

伊豆から戻り、友人たちと町遊びをするようになって間もなく、川端は本郷の「エラン」というカフェに出入りするようになり、そこでちよという少女に出合う。ちよの経歴については川嶋至氏の調査によりおおよそ以下のようなことがわかっている（『川端康成の世界』）。「ちよ」というのはカフェでの源氏名で、本名は伊藤初代《はつよ》といい、川端より七歳年下の明治三九年生まれ、幼くして母に死別、父とも離れ、小学校も出られずに子守奉公をして他人の家を転々とするなど恵まれない子供時代を送ったという。やがて上京、「エラン」のマダムに可愛がられて店に出るようになり、川端と出合うのが、大正八年、川端二十歳、初代一三、四歳の時ということになる。やがて、マダムが店を閉めて台湾に渡ることになり、マダムの縁戚にあたるという岐阜の寺に養女として預けられることになるが、そこに川端は、友人を伴って何度か訪ねていったようである。

川端と伊藤初代　右端は友人の三明永無（大正10年10月）

そして大正十年秋には、ついに結婚を申し込み、承諾を得て、郷里岩手に残っていた実の父親までも訪ねて許しをもらうが、そのわずか一月後に、初代は理由も明らかにしないまま婚約を破棄する手紙を川端に送り、姿を消すのである。言うまでもなく、当時の川端にとっては、深刻な打撃であり、その後、長く心の傷として残ることになる。

この失恋をめぐっては、すでに触れたように、『伊豆の踊子』にも連なることになるいくつかの小説作品（『南方の火』『篝火』『非常』等）が書かれているほか、『独影自命』等に当時の日記や回想などが記され（これらの川端作品や日記、回想では、初代は多く「みち子」、「弓子」などの仮名で登場する）、また、周囲にいてこの事件にかかわった友人たちの証言も残されており、これらを手掛かりとして、その意味を探ることができる。

初代は、川端と一緒にエランに通った鈴木彦次郎の証言（『川端康成の世界』）によれば、「すきとおるように皮膚のうすい色白な少女であったが、痩せぎすの身体には、まだふくらみも見えず、固いつぼみのままといった感じだった。人なつっこく、陽気にはしゃいではいたが、時折り、ふいと孤独な影もさして、さびしげにも見えた。」というような少女であり、こうした幼げな、淋しげな、薄幸の少女とままごとのような結婚生活をすることを川端は望んでいたらしい。『南方の火』でそうした心境を次のように川端は描きだしている。

そんな時雄が空想する結婚は、夫となり妻となることではなかつた。彼と弓子との二人が二人とも子供になることだつた。子供心で遊び戯れることだつた。彼も弓子も幼い時から家庭を失つてゐたから、ほんたうの子供心で暮したことがない。だから二人で力を合せてその埋れた子供心を掘り出したかつた。弓子を東京へ呼んでどうして子供らしく遊ばせるかといふことしか彼は考えてゐなかつた。

子供らしい日々のなかつたことがどんなに自分の心をゆがめてゐることかと日頃から思ひ悩んでゐた彼は、結婚でその痛手を癒せると初めて自分の前に明るい人生の道が見えた喜びだつた。彼の愛は弓子を子供にするだらう。弓子の愛は彼に子供心を取り戻させるだらう。二十三の彼と十六の弓子とは夫となり妻となるには若過ぎるかもしれないが、子供になるには年とり過ぎてゐるくらゐだ。自分にはないと思つてゐる子供心へのあこがれから、時雄はこれまでも十五六の少女ばかりを恋の相手として思ひ描いてゐた。ところが弓子は十六だ。十六の少女と一緒になれる——これだけでも奇蹟のやうに美しい夢だつた。

つまり、孤児根性によって歪められ、失われてきた子供時代の恩寵《おんちょう》、無垢《むく》の愛に包まれて無心に遊び、戯れるという恩寵を取り戻すために、同様の境遇の娘をさそって子供ごっこをする、そのための結婚なのである。一種のロリコン趣味ともいえる倒錯した発想だが、川端自身にとっては、欠損してきた自分の存在の根元を本来の健全な姿に回復し、一人前のまともな人間になるためのぎりぎりの切実な思いだった。これが、清野体験、踊子体験で試みられてきたことの反復であることはいうまでもないが、前二者がまだ一過的な淡く、抒情的な体験として清算しえたものであったのに対し、今回こそは、もう最後のチャンスだった。結婚という社会的、現実的責任を負った抜き差しならない勝負、これに敗れれば、もはや二度と恩寵回復の可能性は与えられず、孤児のまま社会現実の中で生きていく他ないことを決定づけられる勝負なのである。

非常

だが、この最後の勝負に川端は物の見事に敗れる。結婚承諾の約束をとりつけた一カ月後、婚約の喜び、幸福な結婚の期待に有頂天になっていた川端のもとに、初代から突然「非常」の手紙が届くのである。


「おなつかしき時雄様。

お手紙ありがたうございました。お返事を差し上げませんで申しわけございませんでした。

私は今、あなた様におことわり致したいことがあるのです。私はあなた様と固くお約束を致しましたが、私にはある非常があるのです。それをどうしてもあなた様にお話しすることが出来ません。

私今このやうなことを申し上げれば、ふしぎにお思ひになるでせう。あなた様はその非常を話してくれとおつしやるでせう。その非常を話すくらゐなら、私は死んだはうがどんなに幸福でせう。どうか私のやうなものはこの世にゐなかつたものとおぼしめして下さいませ。

あなた様がこの手紙をお読み下さいますその時もう私はこの岐阜には居りません。どこかの国で暮してゐると思つて下さいませ。私はあなた様との　〇！　を一生忘れはいたしません。私はもう失礼いたしませう。私は今日が最後の手紙です。この寺におたより下さいましても私は居りません。さらば。私はあなた様の幸運を一生祈って居りませう。私はどこの国で暮すのでせう。お別れいたします。さやうなら。」

この手紙を受け取る日の前後、川端は菊池寛に婚約の報告をして、色々生活上の面倒を見てもらうことになり、さしあたって初代を迎えるために引っ越しの支度までしていたところにこの絶縁状が届いたのである。川端にはこの「非常」の意味がわからなかった。わからないままに、いてもたってもいられず、下宿を飛び出し、夜汽車に乗り込んで岐阜に向かう。

翌朝、岐阜に着いて初代の養われている寺を訪れ、面会を求めると、しばらくして出てきた初代は凍りついたような表情をしていて、ろくに話もできない。困惑した川端は、友人の応援を頼み、やってきた友人のとりなしでなんとか初代から翻意をとりつけ、あらためて川端のもとに来ることを約束させたが、それから二週間も経たないうちに、初代は再び手紙をよこして、上京のために川端が送った汽車賃を送り返し、やはり川端のもとにはこないことを告げて、そのまま寺をも離れ、姿を消してしまう。

その後、しばらくして、初代は今一度東京に出てきて、またカフェの女給として働いているという噂が耳に入り、川端はそのカフェを訪ねるが、初代は相手にせず、それによって決定的に川端と初代の関係は終わりを告げるのである。

失恋の傷痕

川嶋至氏の調査によれば、それからまもなく初代は年上のカフェの支配人と結婚し、娘も生まれて順調な家庭生活を営んでいたが、やがて夫が病死すると、その後は再度女給に出たり、再婚して子供を七人も生むが、夫に働きがなく苦労するなど変転の多い人生を送って、昭和二六年、四六歳で病没した。

その間、初代は一度、自分の方から川端を訪ねている。別れてから十年ほど後、初代は再婚後、川端の方もすでに結婚していたが、突然、前置きもなく上野桜木町の川端家を訪れた初代は数時間話をして帰っていったという。『父母への手紙』などで川端はそのことに触れているが、かつての永遠の少女のような面影はすっかり失われ、生活に疲れて落魄《らくはく》した初代のありさまに強い衝撃をうけたようで、帰って行く時の後ろ姿がひどく寂しいものであったことを感慨深く記している。

こうしてあっけなくこの恋愛体験は終わる。川端自身「遠い稲妻相手のやうな一人相撲」(『文学的自叙伝』)と評した通りのはかなく、つかの間の体験だったが、それが川端におよぼした作用には深刻なものがあった。別れた後も、長く初代の面影は川端の脳裏を離れず、町中ですれちがった女性や映画の看板に描かれた女優が初代ではないかと思ったり、絶縁状にあった「非常」とは何を意味するのか――男性関係にまつわることか家庭の問題か、それとも自分の容貌身体の醜さや、暗く、無気味な雰囲気がかかわっているのかなどと思い悩むような日が長く続いた。

そして、こうした煩悶を咀嚼《そしゃく》するように、繰り返し、蒸し返し、小説に書きつづった。それは、いわば自分に対する必死のカウンセリングだったが、このカウンセリングの作業が集大成されたのが、一一年夏、湯ケ島滞在中に書かれた『湯ケ島での思ひ出』だといえる。

すでに見てきたように、この草稿そのものは現存せず、『少年』で川端が伝えている範囲でしかうかがうことができないが、それによれば、全体で四〇〇字詰め原稿用紙一〇七枚のうち、三分の一ほどが踊子との思い出をつづった部分で、これが後に独立して『伊豆の踊子』となった。そして残り三分の二の大方が清野との思い出にあてられているということであり、初代とのことは最初の方でほんの断片的に触れられているにすぎないようである。にもかかわらず全体を通して、この書かれざる初代とのことは『湯ケ島での思ひ出』に深く影を落としている。

川嶋至氏が丹念に検証しているように（『川端康成の世界』）、『伊豆の踊子』と、『南方の火』などの初代ものを読み比べると、極めて似通った印象的な場面が出てくる。たとえば『踊子』で踊子が裸のまま湯から飛び出してくるのを見て子供なんだと安堵する場面と、『南方の火』で湯上がりの娘の裸身を垣間見てやはりその子供らしさに驚く場面、あるいは『踊子』の結末で主人公が見知らぬ少年のマントに包まれて浄化される場面と、『非常』で絶縁状に驚いた主人公が夜汽車で岐阜に向かう車中、放心してマントの裾を床に落とすと、向かいの席の少年がいたわってマントを拾い、包んでくれるのに身を任す場面である。

こうした相似性をふまえ、さらに大正一一年一月一四日の日記で、栗島すみ子演じる娘旅芸人の映画看板を見て、それが初代（日記中では「みち子」）ではないかと動転すると共に、伊豆の踊子のことを思い出したと記していることをひいて川嶋氏は、『踊子』は、初代（みち子）の面影、彼女への思いを踊子に託して書かれたものだと結論する。これに対し川端自身は、川嶋氏の論を読んで、意外な推論だった、自分としては踊子に初代（みち子）の面影を重ねるなどとは全く意識していなかった、少年にいたわられる場面も、それぞれ実際にあったことを書いたままで、それが一致したのは偶然であり、気がつきさえしなかったと驚きを述べるものの、そう指摘されるなら、無意識のうちに初代への思いが『踊子』に反映しているかもしれないと認めている（『一草一花』）。

さらに、川嶋氏の指摘する踊子と初代の重なりに加えて、『踊子』と『非常』で共に年下の少年にいたわられ、やすらぐ場面には、清野との愛——たとえば先に引用した寄宿舎で起床間際に清野の腕を顔に当て愛撫しあう体験（大正五年一二月一四日付け日記）が下地になっていることも、やはり読み比べてみれば（とりわけ『踊子』と日記）、明白だろう。

このように検討してくることにより、『湯ケ島での思ひ出』の意味がはっきりしてくる。一口でいうなら、この草稿は、直前まで尾を引いていた初代体験を下地として、それに先行する清野体験と踊子体験をふりかえることにより、この三つの体験が連続し、重なり合うものであることを確認しようとする試みだといえるのである。少年期から青年期に達しようとする川端にとって、これらの体験は、いずれも、愛によって孤児根性から脱し、失われた幼心に還って癒され、やすらぐという同一の構造、同一の意味をもったものだったのであり、それを確認、清算することによって初めて、この過渡的な時期を乗り越え、一人前の自立した大人となることができるのである。

初代との別れから一年弱、二三歳の夏、東京を離れ、湯ケ島の地にこもって、川端はこの自己カウンセリングの作業、大人になる作業に没頭するのである。

4　文壇への登場

文壇へ　後に共同して新感覚派運動を立ち上げ、無二の盟友となる横光利一《よこみつりいち》に川端が初めて出合ったのは、ちょうど初代との「非常」問題が勃発しようとしていた大正一〇年一一月のことで、菊池寛により、有望な新進作家同士としてひきあわされたのだった。川端より一歳年長、三重県伊賀上野《いがうえの》に育ち、早稲田大学に進んでやはり文学修行に励んでいた横光は、当時、まだ川端以上に全く無名だったが、菊池はふたりを本郷のすき焼き屋江知勝《えちかつ》に連れていって御馳走し、先に横光が帰ったあと「あれはえらい男だから友達になれ」と川端に言ったという（『文学的自叙伝』）。
その後しばらく、ふたりは、それぞれの文学仲間と同人雑誌を出すなど別々に活動していたが、大正一二年一月、ふたたび菊池寛の肝煎《きもいり》で「文芸春秋」が創刊されると、そこに、菊池、芥川龍之介、久米正雄ら先輩中堅作家に連なって共に編集同人として加えられ、いよいよ本格的に新世代作家同士として連携し始めることになった。この創刊号に川端は『招魂祭一景』にひきつづき芸人少女を描いた『林金花の憂鬱』を、横光は当時勃興し始めていたプロレタリア文学への挑戦的姿勢を示した評論『時代は放蕩する』を発表して気を吐いた。そして川端は「新潮」二月号に「文壇は新人達のために、今年あたりから一転回して行きさうな趣きが見えて」と我田引水ともいえる『新春創作評』を記すなど、文壇の第一線に肩を組んで躍り出たような意気込みをみせた。新感覚派の胎動は事実上ここに始まったといえる。

すでに前の年から川端は、学業が滞《とどこお》りがちなのを恥じて、それまで伯父に預けてあった遺産から毎月六〇円ほどずつ送ってもらっていた学資の仕送りを断り、自活生活を試みていたが、この本格的な文壇登場以降は、いよいよ筆一本で立つ気持ちを固めて、方々の雑誌、新聞に文芸時評や小説を盛んに執筆した。と言っても新人学生作家の原稿料などは微々たるもので、当時の日記には、日課のように質屋に通ったり、購入した本は一読後すぐに古本屋に売りにいって金を都合するというような算段が細かく記されているが、そんな貧乏暮らしを続けながらも、友人と交流し、遊びまわり、文学に励むことがうれしくてならない、まさに青春まっ盛りの時期なのだった。

後にこの頃のことを川端は回想して「私はいろいろの開花期のなかにゐて、よほどの幸運児ではあるまいか。……まるで〔「文芸春秋」〕社が遊び場かのやうに私達が日参してゐた、お祭じみてのんきな日々はもう二度とあるまい。その楽しさに最もいい気になれたのは二十代の私達だつたらう。」

る。（『文学的自叙伝』）と述べているが、初めて足を踏み入れた文壇世界に有頂天だった様子がうかがわれる。

震災

この年夏には大阪で休暇をすごし、八月末に東京にもどってきてまもなくの九月一日、関東大震災がおこった。その日、川端は上野千駄木町の下宿二階にいたが、格別の被害もなく、その後、今東光、芥川龍之介などと連れ立って、連日、下町の罹災《りさい》の跡を見てまわった。

もともと火事場見物などが大好きだという物見高い性分の川端だが、「私は多分に亡国の民である。震災の時の亡命行じみた罹災者の果しない行列ほど、私の心をそそつた人間の姿はない。……親なし子、家なし子だつたせゐか、哀傷的な漂泊《ひょうはく》の思ひがやまない。」（『文学的自叙伝』）というように、一面修羅場《しゅらば》の無常の相に一種共感をおぼえるような思いで歩きまわったようだった。同時にこの時、川端の胸に強く去来したのはやはり初代への思いだった。震災から三カ月近く経て、久しぶりに日記の筆をとった川端はこう振り返って記している。

地震に際して吾激しく千代〔初代〕が身を思ひたり。他にその身を思ふべき人なきが悲しかりし。一日、火事見物の時、品川は焼けたりと聞きぬ。千代品川に家を持ちてあるが如何にせるや。吾、幾万の逃惑ふ避難者の中にただ一人千代を鋭く目捜し居たりき。

翌大正一三年三月、川端は大学を卒業した。『独影自命』には、この前後のことを次のように川端は回想している。

四年目の卒業もあやふかつた。いまだに私は何年経つても大学が出られさうになくて困つてゐる夢を見たりする。私は卒業単位が足りなくて、佐佐木信綱先生と沼波瓊音先生とにお願ひし、また主任教授の藤村作《ふじむらつくる》先生の自宅へは教授会の早朝か前日かに押しかけて無理を言つた。かういふ学生は前例がない、まつたく天才的だと、先生はおどろきあきれ、むしろ大いに苦笑された。教授会の時間の前に私は大学の正門前で藤村先生の登校されるのを待つてゐた。心配しないでよい、引き受けた、と先生は言はれた。私は稀に大胆不敵なふるまひをする。

いかにも呑気《のんき》な当時の大学事情がうかがわれるエピソードである。同じころ仏文科に進んだ小林秀雄などの場合を見ても似たようなものだったらしい。小林の恩師である辰野隆《たつのゆたか》にしろこの藤村作にしろ、当時の学界の重鎮《じゅうちん》として知られる学者だが、学生とのつきあいはこんな風に人情味をきかせた、融通のきく、まだまだ牧歌的な気分の残るものだった。と同時に、菊池寛との関係もそうだが、川端には、一見とっつきにくそうでいて、その反面、不思議に人をひきつける、世話をやいてやりたくなるようなところがあったようで、それがこんな卒業顚末《てんまつ》にもうかがわれるのである。

ともかくも、こうして川端は中途半端な学生時代に別れを告げ、はっきり筆一本で世に立つことを決意して本格的に文壇に踏み出す。

「文芸時代」創刊

震災後、日本社会は様々な面にわたって急激な変動期に入っていたが、文壇もその例外ではなく、新旧世代の交代の動きが活発化していた。震災前までの大正文壇を支配していた徳田秋声《しゅうせい》ら自然主義、武者小路実篤ら白樺人道主義あるいは芥川龍之介ら理智派などの旧勢力を押しのけるように、若く、革新的な勢力が台頭してきたのである。

そのひとつは、ロシア革命（一九一七年、大正六年）後世界各地に展開し始めたマルクシズム革命運動に付随しておこったプロレタリア文学運動である。すでに震災前からこの運動は雑誌「種蒔《ま》く人」（大正十年創刊）などを拠点として始まっていたが、震災で一旦後退したあと、大正一三年六月に青野季吉《すえきち》、前田河広一郎《まえだこうひろいちろう》らを同人とする雑誌「文芸戦線」が発刊されて一気に本格化し、従来の日本資本主義社会、文壇文学を激しく批判否定して、プロレタリア（労働者）主体の社会理想、文学理想を唱えた。

「文芸時代」創刊号

他方、こうした左翼的、政治主導的文学運動のありかたに対抗して、純粋に文学的、芸術的立場を守りながら、しかし、旧世代のマンネリ化した表現には飽き足らず、新しい時代現実に即応した斬新な発想、表現を追求しようとする新世代作家たちが集まって同じ年の十月に発刊したのが雑誌「文芸時代」である。

「新思潮」出身の川端、石浜金作、今東光、鈴木彦

次郎、「文芸春秋」から合流した横光利一、中河与一、佐々木味津三《みつぞう》、さらに片岡鉄兵、十一谷義三郎《じゅういちやぎさぶろう》ら計一四名の新進作家が大同団結したこの新雑誌創刊は当時の文壇に大きな波紋をよんだ。ほんの一年半ほど前に菊池、芥川らを主軸に川端、横光らをも加えた同人制を敷いて発刊された「文芸春秋」は、川端らが「文芸時代」を創刊するのに先立って、前月の九月に同人制を解いた。これについて世間では川端らが談合して菊池と袂《たもと》を分ったという風評が立ったりしたが、川端自身は、菊池の方で自分たちを自由にしてのびのびと活動させてやろうという純粋な好意によるものであり、菊池との恩愛関係にはなんの変わりもないと釈明する一方、次のようにも述べるのである。

――私達が「文芸時代」を発刊することに対して、菊池氏は一言半句の反対もなしに承了してくれた。しかし其処に多少の寂しさがあつたであろうと思ふのは、私達の思ひ上りではあるまい。この寂しさを思ふと私達は何と云つていいか分らない。そして世間の一部はこの寂しさに向つて横手を打たうとしてゐるのだ。私達はこの寂しさを深めないため、その影を拭ふために出来る限りのことをしようと心で誓つてゐるのである。

（「文芸時代」と「文芸春秋」読売新聞大正一三年十月）

やはり、親元を巣立って独立する気負いと寂しさがうかがわれる文面である。目を見張るほどの速さで世代交代が進み、その流れを必死に泳ぎぬいていこうとする川端らの姿勢がまざまざと見えるようである。創刊号の『創刊の辞』における川端の発言はさらに気負ったものとなっている。

　我々の責務は文壇に於ける文芸を新しくし、更に進んで、人生に於ける文芸を、或は芸術意識を本源的に、新しくすることであらねばならない。「文芸時代」と云ふ名は偶然にして必ずしも偶然ではない。「宗教時代より文芸時代へ。」この言葉は朝夕私の念頭を去らない。古き世に於て、宗教が人生及び民衆の上に占めた位置を、来るべき新しき世に於ては文芸が占めるであらう。これを信じることは我々の使命感を鼓舞し、生活感情を正しくする。

「文芸時代」という雑誌名の意味あいがここで語られているが、この雑誌名も川端の発案によるという。川端は片岡鉄兵とともに創刊号編集を担当し、出版元の金星堂との交渉にもあたるなど、一四名のうちでも中心的な牽引者だった。

　だがこの川端と並んで、さらに強力にこの新世代文学の原動力となっていたのは、川端より一歳年長の横光利一だった。横光はこの創刊号に短編『頭ならびに腹』を発表したが、その冒頭の一節「真昼である。特別急行列車は満員のまま全速力で馳けてゐた。沿線の小駅は石のやうに黙殺された」という思い切った擬人的表現は、自ら「国語との不逞《ふてい》極《きわま》る血戦時代」と評した文学革新の試みの幕開けを告げる宣言として大きな衝撃を文壇に与え、その後の新感覚派運動を起動したといえる。

　当時の横光は、ふだんはどちらかといえば、むっつりと押し黙っているような様子ながら、その奥に烈しく、情熱的な精神を秘めていて、それが溢れでてくると、人々を圧倒せずにはおかないような迫力を感じさせたようである。そして、まだ二十代の青年でありながら、川端ら同世代新人作家らをひきいて正面から旧文壇勢力に立ち向かい、それを乗り越えて未知の現代文学世界を切り開いていく姿勢を鮮やかに示していた。

新感覚派の誕生

こうして川端と横光のふたりを軸に「文芸時代」は動きだし、様々な波紋をひきおこし始めたが、この流れに決定的なはずみをつけたのが「新感覚派」という命名である。これは、批評家千葉亀雄が『頭ならびに腹』に照準をあてて執筆発表した評論『新感覚派の誕生』(雑誌「世紀」大正一三年一一月号)が機縁となって生まれたものである。この論において、千葉は、『頭ならびに腹』に代表されるようなこの新世代の文学が、従来の文学には見られない新鮮で強烈な感覚、感受性を軸に展開されていることを肯定的に指摘、評価したが、それに呼応するように、「文芸時代」内外から、この「新感覚」という語を軸として擁護、批判など様々な論が噴出し、一挙に「新感覚派」という呼称が定着したのである。

この命名は、直接には、川端、横光らの文学の特質をとらえようとしたものだが、同時に当時の時代情勢そのものの特質をも反映していた。震災後、それまでの社会秩序が烈しく揺れ動く中で、硬直した理性、論理は破綻し、刻々と変動する状況に瞬時に反応するような柔軟な感性が前面に踊り出てきたのである。「新感覚」は、まさにそうした事態を言い当てたものであり、それによって新感覚派は時代を代表する文学流派となったといえる。

川端は、創作としては、「文芸時代」一二月号に、初めて「短編集」と題して『港』、『髪』など七編の小品を発表した。いずれも原稿用紙一枚か二枚ほどの分量の「掌編小説」とよばれた形式のもので、当時、ちょっと気の利いたスタイルとして流行《はや》っていたものだが、川端はとりわけ、この形式を「掌の小説」とよんで鍾愛《しょうあい》し、数多く発表した。いずれも、ちょっとした設定を工夫したうえで、人間心理の機微をさっとスケッチ的に描き出す、フランスのコント（小話）を思わせるような流儀の作品で、たとえば『港』は、港町でしばらく逗留中の船乗りの女房となって世話をやいてきた女が、いよいよ男が出港するという時になって、前の男への手紙を書いてくれるよう頼み、頼まれた男はそれを引き受ける代わり、自分にも、同様に次の男に書かせて手紙をくれるよう求めるという話である。どれも他愛ないといえば他愛ないような内容だが、川端は後に「多くの文学者が若い頃に詩を書くが、私は詩の代りに掌の小説を書いたのであつたらう。……若い日の詩精神はかなり生きてゐると思ふ」（川端康成選集第一巻あとがき）となつかしんだように、一種の散文詩的作品として楽しみながら書いたようである。

しかし、この頃川端が力を入れていたのはむしろ時評的評論で、同人たちと戦列を組むようにしてしきりに友軍に檄《げき》を飛ばし、敵対勢力を攻撃し、理論武装を展開した。なかでも「新進作家の新傾向解説」（「文芸時代」大正一四年一月）は、横光の『感覚活動』（「文芸時代」大正一四年二月）などとならび、新感覚派の論理を代表する評論として注目を浴びたが、そこで目を引くのは、旧文学とは異質な新文学の物の見方の特質、必然性を強調する一方、この新しい文学理論を裏付ける原理として仏教の教説をひきあいにだしていることである。

例へば、野に一輪の白百合が咲いてゐる。この百合の見方は三通りしかない。百合を認めた時の気持は三通りしかない。百合の内に私があるのか。私の内に百合があるのか。または、百合と私とが別々にあるのか。これは哲学上の認識論の問題である。だから、ここで詳しくは云はず、文芸の表現の問題として、分り易く考へてみる。

百合と私とが別々にあると考へて百合を描くのは、自然主義的な書き方である。古い客観主義である。これまでの文芸の表現は、すべてこれだつたと云つていい。

ところが、主観の力はそれで満足しなくなつた。百合の内には私がある。私の内に百合がある。この二つは結局同じである。そして、この気持で物を書き現さうとするところに、新主観主義的表現の根拠があるのである。その最も著しいのがドイツの表現主義である。

自分があるので天地万物が存在する、自分の主観の内に天地万物がある、と云ふ気持で物を見るのは、主観の力を強調することであり、主観の絶対性を信仰することである。ここに新しい喜びがある。また、天地万物の内に自分の主観がある、と云ふ気持で物を見るのは主観の拡大であり、主観を自由に流動させることである。そして、この考へ方を進展させると、自他一如となり、万物一如となつて、天地万物は全ての境界を失つて一つの精神に融和した一元の世界となる。また一方、万物の内に主観を流入することは、万物が精霊を持つてゐると云ふ考へ、云ひ換へると多元的な万有霊魂説になる。ここに新しい救ひがある。この二つは、東洋の古い主観主義となり、客観主義となる。いや、主客一如主義となる。かう云ふ気持で物を書現さうとするのが、今日の新進作家の表現の態度である。他の人はどうか知らないが、私はさうである。

盟友横光などが、もっぱら、未来派、立体派、表現派、ダダイズムなど同時代西欧の前衛的芸術理論に目を向けていたのに対し、川端は、そうした現代西欧前衛理論を視野に入れつつ、同時に、伝統東洋ないし日本世界観との照応を考えあわせているのである。こうした仏教教説は幼い頃から川端の身に染み込んだものだったが、それを、この時代の最先端をいくモダンな文学運動を支える理論にするりと組み込んで違和感なく仕立て上げるところに、古今和洋を自在に融合させて自分の世界を築く川端らしい才が鮮やかにあらわれている。とりわけここで鍵言葉として用いられる「自他一如」は、その後、川端の芸術観、世界観の根底をなす原理として、ノーベル賞受賞講演などにいたるまで一貫して続くものとなるのである。

湯ケ島暮らし

こうして一躍文壇の最前線に立ってあわただしく活動することになりながら、この頃川端は、実生活では東京を離れ、伊豆湯ケ島の温泉宿に暮らすようになっていた。すでに大正一三年には半年ほど逗留、つづく一四年はほとんど丸一年、一五年も、春から夏にかけてはしばらく東京に出たものの、秋口からはまた戻って、結局、翌昭和二年の春先まで滞在することになるのである。

旧知の湯本館の二階、渓流に面した八畳間を自分の部屋ときめて、日がな湯に浸り、土地の人々と碁を打ち、玉突きをしたりしてすごした。当時の湯ケ島は、漱石などが逗留した町中の修善寺温泉な

滞在した湯本館の部屋「川端さん」
（静岡県田方郡天城湯ケ島町）

どとは違い、全く山の中のひなびた温泉場だったが、それが川端には「この湯ケ島は今の私に第二の故郷と思はれる。……ひきよせられるのは郷愁と異ならない」と『湯ケ島での思ひ出』に記したような思いをさそったのである。そして、この長年月にわたる湯ケ島滞在をふりかえって川端はこう回顧する。

　二十歳から湯ケ島に通ひはじめ、二十六歳から二十九歳までの大半をこの山間に過した自分は、今かへりみて不可思議である。右の引用文にも見えるやうに、山間では寂寞無為の日々であつた。勉強をするわけでもなかつた。まとまつた読書もしなかつた。女には全く縁がなく、すべての享楽から遠かつた。撞球《どうきゅう》や囲碁にさびしさをまぎらはすくらゐであつた。言はば青春の年齢の数年間を、山中に寥落《りょうらく》と過ごしたのである。（『独影自命』八ノ二）

　この「青春の年齢の数年間」、東京では新感覚派の運動が最盛期に達して、映画製作にまでのりだすなど、めまぐるしいほどの活動がつづいて、山籠もりを続ける川端にも横光などから上京を求める連絡がしきりだった。これに応じて川端はしばらくは上京し、様々なつきあいをこなすが、それが一段落すると、ふたたび、この「寂寞無為」の山中にもどってしまうのである。自分でも「不可思議」と述べているほどだが、川端には一方で人に取り巻かれ、それを苦もなくさばいていってけろりとしているようなところがある反面、ふっとそうした人の輪を離れ、あてもなく漂泊の旅にでて帰ってこない、そしてその漂泊に詩心を養うところがあった。『雪国』などが生まれるのもそうした旅からだが、この湯ケ島逗留はその原点となるものだったといえる。

しかし、ひとりきりで始まったこの山中暮らしに、やがて川端を慕うように次々と文学仲間が訪ねてくるようになり、それを川端も喜んで、山中小文壇のような行き来が生まれたのも、この頃の文壇史に残る出来事だった。石浜金作、鈴木彦次郎、今東光ら学生時代以来の友人から始まって、岸田国《くに》士《お》、中河与一、尾崎士郎・宇野千代夫妻ら中堅作家たち、さらに同人誌「青空」に『檸檬《れもん》』を発表して文学活動を始めたばかりの梶井基次郎のような新人までが、入れ替わり立ち替わり、この小さな温泉場を訪れた。

とりわけ肺病を患い、その養生を兼ねてやってきた梶井に対して川端は、初対面ながら親身に面倒をみてやった。この滞在から梶井は、『闇の絵巻』、『交尾』等、鋭い自然観察を土台とした傑作を生み出すことになるが、川端の方もこうした梶井の自然への態度に多くを学んだと後に回想している。時ならぬ文壇桃源郷がこの伊豆山中に出現した気配だった。

映画制作、処女出版、結婚

大正一五年三月、川端は、この伊豆隠遁生活を一時打ち切って帰京する。前年あたりから横光を通して話のあった劇団作りの企画が映画作りに発展して「新感覚派映画連盟」が結成され、サイレント映画「狂つた一頁」の制作が始まったのである。当時、映画は、技術水準、表現技法なども急速に開発され、最先端の現代的芸術として脚光を浴びており、新感覚派にとってもまさに自分たちの革新的芸術理想と照応するメディアだった。

衣笠貞之助監督、井上正夫主演で、精神病院の入院患者を扱った内容のものとすることがきまると、川端はそのシナリオを担当し、松竹の京都撮影所でおこなわれた撮影にも立ち会った。完成した作品は、その実験的、前衛的試みを評価されて全関西映画連盟からメダルを授与されたが、興業的には失敗し、「新感覚派映画連盟」もこの一作だけで解散することになった。

一方、その間、六月には処女創作集『感情装飾』が金星堂から出版された。これは「文芸時代」などに発表された掌編小説三五編を集めたもので、これによって川端は、はっきり一人前の小説家としてお披露目をしたことになる。菊池、横光をはじめ五十名ほどの知友が集まって出版記念会が開かれ、横光は「文芸春秋」八月号に寄せた書評で「何と不思議な感情の装飾であらう。剃刀の刃で造られた花のやうだ」と評した。こうして川端はまず、鋭利な感情、感覚のひらめきを華やかに撒《ま》き散らす詩人小説家として文壇的地位を確立したのである。

さらに、この前後には、松林秀子（ヒデ）との事実上の結婚生活が始まっていたといわれる。秀子は青森出身で、川端よりは八歳年下の明治四十年生まれ、上京して、たまたま文藝春秋社の菅《すが》忠雄の家で留守を預かっていたところに、ちょうど、湯ケ島から出てきた川端がやってきて知り合ったという。そのあたりのいきさつについて川端自身はほとんど何も語っていないが、映画制作、処女出版、夏に逗子海岸での横光や片岡鉄兵ら「文芸時代」の仲間との合宿生活等めまぐるしい日々を送った後、九月に湯ケ島に戻ってまもなく秀子もやってきて、翌年の四月まで、やはり湯本館の一室で夫婦としてすごした。東京からの来訪者が多く、にわかに伊豆文壇の観を呈した時期である。当時二十歳前後、その頃のモダンな流行スタイルだった断髪（オカッパ）の秀子は幼く、可愛げな様子で、屈託なく川端の周囲の文学者たちに接していたようである。正式に籍を入れるのは昭和六年になってからだが、事実上は、この作家地位の確立そして伊豆最後の滞在の時期から川端は一家を構えることになったのだった。

東京定住

昭和二年三月、第二創作集『伊豆の踊子』が出版された。四月、横光の結婚（『春は馬車に乗って』のモデルとなった最初の妻キミ病没後、日向千代と再婚）披露宴に出席するため上京し、そのまま杉並に家を借りて暮らすことになった。湯ケ島隠棲時代、青春放浪時代に終止符をうち、東京での本格的な作家生活に入ることになったのである。

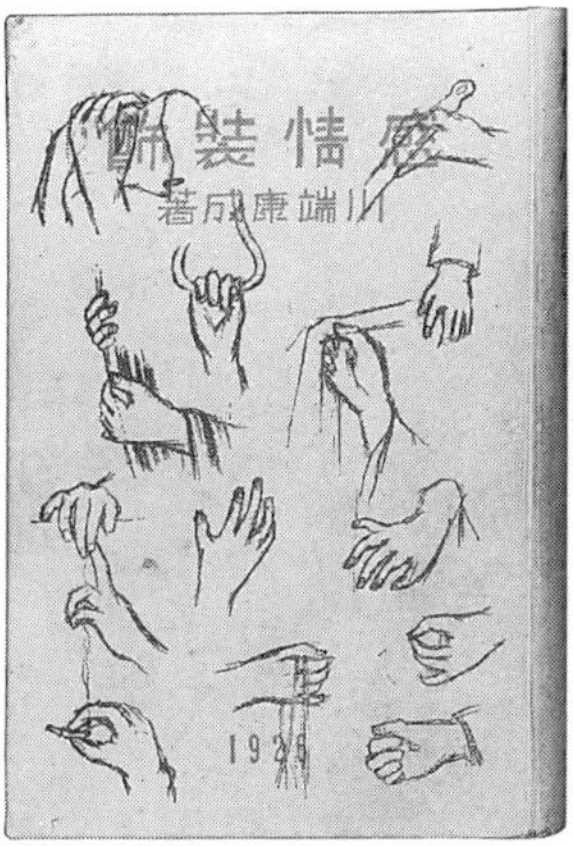

『感情装飾』

そして五月には、「文芸時代」が終刊となった。若手新進作家たちが大同団結して文学革新の旗を掲げ、華々しく出発してからわずか三年足らずのことである。最初は旧文壇に対抗する拠点として意欲作を寄せていた同人たちも、やがてその活動が認められ、既成の文芸雑誌などからの注文に追われるようになると、古巣の「文芸時代」に対しては、しだいに一介の同人雑誌として疎《うと》んじがちになり、原稿の集まりも悪く、その内容も低調気味になったという事情によるらしい。あっけない幕切れだが、それだけ、この時期の文壇の動きが速かったせいでもあるだろう。

最初、旧文壇勢力から青二才たちの奇抜な思いつき、泡沫にすぎないと槍玉にあげられた新感覚派だったが、この三年のうちに、その力関係は逆転し、横光、川端ら三十歳になるかならないかの青二才たちこそが、ライバルであるプロレタリア文学グループと並んで新文壇の主役におどりでたのである。

ちょうど大正から昭和へと改元されるのと符丁を合わせるように、時代状況、社会状況は劇的な変化、転換を遂げつつあった。震災を引き金として深刻な不況、恐慌が押し寄せ、これを背景として革命運動が激化、他方、それに対抗、弾圧すべく治安維持が強化され、右翼、軍部が攻勢を強めていた。さらに第一次世界大戦後西欧各国の前衛的文化が流入し、また映画、ラジオ、雑誌などによる大衆文化の発達が著しい等々の事情が相乗、複合して、明治開国以来、最大といってよい地滑り的な文明変動が進んでいたのである。新感覚派とプロレタリア文学の出現、台頭、旧文壇との勢力交代はその反映にほかならない。

「文芸時代」終刊の二カ月後、「何か僕の将来に対する唯ぼんやりした不安」という言葉を残して自殺した芥川龍之介の最期はまさにその最終的帰結だった。震災直前の大正一二年六月に社会階級矛盾の問題などで悩んだ揚げ句自殺した有島武郎の死に続くこの芥川の死によって、大正教養主義の時代は完全に幕を閉じ、新感覚派とプロレタリア文学に代表される昭和新文学が、もはや新奇な前衛とし

東北への講演旅行（昭和２年６月）
左より菊池寛，川端，片岡鉄兵，横光利一，池谷信三郎。

てではなく、文壇の中心勢力として定着したのである。「文芸時代」はその起爆剤としての役割を終え、終刊は自然な成り行きだった。

こうして東京に戻り、中堅作家となった川端は、次々に文芸講演旅行をこなしたり、八月からは最初の新聞小説『海の火祭』の連載を開始した。

だが、その実生活は、学生時代と大差ないような貧乏暮らしが続いていたようである。杉並に借りた家には、最初、机もなくてビールの空き箱の上で原稿を書き、食器なども畳へじかに並べていたという。作品を掲載した雑誌が届くと、それを古本屋に売り払い、煙草を買うこともあったという。『海の火祭』連載中には、その新聞の切り抜きを質屋にもっていって、月末に稿料が届いたら返済するから二〇〇円ほど都合してくれと頼み込んだが断られたという嘘のような話までしている（『独影自命』）。こうした川端の回想は、秀子夫人によれば、いささか誇張気味のところがあるというが、いわば貧乏青春時代の延長をいまだ生きている気分だったのだろう。

だが、その一方では、『海の火祭』の海水浴場の場面を執筆するために逗子や鎌倉のホテルを泊まり歩いたり、この年の暮れから翌年の春まで避寒のため、温泉まで付いた熱海の島尾子爵別邸を月一二〇円の家賃（学生時代の仕送り額六〇円の倍）を払って借りたりもしている。つまり、川端自身認めているように、金銭に無頓着で、ゆきあたりばったりなのである。この性癖は終生変わることなく、後に流行作家となって多額の収入を得るようになっても、思いつきのように買い求めてくる古美術品、別荘、自動車などで家計が目茶苦茶になることが常だったと妻の秀子は回想している。

杉並時代には、隣家に大宅壮一《おおやそういち》が越してきてしばらくつきあった。大宅は、川端より一歳下、同郷、同窓（茨木中学）で、大学時代から交友があったが、当時は左翼陣営で活発な活動をおこなっていた。しかし、そうした政治的立場の違いは問題とせず、毎日のように、家族ぐるみで行き来したという。こうしたつきあいかたは、熱海滞在中、共産党員一斉検挙（昭和三年三月一五日）を逃れてきた林房雄、村山知義《ともよし》をかくまったことにも共通する。思想信条あるいは地位身分などの違いには頓着せず、誰でも来る者は拒まず、去る者は追わずという自然体でつきあうのが川端の流儀だった。

目玉の伝説

熱海では、有名な「泥棒事件」のエピソードがある。正月、川端に招かれてしばらく梶井が滞在していたある夜、こそ泥がしのびこんだ。川端は寝床には入っていたが、まだ目を覚ましていた。その寝室へ泥棒が入り込み、枕元に近づこうとして、川端と目があった途端、「だめですか」と言うなり、逃げだしたのだという。梶井はその時、二階に寝ていて、川端夫人が呼んだがなかなか降りてこなかった。川端によれば「こはかつたのださうである。妻は梶井君が臆病だと言つた。」ということだが、梶井はあとで話を聞いて、泥棒の「だめですか」の一言に吹き出し、方々に名せりふとして広め、有名なエピソードとなったというのである。

有名なエピソードとなったのは、泥棒のせりふそのものもさることながら、その時、泥棒を見据えた川端のぎょろりとした目玉の迫力がいかにも想像されるからである。「彼の性格を最もよく表現してゐるものは、彼の、あの鋭い眼です。最初にあの眼でぢっとみつめられると、大ていの人は『恐いな』と思ふに違ひありません。」（「文学時代」昭和四年一二月号）と語る秀子夫人をはじめ、川端に接した人誰もが異口同音に強烈な印象としてあげる、いっぱいに見開かれてじっと注がれる猛禽《もうきん》のような目玉の威力である。

昭和三年五月、熱海の別荘暮らしを切りあげ、今度は、尾崎士郎の誘いで大森に移った。当時、この界隈には、尾崎、宇野夫妻、萩原朔太郎《さくたろう》、広津和郎《かずお》、室生犀星《むろうさいせい》、牧野信一ら作家仲間が集まっていて、夫人たちは断髪にし、一同そろって連日ダンスや麻雀に明け暮れ、恋愛沙汰が頻発《ひんぱつ》するなど、熱に浮かされたような日々が続いた。

しかし、杉並から熱海、大森と転々としたこの時期、表向き華やかな日々の陰で、創作活動はあまり振るわなかった。初めての新聞小説『海の火祭』も満足のいくものとならず、ほかにめぼしい作品もなく、「改造」に預けた『梅に象』を返されるということもあった。創作よりもむしろ文芸時評活動の方が活発だったが、それも川端の本意とはいえなかった。「文芸時代」終刊を境に、中堅作家として文壇的地位を固めた反面、新感覚派として出発した当時の勢いを失い、どういう方向に進んでいくべきか迷い歩く気配だった。

5 『浅草紅団』の成功

『浅草紅団』

こうした低迷状態に転機をもたらしたのが、昭和四年九月の上野桜木町への転居だった。上野は一高時代からよく散歩にきて住みたいと思っていた所だというが、何より浅草が近くで、再び、昼となく夜となく浅草へ通う日々が始まった。当時、不景気がいよいよどん底となる一方、震災後の復興があわただしく進み、とかくざわざわと落ち着かない世相を背景に、浅草は、現代的、大衆的娯楽文化のメッカとして再び活気を見せつつあったが、その賑わいを川端は丹念にメモをとりながら見て歩いた。朝日新聞から連載小説の依頼があり、そのための取材だったが、そこから、川端中期の評判作『浅草紅団』が生まれることになる。

この年の一二月から翌年の二月まで三七回にわたって東京版夕刊に連載され、後に『浅草紅団つづき』(「改造」昭和五年九月号)、『浅草赤帯会』(「新潮」同年同月号)と続編が書かれて完結、昭和五年一二月に単行本として刊行されたこの作品は、新聞掲載直後から大変な評判をよび、浅草再興の引き金となると同時に、それまで文壇内にとどまっていた川端の名を、広く一般世間にまで当代の流行作家として押し出すことになった。

浅草公園界隈を根城にする不良グループ「浅草紅団」を設定して、その少年少女たちの動きや生い立ちを織り混ぜながら浅草の世相を縦横に描き出していくというのがこの作品の大筋で、その中では、恋人に捨てられて気が違った姉の仇をうつためにその相手の男を捜し出して誘い込み、口移しに毒薬を流し込む弓子という少女のドラマなどが目を引くが、全体的にはこうした人物ドラマは添え物にとどまり、レビューを中心とする様々な興業や地下鉄、地下鉄食堂、コンクリート造りの言問橋《ことといばし》など最新の浅草風俗の紹介こそが眼目であり、その狙いは見事に的中して世間の評判となったのである。

浅草は、すでに震災前の大正期、浅草オペラを売り物とする黄金時代を経ていて、東京へ出てきたばかりの川端も夢中になったものだが、それが震災によって一旦瓦解《がかい》したあと、復興し、再び活気をとりもどし始めていたのがこの時期だった。しかし、その色合いは、震災前とは微妙に変化していた。同じ大衆文化とはいいながら、震災前のまだゆとりのあった時代を反映したのどかなオペラなどに対し、震災後は、急速に現代化が進み、そこに不景気などが加わった社会を反映して、刹那《せつな》的で、刺激の強い娯楽が求められるようになり、それに

『浅草紅団』

震災前の浅草

呼応するようにレビューが花形となったのである。

レビューとは、歌と踊り、寸劇などを組みあわせて、次から次へと場面を転換させながら多彩な趣向を楽しませる見世物で、第一次大戦後、ヨーロッパに流行したのがたちまち日本にも入ってきて浅草で花開いたのである。オペラのようなストーリーや情緒はいらない、瞬間ごとに変化していく色と形と音、そして感覚があればよいというのがレビューの真骨頂《しんこっちょう》で、それこそがまさに、大正から昭和と改元した新時代の文化だった。かつてのオペラ時代を回想したあと現在のレビュー時代に目を投じて川端は次のようにこの新時代文化の賑わいを紹介する。

日本館はエロエロ舞踏団の第一回公演だ。
――イット・ガアル裸形の大乱舞。
諸君、看板の言葉ですぞ。
東京館の北村猛夫、藤村梧朗。藤田艶子など、白鳥レヴユウ団の外題《げだい》は、
――裸体大行進曲。
なんでもかんでもグロテスクだよ。

日本館へはまた、白痴の脂肪のやうな河合澄子が帰つて来た。河合澄子は観音劇場から浅草劇場へ引越した。田谷力三や柳田貞一も、消えたり現れたりだ。オペラ役者の蔵ざらへも、もう沢山ではないか。

電気館のパラマウント・シヨウの第四回と第五回——これは六月のことだが、春野芳子のジヤズ・ダンスと南栄子のチヤアルストン、これだけがやつと一九三〇年らしい踊なのだ。

しかし、「孤城落月」の女義太夫を追つ払つた初音館《はつね》まで、

——超尖端的大演芸大会

と、看板を塗り替えるのだ。

「なんでもかんでも」が「ボオドビル」だ。「ヴアラエテイ」だ。「レヴユウ」だ。

そして、河合澄子舞踏団の「唐人お吉」と、カジノ・フオウリイの「キツス・ダンス」とが、余りに「エロ・ダンス」で、その筋のきついお叱りだ。（四五節）

エロ・グロ・ナンセンス、あくどいまでに刺激の強いものならなんでも見境なくとりこんで混成し、仕立て上げて楽しませるのをモットーとしたこの時代の浅草の雰囲気が彷彿《ほうふつ》としてくる一節である。川端はこうした雰囲気を伝えようと、日夜浅草を歩き回り、見て回り、克明にノートをとって、そのノートの分量は、作中に使った五十倍にも百倍にも及んだと述懐している。『浅草紅団』で川端がめざしたのは、浅草というこの希有《けう》な町の今現在、生きて呼吸している様を街頭実況中継的に伝えるこ

とだったのであり、それこそはまさに、当時の新聞連載小説に読者が期待していたものだったといえる。この作品がたちまち評判となり、これをきっかけとして、浅草に押しかける見物客がにわかに増えた以縁である。

川端にとっては全く千載一遇《せんざいいちぐう》ともいえるチャンスだった。それまで新感覚派が波乱をよび、『伊豆の踊子』が好評を博したなどといっても、それは文学仲間の間、その延長である文壇内のことにすぎなかったが、この『浅草紅団』のヒットは、はるかにそれを超える社会的な出来事だった。その背景には、この時期、大衆文化隆盛、新聞雑誌などマスコミの発達に支えられて、菊池寛を頭目に、いわゆる通俗小説、風俗小説が、従来の文壇小説を押しのける勢いで台頭してきていたという事情がある。当世の社会風俗をふんだんにとりこんだうえで、波乱に富んだ人情ドラマを展開し、大衆読者を楽しませることをめざす小説である。『浅草紅団』は、このうちの人情ドラマの方面はさほどではないものの、社会風俗の面についてはとびきりの鮮度の情報を盛り込んで時流に迎えられたのである。

こうした『浅草紅団』の風俗小説性を純文学からの堕落とみるか発展とみるか評価は色々だが、少なくとも、それは現代文学として出発した新感覚派のめざした新しい時代表現のひとつの結実だったことは間違いない。次から次へと脈絡もなく感覚のひらめきを並べたてていくレビュー的文学である。グループ運動としての新感覚派は「文芸時代」終刊を区切りとして終焉離散《しゅうえんりさん》したが、その本格的な成果は、むしろそれ以降、横光なり川端なり個々の作家それぞれが独自の実験を重ね、深めていく中で達成されていったのであり、『浅草紅団』はその代表的なものだった。

このように『浅草紅団』は浅草という現場を丹念に観察写生することから生まれた作品だったが、それは川端が浅草に本当に入り込み、浅草の人間になったということではない。川端はあくまでよそ者、傍観者として浅草を見てまわっていたことを自ら認めている。

カジノ・フォウリイ

私の伊豆物は、旅行者の印象記に過ぎまい。浅草物もまた見物人の手帖に止まる。

（中略）

幾度も公演で夜明ししたけれども、ただ歩いてゐただけである。不良の徒と知り合ひにならなかつた。浮浪者に言葉もかけなかつた。大衆食堂には足を入れたことがなかつた。三十何館の興行物は悉《ことごと》く見歩いて、ノオトを取つたが見物席からで、芸人達と話すでなし、楽屋裏を見たのは、カジノ・フォウリイ一つであつた。公園のまはりの安宿の門口に立つたこともなく、カフエにも入れなかつた。カジノの踊子達と喫茶店や汁粉屋に坐つてゐただけであつた。

（『文学的自叙伝』）

あきらめとも冷淡ともいえる自覚だが、それこそが、あのぎょろりとした目玉に象徴される川端の持ち前であり、この傍観者的立場に立つことによって、浅草に共感を覚えながらも、溺れることなく、そのにぎわいの薄っぺらさまでまっすぐに見通し、伝えることができたのだといえる。

その中で唯一川端が繁く出入りし、つきあったのが、このカジノ・フォウリイであり、その座付作者や踊子たちだった。なかでも川端は、梅園龍子という踊子に筋の良さを認めて可愛がった。家に泊めてバレーや英語を習わせ、本を読ませ、後には映画出演の面倒までみてやり、引退後に結婚する際には媒酌人をつとめるなど、長く目をかけた。龍子は当時十代半ばの少女で、堀辰雄が『伊豆の踊子』を連想させると言ったといわれるが、川端にとっては、こうしたどこか薄幸の影のある（龍子は父母がなく祖母と暮らしていた）少女に目をかけ、見守るように寄り添っていくことが、純粋な愛の原型となるものだった。

『浅草紅団』は全く架空の物語で、登場する紅団とか赤帯会などという不良少年グループにも、女主人公格の弓子という娘にもモデルなどはないと川端は断っているが、少なくとも弓子には龍子の面影が射しているだろう。

薄幸の少女の復讐劇を軸に不良少年グループの出入りをからませ、その全体を包みこむように昭和初頭の浅草歓楽街のざわめきをちりばめてできあがったこの物語には、まさに「銀座より浅草が、屋敷町より貧民窟が、女学校の退け時よりも煙草女工の群が私には抒情的である。きたない美しさに惹《ひ》かれる。……親なし子、家なし子だつたせゐか、哀傷的な漂泊の思ひがやまない。いつも夢みて、いかなる夢にも溺れられず、夢みながら覚めてゐる私は、裏町好みにごまかしてゐるのだらう。」（『文学的自叙伝』）という川端の資質が結晶している。それは、『伊豆の踊子』に代表される伊豆物を彩る素朴な山里の自然と人情という風土性とはおよそ対照的なものだが、これもまたこの時期の日本の際立った風土性のひとつであり、このふたつの異質な風土性をかかえこみながら川端はその文学世界を確立していったのである。

6　創作原理の確立

『水晶幻想』

『浅草紅団』の成功を経て、川端は安定した作家生活に入っていく。家では犬から始まって小鳥などを多数愛玩、飼育し、絵の展覧会、舞踊の会にも足を運ぶなど趣味の幅を広げ、文壇仲間とたびたび旅行にもでかけている。昭和六年一二月には秀子との婚姻届を出し、正式に結婚した。すでに述べたように、この結婚からまもなくして初代が訪ねてくるというような出来事があったが、もう川端にとっては過ぎ去ったということであり、その過ぎ去ったことへの感慨があるばかりだった。文学の面でも、恋愛の面でも、烈しく揺れ動いていた青春期はおわり、確立した基盤の上にたって自分のスタイルを深めていく時期だった。

散歩する川端夫妻

この時期の主要な作品としては、『水晶幻想』（「改造」昭和六年一月）、『抒情歌』（「中央公論」昭和七年二月）、『禽獣』（「改造」昭和八年七月）などがあげられる。

『水晶幻想』は、化粧鏡に向かって座る若夫人のとめどない物思いを軸に、夫人にまつわりつく愛玩犬の交配のエピソード、夫人とその夫である発生学者との会話などを脈絡なくつづった中編だが、なにより、その物思いの次のような描写が、内容、文体両面にわたって新奇、実験的なことから評判となった作品である。

夫人は鏡のなかに彼女の色を失つた頰を見て、（人工妊娠の器械のピペット。フレンチ・レタア。寝台に垂れ下つた、捕虫網のやうな白蚊帳。新婚の夜に彼女が踏みつぶした、夫の近眼鏡。幼い彼女と、婦人科医であつた彼女の父の診察室。）夫人は頭のガラスの鎖を振りちぎるやうに頭を振ると、（いろんな動物の精子と卵子とのプレパラアトが研究室の床に落ちて、オブゼット・グラスとデッキ・グラスとがこなごなに破れる音。日光のやうに光るガラスのかけら。）そして、夫の言葉に赤らまねばならないはずの頰が青ざめたのは、彼女の悲しみであると思ふいとまもなく、鏡のなかの青い女の頰は、鏡そのものの悲しみであるかのやうに思つてしまつた。

こうして動物、人間を問わず、主として生殖にかかわる様々な想念が、断片的、不連続なイメージの羅列として展開されていく描写は、当時日本にも急速に流入し、影響を与えつつあったフロイトの精神分析理論やジョイスの意識の流れ描写をとりこんだものだった。無意識下に潜む性的な情動を、脈絡なく流れつづける動きのままに描きだすことをめざすこうした作風は、ジョイスの『ユリシーズ』の翻訳（昭和五年から雑誌掲載）をてがけた伊藤整などを中心とする新心理主義文学と共通するものであり、広くモダニズムとよばれるこの当時の文化傾向——第一次大戦後、一九二〇年代ヨーロッパにおこった現代的文化、風俗をいちはやくとりこもうとした流行——を反映したものだった。新感覚派自体がモダニズムの先駆けとなる運動であることを考えれば、当然ともいえる発展だが、時流に敏感に反応して進もうとするこの頃の川端の姿勢がうかがわれる。

だが、こうした流行をとりこむ場合にも、やはり、そこには川端ならではの個性がおのずとあらわれてくる。同じく無意識下の性的情動を意識の流れ手法を用いて描いた伊藤整の『生物祭』（昭和七年）などと対比すると、伊藤の重苦しく、粘着的な文体とは対照的に、断片的なイメージを羅列していく川端の文体の淡々とした調子が際立ってくる。ひとつひとつのイメージの奇抜さを除けば、この調子には、たとえば『枕草子』を連想させるような軽やかさ、涼やかさがあるといってもよいほどである。さらに次のような文例には、『新進作家の新傾向解説』の場合と同様、西欧現代風のイメージと東洋伝統風のイメージが無造作に並列され、共存しているのも川端らしい特色である。

（生殖によつてわが細胞の不死を信じることが。十四五世紀の火箭《かせん》。哺乳類の精子模型図。わが百体の一つだにあらざりし時に汝の目は夙《はや》くより胚《はらご》なるわれを見、わが命《いのち》の総ての日は汝の冊《ふみ》に録されたり。雑種形成で生物の分類をなくすることが。輪廻転生《りんねてんしやう》。ピペット。伏姫《ふせひめ》。顕微鏡のプレパラアト。袖鏡に写る、庭の温室風なガラス屋根を思ひ浮かべることでも、マトキシチンの匂ひ、私はオルガスムスのリズムを殺すことが出来るのだわ。女のひそかな復讐。)

『抒情歌』

一方、『抒情歌』については、同時期の『慰霊歌』(「改造」昭和七年十月)などとあわせて、心霊現象が主題となっていることが大きな特色である。川端は、学生時代、神智学の大家だった今東光の父武平から霊界との交信などについて話をきき、関心を深めたというが、合理的現実にはおさまりきらない神秘現象、神秘世界に終生強くひかれ、様々な形でこうした事柄にかかわる作品を書いている。その中でも、『抒情歌』と『慰霊歌』は、最も直接的に心霊現象を主題としたものであり、とりわけ『抒情歌』は、それが特異な恋愛物語と結びついて鮮やかな印象を与える。『文学的自叙伝』(昭和九年)において「近作では最も愛してゐる」と自ら述べ、多くの評家からもまさにその抒情性の純粋さを評価されている作品である。

「死人にものいひかけるとは、なんといふ悲しい人間の習はしでありませう。」と始まって全編を通じ女主人公が死んだ恋人に語りかける独白のスタイルで物語は展開される。幼い時から予知能力に恵まれた主人公はやがて成長して、あらかじめ夢で見たことのある青年に実際に出合い、恋におちる。しかし、理由はわからないが青年は主人公を捨て、他の女性と結婚してしまう。この結婚のことを主人公は知らされていなかったが、初夜の床に青年が撒いた香水の香りが遠く離れた所で入浴中の主人公を強烈に襲い、これを境に主人公は霊力を失ってしまう。その後青年は死んでしまい、すべてに空しい日々を送っていた主人公は仏典の説く輪廻転生の法を知って、今は紅梅の花にでも青年が転生しているのではないか、それならば自分も同様に花となって蝶の仲立ちで結婚させてもらいたいと願い、青年に呼びかけるのである。

『水晶幻想』と『抒情歌』は、一方が意識の流れ、他方が心霊世界という、いずれも理性や論理、合理性、道徳などの規制を外れたレベルで、若い女性が性や愛をめぐる物思いや憧れをひとり語りするという点で共通する。こうした倒錯性をはらんだ女性の心理に川端は終生関心を抱き、様々な形でとりあげた。最晩年に途中まで書かれて未完の遺作となった『たんぽぽ』――極度の愛の緊張から恋人の身体が見えなくなってしまう人体欠視症という奇病にかかった娘を主人公とする――などがその例だが、愛とりわけ若い女性の愛は純粋であればあるほど狂気すれすれの深淵をのぞきこむような危うさを帯びてくるといううぎりぎりの相を川端は追求するのである。

『禽獣』

『抒情歌』が川端鍾愛の作品であるのに対し、「出来るだけ、いやらしいものを書いてやれと、いささか意地悪まぎれの作品であつて、それを尚美しいと批評されると、情なくなる。」（『文学的自叙伝』）とまで自ら嫌ったのが『禽獣』だが、にもかかわらず、この中編こそは、『雪国』以前、この時期までの川端の最高傑作、技法的にも内容的にも最も深く、豊かな出来栄えと異口同音に称賛され、盟友横光と並ぶ当代の小説の名人に川端を押し上げることになる画期的な作品に他ならない。これを境に、川端は飛躍的にその小説世界構造を広げ、『雪国』への道をつけることになるのである。

『禽獣』執筆の頃

岩波文庫版のあとがきで、川端は『禽獣』について、夜中の一二時過ぎから書き出して、翌日の昼の一二時過ぎまでに書き上げたと述べており、一気呵成《いっきかせい》の作だとしているが、できあがった作品は、きわめて複雑かつ緻密に構成されており、とても、そんな即席のものとは信じられないほどである。

だが、そこに川端独自ともいえる創作秘法を見ることができるかもしれない。『禽獣』からまもなく川端は『末期の眼』、『文学的自叙伝』などのエッセイにおいてたびたび小説創作、芸術創作のありかたについて触れ、たとえば「私が第一行を起すのは、絶体絶命のあきらめの果てである。」（『文学的自叙伝』）というような覚悟を述べている。これは直接には、毎月毎月、雑誌の締め切りに追われるように短編を書きとばしている状況を嘆いての言葉だが、単にそれだけにはとどまらず、こうした状況にいわば開き直って捨て身の創作法を編み出したことを語っているのである。

日々の流れの中で目にとまり、心に浮かんだものをそのまま放置しておいて、いよいよ締め切りとなった最後の瞬間に、その緊張を起爆剤として、一気に、直感、閃《ひらめ》きのままに書き流す、そこには順序だてた計算、組み立てなどの入る余地はなく、ほとんど無意識に筆は進んでいくが、逆にそれによって、熟練した小説家の本能が全開し、迅速に働いて、意識的な計算、組み立てもおよばないような精緻な、また意想外な展開が実現されるという秘法である。それは、単に創作技法にとどまらず、やがては芸術観全体、世界観全体にかかわる原理として『雪国』「美しい日本の私」などにもひきつがれ、展開されていくものだが、『禽獣』は初めてこの秘法を自覚的に駆使して達成された作品といえるのである。

物語は、四十近い独身者の主人公「彼」が以前関係のあった千花子の踊りの会に向かう車中から始まる。寺の前にさしかかると、ちょうど葬儀の最中で放鳥のために通行が滞っており、そんなことから、彼は家で飼っている小鳥や犬など種々の愛玩動物に思いが転じていく。あれこれ動物の生態について思いめぐらすうち、やがて、ある犬のお産の時の無邪気な様子から、似たような表情を浮かべていた昔の千花子のことを思いだし、ひとしきり、その後の千花子の変転を回想するが、またそこから再び動物に思いが戻る。

そうこうするうち車は会場に到着し、会が始まって千花子の踊りも一通り見て、休憩時間に挨拶のため楽屋を訪ねた彼は、思わず立ちすくんでしまう。化粧直しのためにじっと目を閉じた千花子の表情が死に顔のようで、十年ほど前、ふとした厭世感情からこの女を道連れに死のうとした時のことが思い出されたのだ。彼の願いを他愛なく受け入れて合掌し目をつぶった千花子のあどけない表情に、彼は稲妻に打たれたような気がして死ぬのを思いとどまったのだった。その時のことを思いだし、彼はそのまま楽屋からひきかえしながら、ちょうどたまたま懐に入れていた一六歳で死んだ少女の遺稿集にあった文句を思い浮かべた。その少女の死の日の日記の終わりに母親が記した文句である。「生れて初めて化粧したる顔、花嫁の如し。」

二十世紀小説

以上粗筋を紹介したように、この物語は、主人公が踊りの会に向かうところから、その会の休憩時間に楽屋を訪ねてひきあげるまでの数時間を現実的時間枠組みとして設定しながら、その現実におこる事柄はわずかで、物語のほとんどは、その間主人公の脳裏に浮かぶ過去の出来事と、それにまつわる思いの記述にあてられている。こうした大胆な構成は、『水晶幻想』などで実験的に試みられた意識の流れ手法を応用したものといえるが、『禽獣』ではそれが完全に消化され、自在に駆使されて、立体的な小説世界の構築を果たしている。

従来の一九世紀的、自然主義的小説にみられるような単純に過去から現在へと現実時間の進行のままに物語進行がおこなわれる平板な構成に比べ、格段に複雑で彫の深い、人間の内的時間感覚に即した物語世界を生みだしているのである。それこそはまさに、ジョイスやプルーストなどが取り組んだ二十世紀小説の課題であり、日本では新感覚派がめざしたものだったが、『禽獣』はそれをごく自然な小説的流れとして実現したのだった。

動物と女性

こうした小説構成、技法の工夫をこらしたうえで、内容的には、ふたつの主題が緊密に結合した形で展開される。動物愛玩と女性とのかかわりである。

まず動物愛玩についていては、小鳥と犬の飼育にまつわる様々なことが語られるが、その基本となるのは、主人公が人間嫌い、とりわけ男嫌いで、できるかぎり世間との交際を断ち、その代わりとして、物いわぬ従順な小動物を自分の好きなように育てあげることに熱中しているということである。これら小動物には、人間のような我《が》がなく、幼子のように無心、無邪気であり、そこに主人公は造化の妙、命の純粋な輝き、美しさを見出してひきつけられるのである。

だがこの愛玩ぶりは、一方で冷酷非情な面をも合わせ持っている。命の輝き、美しさを至上の価値とする彼は、その輝き、美しさが損なわれ、衰えれば、容赦なく抹殺して顧《かえり》みないのである。たとえば、飼っていた犬が子供を産んでも、元気な子犬は可愛がりながら、十分育つ見込みのない子犬はさっさと間引いてしまい、その死を悼むこともなく、平然としている。あるいは、血筋のよいものは面倒をみるが、雑種などには見向きもしない。そして、こうした差別を悪いとも思っていない。相手が人間ならばそうもいかないだろうが、動物であればこそ、こんな差別、好き勝手も許されると考えるからである。余計な人情、感傷を排し、徹底して自分の美学を貫くのが彼の流儀であり、それが傲慢だというなら、そうした傲慢さをこそ追求するのが、わざわざ動物を飼う意味にほかならない。それが、動物を真に愛するということからは外れた、寂しく、歪んだ態度であることは承知しながら、我が身の宿命として甘受するのである。人間を相手とするわずらわしさを嫌って動物愛玩にふける気持ちを彼はこう述べる。

それよりも、動物の生命や生態をおもちやにして、一つの理想の鋳型を目標と定め、人工的に、畸形的に育ててゐる方が、悲しい純潔であり、神のやうな爽かさがあると思ふのだ。良種へ良種へと狂奔する、動物虐待的な愛護者達を、彼はこの天地の、また人間の悲劇的な象徴として、冷笑を浴びせながら許してゐる。

こうした動物愛玩の主題は、そのまま、もうひとつの主題である女性とのかかわりに移行していく。主人公が千花子に最初にひかれたのは、十年も前彼に自分を売る時の彼女がちょうど、自分の出産の実感もなくあどけない様子で人まかせにしている犬のような顔をしていたからにほかならない。我というものがない点で、この娘は犬と同じなのであり、だからこそ彼はひかれたのである。

その後千花子がこうした禽獣的無垢からどう変化していくか彼は注意深く見守る。成人し、数年の間男に連れられて外国をまわったり、別の男と結婚したりと波乱を経た千花子の体は「野蛮な頽廃」にあふれて彼を魅惑するが、やがて子供を産むと、げっそり衰えてしまう。犬とは違い、母となった千花子は子に無心ではいられず、その動揺が体にあらわれるのである。それを見て彼は失望する。そして、今日、二年ぶりぐらいで接した千花子の踊りはすっかり堕落していて目をそむけるばかりであり、彼は会う気にもならなかったが、求められて訪ねた楽屋で化粧中の千花子を見て、まだ彼女が娘だった頃心中しようとした時の無心の表情を思い出すのである。

このように、千花子という女は主人公から終始犬や小鳥と対比される愛玩動物的存在として眺められている。人間としてではなく、禽獣としての美的価値が基準なのである。

こうした人間性を否定するような、冷酷非情ともいえるような美意識、価値観こそがこの作品の勘《かん》所《どころ》であり、全編を通じてすさまじいまでに鋭く読む者に迫ってくるのである。そして、当時川端が実生活でもやはり犬や小鳥を多数飼育愛玩していたこともあって、発表後、文壇周辺では、この主人公に川端自身を重ねあわせる見方がおこってきた。こうした見方に川端は烈しく反発し、この作品が多くの評家から川端理解の鍵として論じられることにも不服だとして、「『禽獣』の『彼』は私ではない。むしろ私の嫌悪から出発した作品である。」（岩波文庫版あとがき）と述べるまでになったのである。

虚実皮膜《きょじつひまく》

『禽獣』にかぎらず、『雪国』などでも、川端は、作中主人公すなわち作者という私小説的見方がされるのに迷惑、不満を述べていて、それはもっともなことだが、しかしまた一方、一切実生活とは無関係な虚構だといって済ますこともできないはずである。むしろそこに働いているのは、虚実皮膜ともいうべき微妙な創作のからくりではないだろうか。

当時の川端の生活を見ても、千花子のような女との関係がそのままあったとはまず考えられないが、ひとつひねって見てみるなら、梅園龍子のような踊子を可愛がって育てようとした情熱には、ちょうど、犬や小鳥を育てるようなところがあったはずであり、それが千花子という特異な女性像に極端に拡大投影されているということはありうるだろう。千花子に比べれば、龍子はずっと尋常な娘であり、川端の接し方も穏当であって、およそ『禽獣』から烈しく迫ってくる人間否定的、冷酷非情なものは感じられない。だがそれでも、川端がわざわざ龍子に踊子をやめさせ、バレーのレッスンまで受けさせてその資質の開花に尽くしたのには、単に龍子への博愛的な感情というより、川端自身の美意識にしたがって理想の女性美を創造しようとする、その素材としてまだ未完成の少女に目をつけたという気味あいがなかったろうか。

『禽獣』に引き続く『末期の眼』において、川端は、画家竹久夢二のもとを訪れた時応対に出てきた女人が夢二の描く女性そのままであったこと、江戸文化研究家宮川曼魚《まんぎょ》の娘が江戸人形そのままであったことに触れ、「こんな娘も丹精次第で創れるのかと、あきれる美しさであつた。」と述べているが、自身の龍子に対する情熱もそれから遠くない類いのものだっただろう。

こうした、まさに動物愛玩的な情熱は、やがて少女が大人の女となった時、効力を失う。一人前の独立した人格を備えてしまった女性に手を加える余地はないからである。龍子は芸能生活から引退して平凡な家庭生活に入り、千花子は主人公の忠告にそむいて母となり、その芸は堕落する。この幻滅の過程までも川端は直視して余さず描きつくしたうえで、しかもその最後には、失われた愛玩の夢の純粋な結晶として、大人になることなく娘のままこの世を去った少女の「花嫁の如」き永遠の美しさを示唆して物語を閉じるのである。

創作上の画期

先にも述べたように、『禽獣』は、川端の小説創作に画期的な飛躍をもたらした作品だった。もはやそれは、『伊豆の踊子』のような実生活体験、感情を練り合わせ、構成して生み出した私小説的なものとは全く異なり、そうした体験、感情を素材としながらも、そこに抽象化、普遍化、原理化の作用をほどこして、龍子から千花子へという女性像の変貌にみられるように全く別の相貌の物語に仕立て上げたものなのである。それこそは、この『禽獣』以降、『雪国』から本格的に開始される川端の小説作法の神髄に他ならない。

そして、『禽獣』は量的には小規模の作品ながら、そこには、その後の川端作品の様々な要素の原型が萌芽的、断片的な形ながらぎっしりとつまっているのである――たとえば、『雪国』のヒロイン駒子に特徴的な肉体性、野性と精神性、人格性の相克、あるいは『千羽鶴』のヒロイン太田夫人の無倫理性、『山の音』のヒロイン菊子の娘らしさが失われていくなりゆきなどである。

こうして『禽獣』は、川端自身の反発にもかかわらず、やはり川端の作家行程を見渡す時、特筆すべき予言的な意味をはらんだ作品とみなさないわけにはいかない。この作品を書きあげることによって、川端は真に固有の小説世界を確立したといえるのである。

『末期の眼』

そして、この『禽獣』と対をなすように、同時期、徹底した死生観を語ったのが『末期の眼』にほかならない。これは、親交のあった画家古賀春江がこの年（昭和八年）の九月に亡くなったことをきっかけとして、芸術家の晩年、死、その芸術とのかかわりについて思いを述べた随想で、とりとめなく、迷いのみられるところもある筆致ながら、死というものについて深く思い悟り、覚悟をきめた文章となっている。事実、ここに述べられていることは、芥川龍之介の遺書の引用など、そっくり、「美しい日本の私」にひきつがれているものもあり、ほぼ、川端の死生観の原型はここに定まったといってよいのである。

冒頭、まず語られるのは竹久夢二の印象である。川端は、四年ほど前の初秋、伊香保《いかほ》温泉で初めてこの伝説的な美人画家に出合って強い印象をうけた。その画風から甘く、若やいだイメージを抱いてきたのが、実際には、すでに老いて、衰えのみえる様子にいたましいものを感じ、芸術家が芸術に食いさいなまれる宿命を思うと同時に、その眼の色だけにはまだ若々しさがあふれ、夢に遊んでいるような気配に幸福が感じられるという複雑な印象である。

そして、そこから、正岡子規の烈しい死に様、ついで、芥川の自殺に思いは移っていく。川端には、自殺という死に方は受け入れがたい。そこまで死というものを思い詰めて死ぬのは耐え難く、凡人として、死のことなど忘れたままにまかしているのがよいと思うからである。しかし、あらためて芥川の残した『或旧友へ送る手記』を読んでみると、そこで芥川が自ら凡人であるとしたうえで、これから死のうとする末期の眼に自然が限りなく美しいと言い残していることに、川端はまたうたれる。

それから、今度は、身近な友人であった梶井基次郎と古賀春江の死の話に転じ、身近であっても彼らの本当のところはわからないと断ったうえで、ふたり、とりわけ古賀の生と死、転々とした画風の根底に東洋風、仏教的な諦念の流れていたことを強調する。そして、最後に、夢二の愛人、宮川曼魚の娘がそれぞれの芸術家、研究家の美意識が結晶したような美しさだったという話で結ぶのである。

捨て身の美学

こう要約してみても、ところどころ飛躍、混乱しているような、首尾一貫しない論旨で、川端自身、くりかえし、自分が忘れっぽく、いい加減であることを弁解しているが、それでも、そのもつれ漂う言葉の流れから鮮明に立ちのぼってくる覚悟というものが感じられるのである。それは、死ということを見据えたうえで、その死と拮抗《きっこう》し、死をかいくぐってあらわれる美というものを見届けようとする覚悟である。死は絶対的なものであって、何人《なんぴと》も死によって滅びていくことを免れえない、その宿命を摂理として従容《しょうよう》と受け容れるしかない。だが、その死に最大限近づいた、目の前に死が迫ったところに至高の美は輝き出るのであり、我が身が滅びるのとひきかえにこの美に触れるのが芸術家なのだという覚悟である。この捨て身の美学ともいうべきものは、『禽獣』に描かれた人間性、倫理性とひきかえに美を追求するという主題に照応する。『禽獣』によってその小説世界を確立すると同時に川端はそれと対になる形で死生観を確立するのである。

この時期、こうした転機をうながす何かが川端の実生活にあったのか、年譜を見るかぎりでは、古賀春江の死が目につく程度で、他はとくにめぼしい事実は見当たらない。むしろ、時代的、文壇的背景として、この頃、いわゆる文芸復興という機運が高まってきていたことが目を引くといえるだろうか。

これは、震災後から昭和初頭にかけて華々しく登場した新感覚派とプロレタリア文学に代表される新文学の動きが、治安維持法改正（昭和三年）、満州事変（昭和六年）、五・一五事件（昭和七年）など社会情勢が緊迫化するにつれて相次いで失速し、解体し始めた状況に危機感をおぼえた作家たちが結集して文学再建をめざした運動で、とりわけ雑誌「文学界」の創刊（昭和八年）が大きな推進力となったが、その同人として川端は、小林秀雄、林房雄らと共に参加したのである。軍国主義、排外国粋主義風潮が高まり、思想統制、情報統制の気配も強まっていくなかで、文学の自立を守っていかなければならないという緊張した意識が作家たちを束ね、川端もその例外でなかった。

『禽獣』を貫く徹底した美意識、『末期の眼』を流れる深い死生観は、いずれも、こうした自覚のもとに生まれてきたものといえる。もはや、初代体験に代表される青春彷徨《ほうこう》、新感覚派運動以来の創作実験の時期は終わったのであり、厳しい時代現実に直面して、捨て身の覚悟で人生をも、文学をもやり遂げていかねばならない。そうした覚悟を決めたことによって、いよいよ川端は『雪国』への道を歩み始める。

第三章　伝統風土世界の発見――『雪国』

1　『雪国』の方へ

『雪国』誕生

昭和九年一月、当時の警保局長松本学の肝煎で文芸懇話会なる団体が結成された。言うまでもなく、これは、当局による文芸統制の一環に他ならないが、川端もその会員に加えられ、こうして強まっていく時代色を肌身に感じながら、病中の友人十一谷義三郎の代役として新聞小説を書いたり、梶井基次郎、池谷信三郎《いけたにしんざぶろう》らの全集刊行委員をつとめたりというようにせわしい日々をすごしていった。

その間、春から夏先にかけては、仕事と息抜きを兼ねて方々の温泉をめぐり、その途次、水上《みなかみ》から開通間もない清水トンネルを抜けて初めて越後湯沢《ゆざわ》を訪ねた。まだ新緑の残る六月のことである。当時の湯沢は、まだスキー場などの開発も進んでいない、昔ながらのひなびた田舎の湯治場で、川端は

湯沢の雪景色（新潟県南魚沼郡湯沢町）

その純朴さを気に入った。そして、そこで、『雪国』のヒロイン駒子のモデルとなる芸者松栄に出会うのである。松栄は本名小高キク、三条の農家に生まれ一一歳の時から芸者置屋に奉公してきたという境遇で、川端に出会った時は一九になっていた。駒子同様、小さな置屋にいて独習で三味線を弾く勝ち気な気性の娘だったという。

東京に戻った川端は、それまでの桜木町から谷中に転居し、湯沢に行く前、水上駅でみかけた駆け落ち騒ぎにヒントをうけた『水上心中』、『浅草紅団』の続編『浅草祭』などの執筆に励んだが、一二月にはふたたび湯沢を訪れ、松栄に再会した。そして、後に『雪国』としてまとまることになる短編連作の執筆を開始するのである。

この執筆経緯については、こみいった事情がある。『独影自命』で川端は次のように説明している。

「雪国」は昭和九年から十二年までの四年間に書いた。年齢にすると三十六歳から三十九歳で、三十代後半の作品である。

息を続けて書いたのでなく、思ひ出したやうに書き継ぎ、切れ切れに雑誌に出した。そのための不統一、不調和はいくらか見える。

はじめは「文芸春秋」昭和十年一月号に四十枚ほどの短篇として書くつもり、その短篇一つでこの材料は片づくはずが、「文芸春秋」の締切日に終りまで書ききれなかつたために、同月号だが締切の数日おそい「改造」にその続きを書き継ぐことになり、この材料を扱ふ日数の加はるにつれて、余情が後日にのこり、初めのつもりとはちがつたものになつたのである。私にはこんな風にして出来た作品が少くない。

この「雪国」のはじめの部分、つまり昭和十年一月号の「文芸春秋」と

『雪国』を執筆した高半旅館（改築前）

執筆の部屋「かすみの間」

「改造」とに出した部分を書くために、私はこの「雪国」の温泉宿へ行つた。そこで自然と「雪国」の駒子にもまた会ふやうなことになつた。はじめの部分を書いてゐる時に、後の方の材料が出来つつあつたと言へるであらう。またはじめの部分を書いてゐる時に、おしまひの方の材料はまだ実際におこつてゐなかつたといふわけである。

そして、これ以降、断続的に種々の雑誌へ続編を書き継ぎ、島村の三度目の滞在の終わり近く、初雪が降った朝の場面で終わる「手毬歌」の章まで発表したところで、一旦、これら既発表分に改稿、加筆をおこなったうえで単行本『雪国』として刊行した（昭和一二年）。だが、それでけりがついた訳ではなく、さらに、以下のような経過となる。

昭和十二年に創元社から出版し、その後改造社版の私の選集や一二の文庫本にも入れた「雪国」は実は未完であつた。どこで切つてもいいやうな作品であるが、始めと終わりとの照応が悪いし、また火事の場面は中頃前を書く時から頭にあつたので、未完のままなのは絶えず心がかりであつた。しかし、本にまでなつて一度この作品を片づけて立ち去つた気持も強く、残りはわづかながら書きづらかつた。

昭和十五年十二月号の「公論」に「雪中火事」、その続きを昭和十六年八月号の「文芸春秋」に「天の河」といふ風に書いてみたが失敗した。それを再び昭和二十一年五月号の「暁鐘」に「雪国抄」、昭和二十二年十月号の「小説新潮」に「続雪国」と書いてみて、とにかく終った。創元社の旧版本からちゃうど十年後である。

　これによって、ようやく、ほぼ現行版として完結したわけだが（正確には、その後も、単行本化、全集収録等に際して、その都度、細切れに手が入れられている）、このように紆余曲折《うよきょくせつ》はなはだしい、離れ業のようななりゆきには、序章に述べたように、いかにも川端らしい芸術創作原理があらわれているといえる。もとはといえば、川端が内情を打ち明けているように、毎月毎月、文芸雑誌の締め切りにあわせて短編を次から次へと書いていかねばならないという日本の文壇特有の執筆事情から生じた変則事態といえるものだが、川端はそれを逆手にとって独創的な創作てがかりとするのである。

匂い付け式創作法

　同様の経過で執筆された『山の音』について、俳句に造詣《ぞうけい》の深かった文芸評論家の山本健吉は、こうした一見でたらめとも見える手法が、実は、連句の匂い付け、すなわち前句の余情をうけて、それにつかず離れずの微妙な呼吸で応じるような付句をつけるという手法に通じると指摘した（新潮文庫版解説）が、まさにそうしたところが見られるといってよい。全体の構想、設計をたてたうえできちんと順に書いていくというのではなく、ひとつの章を書くうちに次の章を思いつき、さらにまたそこから別の展開へ流れていくという行き当たりばったりのやりかたをとることによって、予期しない飛躍、ふくらみが生まれてくる可能性があるのである。

こうした手法の原型は、すでに『禽獣』にあった。締め切りぎりぎりの瀬戸際に追い込まれて、「絶体絶命のあきらめの果て」に直感、閃きのまま書き流す、そこに周到な構想や計算もおよばないような飛躍に富んだ展開が実現されるという捨て身の秘法だが、『禽獣』ではそれが凝縮された中編として結晶したのに対し、『雪国』では逆に、拡散して展開され、ゆるやかな広がりをもつ長編を生み出したのである。掌の小説から『浅草紅団』『水晶幻想』『禽獣』と、これまでの川端は、瞬間瞬間の断片的なきらめき、変化を軸とする短編的小説作法をとってきたが、『雪国』において、この作法を逆転的に発展することにより、初めて長編小説世界に踏み込むのである。

ただし長編とはいっても、整然と直線的に全体を見通して構築された長編ではなく、ちょうど連句のように、あるいは回遊式庭園のように、微妙に角度が移り変わりながら続いていく長編である。そして、こうしたスタイルをとることにより、回遊式庭園において次々に趣向の変化する風景があらわれてくるのと同様、微妙に変幻する風土性が浮かびあがってくることになるだろう。

風土の発見

昭和十年秋、川端は『雪国』続編の材料さがしと執筆のため湯沢近辺を歩き、滞在した際の感想として『旅中文学感』と題するエッセイを発表した（東京朝日新聞一一月七〜九日）が、その中で、新聞やラジオなどマスコミが発達するにつれて中央都市的な文化や情報ばかりが肥大化して、地方に出ても、土地土地の伝統的な郷土色が失われ、関心ももたれなくなっていることに気がつかされると述べたうえで、そこから振り返り、忘れられようとしている風土の美の見事さにあらためて目を見張る思いがしたと次のように記す。

例へば、栃尾又《とちおまた》温泉や四万《しま》温泉への山道、また上越国境の山々は紅葉の見頃であつたが、その色の鮮かさは、都会にあつては思ひも及ばず、また言葉に現しやうのないものであつた。余りの色美しさのゆゑにこれまで不自然と見てゐた紅葉の絵を私は幾つか思ひ出し、今更それが自然であつたのを覚るのだつた。赤富士の例は到るところにあるのを知るのだつた。文学の場合でも、それを読んだ時は余りの美しさのゆゑに不自然と思はれ、描かれた実物を見てはじめてそれが自然であると知るやうなことは、多かるべきはずであるにかかはらず、甚だ稀なのは残念である。

私は越後湯沢温泉に一と月ばかり滞在の間、秋の深まり来るさまをつぶさに眺めてゐたけれども、それを書き写すことはむつかしいといふよりも、今日の文学、特に小説が自然から遠ざかり、ないがしろにし勝ちである結果、自然からみごとに叱られてゐるといふ気がしてならなかつた。つまり、自然を描かうとしても古い習はしの言葉ばかり浮んで来て、私達の今日の言葉といふものは、余り見当らぬのである。

帰京してから、水原秋櫻子《しゅうおうし》の「秋苑」を手始めに俳句や短歌を少々読んでみると、元来が自然の実景を見て歌ふところのあるものゆゑ、言葉少ない定型といふ窮屈さのために、反つて新しい目の自然の見方を生かさうとする苦心がうかがはれた。この点は散文にまさる。小説が自然を書かうと書くまいと、自然は厳然と存在してゐて、私達を叱責してゐるやうである。

もともと川端はどこかの土地を舞台に小説を書こうとする際には実際にその土地を訪れて自分の目

で確かめてみないと書けないというたちで、また、風景からアイデアを触発されたり、物語の気分に導かれるということもあって、しばしば旅行し、旅先で執筆することが多かったが、『雪国』執筆にあたっては、あらためてこの引用のような発見と反省の上にたって、最大限、自然の美しさを写しとろうと試みることになる。

とりわけ際立つのは、次のふたつの工夫である。ひとつは、三度の湯沢滞在（一度めは昭和九年六月、二度目は同年一二月でこの時『雪国』執筆にとりかかり、年明け一月に最初の二回分「夕景色の鏡」と「白い朝の鏡」を雑誌に発表、三度目が『旅中文学感』で述べられている昭和十年九月末から十月末まで）をふまえて、物語における主人公島村の雪国滞在もちょうどこれらの三度の時期に分けて設定されており、それぞれ、初夏、冬、初秋から晩秋と季節が異なるにつれて、同じ土地の自然が全く別の姿をあらわす様が描きわけられていることである。これによって、この雪国の自然が、静的、平面的なものではなく、生きて変化していく動的、立体的なものとして浮かびあがってくるのである。こうしたいわば歳時記的な自然のとらえかたは、その後、『山の音』などにもひきつがれて、「美しい日本の私」における日本観に結晶する（「『雪、月、花』という四季の移りの折り折りの美を現はす言葉は、日本においては山川草木、森羅万象、自然のすべて、そして人間感情をも含めての、美を現はす言葉とするのが伝統なのであります。」）ことになるが、その原型となるのが『雪国』なのである。

ふたつ目の工夫は、自然そのものの描写に加えて、『北越雪譜《ほくえつせっぷ》』の引用など、この地方の伝統習俗をも豊富に組み込んでいることで、これによって自然を単に自然そのものとしてだけではなく、自然と人の暮らしとのかかわりまでふくめた風土総体として描きだしていることである。これもまた歳時記で時候、動植物など自然と共に生活行事などをもあわせて季節の枠組みに組み込んでいるのと同様の発想であり、そうした意味で『雪国』は、いわば歳時記小説といってもよい特異な性格を帯びているのである。ふつう近代小説においては人事をめぐる展開が主軸であり、自然や風俗などは背景ないし小道具として扱われるにとどまっているのに対して、『雪国』の場合は、無論、島村と駒子あるいは葉子との関係という人事も描かれるが、それと拮抗するほどの比重で自然、風土が描かれるのであり、それも単なる描写にとどまらず、後述するように、深く物語の構造にかかわった象徴的な意味をふくめてである。

こうした自然、風土の重視、物語構造への組み込みということを、この時期、川端は、引用した『旅中文学感』の一節にみられるような発見と反省のうえにたって、近代以前の日本文学の伝統から引き出して応用実践しようとしていたと考えられる。万葉集以来芭蕉の『奥の細道』などに続いていく羈旅《きりょ》詩歌、浦島伝説などの風土記的物語、平家物語から近松浄瑠璃にひきつがれていく道行き物など、日本の古典文学には、深く旅や風土とかかわってきた伝統があり、その伝統を川端は近代小説のうちに蘇らせようとしていたと思われるのである。こうした試みは、川端に限らず、早くは谷崎潤一郎の『吉野葛』（昭和六年）など、伝統回帰的傾向を強めつつあった当時の文化状況を反映して進んできたものだが、『雪国』はその頂点をなす作品といえる。

象徴的自然描写

こうして『雪国』には深く、豊かに自然、風物が描かれる。それらは、すべて、湯沢周辺の自然、風物を丹念に観察写生したものだと川端は断っているが、だからといって、単なる即物的な描写とはまるで違うものだ。たとえば、二度目の滞在中の冬の夜、酔って島村の部屋にやってきた駒子が窓を開けて夜空があらわれる場面。

一面の雪の凍りつく音が地の底深く鳴つてゐるやうな、厳しい夜景であつた。月はなかつた。嘘のやうに多い星は、見上げてゐると、虚しい速さで落ちつつあると思はれるほど、あざやかに浮き出てゐた。星の群が目へ近づいて来るにつれて、空はいよいよ遠く夜の色を深めた。国境の山々はもう重なりも見分けられず、そのかはりそれだけの厚さがありさうないぶした黒で、星空の裾に重みを垂れてゐた。すべて冴え静まつた調和であつた。

島村が近づくのを知ると、女は手摺《てすり》に胸を突つ伏せた。それは弱々しさではなく、かういふ夜を背景にして、これより頑固なものはないといふ姿であつた。島村はまたかと思つた。

しかし、山々の色は黒いにかかはらず、どうしたはずみかそれがまざまざと白雪の色に見えた。さうすると山々が透明で寂しいものであるかのやうに感じられて来た。空と山とは調和などしてゐない。

ここでは、確かに雪山の夜景の微妙に変幻するさまが丹念に観察写生されているが、それは物理的、視覚的なレベルにとどまるものではなく、主人公島村の意識に同化した語り手の意識を通じて、地上現実を超え、深々と神秘的な奥行き、陰翳を帯びた、象徴的、神話的なレベルにまで昇華されているのである。それは、先に述べたように、自然、風物を、単なる背景、小道具としてではなく、物語構造にかかわる意味合いをこめて描こうとする意図とかかわっていることだが、それに関連していまひとつ特徴的なのは、湯沢周辺を舞台として観察写生しながらも、あえて湯沢という地名をあげず、特定されるのを避けようと川端がしたことである。これは、駒子ら作中人物同様、モデルとして騒がれ、迷惑がおよぶのを嫌ったという配慮もあるが、それと共に、この〈雪国〉を、現実の土地をモデルとしながらも、時空を超えた普遍的、神話的世界として造形しようとした意図によると考えられるのである。

こうした川端の意図は見事に達成され、読者に受け入れられる。昭和二三年に刊行した完結版『雪国』あとがきにおいて川端は「私の作品のうちでこの『雪国』は多くの愛読者を持つた方だが、日本の国の外で日本人に読まれた時に懐郷の情を一入《ひとしお》そそるらしいといふことを戦争中に知つた。これは私の自覚を深めた。」とふりかえっているが、こうした読者の反応は、この物語が、特定、現実の土地を超えた〈日本〉の物語であり、そのように受け取られたことを証している。

2　伝統物語の継承

〈フジヤマ　ゲイシャ〉小説

ついで、物語内容に入ろう。主人公島村は職業を持たず、趣味から入った西洋舞踊の批評紹介などで気を紛らわしながら無為徒食《むいとしょく》の暮らしをおくっているが、そういう根無し草のような生活に倦むと気分を新たにするために山歩きに出ることがあった。

初夏の一日、やはりそうした山歩きをして降りてきた小さな温泉場で彼は芸者の手伝いをしている駒子という女と出合い、その不思議に清潔な印象、ひたむきな気性にひかれていく。東京に帰った島村は半年ほど経て、その年の暮れ近く、再び温泉場を訪ね、正式に芸者に出るようになった駒子と再会する。田舎で譜面をたよりに三味線を独習し、山に向かって一心に稽古をつづけるような駒子の生き方は虚しい徒労ともみえるものだが、かえって、その烈しいまでの純粋さに島村は強くうたれ、駒子の方も体当たりのような思いを島村に寄せて、ふたりの恋は深みにはまっていく。だが、家庭のある島村にはそれ以上駒子をどうしてやることもできず、再び、この雪国の女に別れを告げて東京にもどる。

そして、三度めに駒子のもとを訪ねるのは、萱《かや》の花が山一面に銀色に咲き乱れる初秋の時期で、芸者らしく身も心も成熟してきた駒子との関係は濃厚さを増すと共に日がたつにつれ気持ちのひっかかり、行き違いもでてきて身動きできないようになる頃、紅葉も終わり、初雪が降る（以上までで昭和一二年版単行本完結)。駒子が迫ってくればくるほど、それにこたえることのできない自分に呵責(かしゃく)の念がつのり、もうここを離れねばならないと島村は思いながら、そのはずみをつけるように、近くの縮《ちぢみ》の産地を訪れるが、さびれた町を歩いただけで温泉場にもどってくる。

すると、そこに待ち構えていたように駒子が立っていて島村の車に飛びつき、乗り込んでくる。車を降りたふたりは山裾を歩きながら話しこんでいると突然半鐘が鳴りだし、振り向くと村の中から火の手があがっているのが見える。映画会を開いている繭倉《まゆぐら》の火事だった。駒子が先に立ち、島村があとを追うようにふたりは火元にむかって走りだすが、先を行く駒子を包むように天の河が降りてきて島村は息をのむ。そして火事場にたどりついて間もなく、焼け落ちる建物の中に駒子の妹分のような娘葉子の姿を見つけた駒子は火の中に飛び込み、葉子をかかえて救い出そうとする。その瞬間、よろめいて目をあげた島村に音をたてて天の河が流れ落ちるようだった。

以上のような筋立てで、要約すれば、旅先の温泉場を舞台とする芸者との恋の物語ということになり、それに添えてひなびた温泉場風俗、四季の自然の移ろい、芸者らしい官能性などもたっぷり盛りこまれ、いわゆる〈フジヤマ　ゲイシャ〉小説すなわち通俗的異国趣味日本小説の典型といってよく、これが『雪国』の強く目を引く魅力であることは間違いない。事実、先に紹介した外地日本人から寄せられた感想を含め、外国において広くこの作品が受け入れられ、日本国内においても、多くの読者から〈古き良き日本への郷愁をよびさまされる〉というような同様の反応を得て、この作品が川端の代表作となったのは、まずはこの筋立て、道具立ての魅力によるところが大きいといってよい。

しかしながら、そうした通俗的、表面的魅力に加えて、この筋立て、道具立てには、さらに深く、本質的な伝統日本文化構造、特質が反映され、組みこまれている。

伝承説話的構造

都会で身を持て余し、鬱屈をかかえて旅にでた主人公が片田舎で土地の娘と出会って恋におちるという筋立ては、『伊豆の踊子』などにも共通するものだが、こうしたパターンは、さかのぼってみるなら、乱暴狼藉《ろうぜき》をとがめられて高天原《たかまがはら》から追われ出雲の地に降りて櫛名田姫《くしなだ》を娶《めと》った須佐之男命《すさのおのみこと》（古事記）に始まり、伊勢物語の昔男（在原業平）の東下り、源氏物語の光源氏須磨流謫《すまるたく》などへと続いていく伝統的物語類型いわゆる〈貴種流離譚《きしゅりゅうりたん》〉説話に重なるものといえる。また、島村が東京から汽車に乗ってトンネルをくぐり雪国という別世界に入る（『伊豆の踊子』で、やはりトンネルをくぐって南国別世界に入るのと同様）と、そこで駒子から歓待された後、ふたたびもとのトンネルをぬけて東京にもどるという設定は、浦島太郎が亀の背に乗って海をくぐり竜宮城にたどりついて乙姫にもてなされた後に地上へもどるという浦島説話、あるいは中国から日本に伝わって広く伝播した桃源郷説話などいわゆる〈異界訪問譚《いかいほうもんたん》〉説話に重なる。

一方、駒子の方に焦点をあててみると、作中随所で、駒子は温泉場を取り囲む雪山、その彼方の空に結びついていることが暗示され（引用した冬の夜中窓をあけて夜空に向かい身を乗り出す場面、鏡台に写る雪山を背景として駒子の真っ赤な頬が浮かびあがる場面、山に向かい、山を相手に三味線の稽古をするという挿話等々）、そして最後には、火事場へ急ぐ駒子を迎えるように天の川が降りてきて、駒子が火の中に飛び込むと島村の中へ天の川が流れ落ちるようだったというように、その彼方の世界にもどっていくかのような結びになっている。これはやはり、かぐや姫伝説に始まり、羽衣伝説、葛《くず》の葉《は》伝説、鶴女房伝説、雪女伝説等々、人間世界を取り囲む自然世界、彼方の世界からその精が人間の女に姿を変えて訪れ、人間の男と契りを結んだ後ふたたび元の世界へもどっていくという〈異類婚姻譚《いるいこんいんたん》〉の系譜に連なるものといえる（『伊豆の踊子』でも、踊子は常夏の楽園である大島からやってきて大島にもどっていく）。

『伊豆の踊子』にせよ『雪国』にせよ、それぞれ、天城トンネル、清水トンネル、踊子、芸者という実在したものを下敷きとして作品化されているのであり、こうした説話類型諸要素との対応はたまたまにすぎないとみなすこともできるが、そうした実体験を作品の素材として選び取り、それを物語化していくなかで、それらは、実在物、実体験を離れて、古来より伝承されてきた説話類型に近づいていくのである。実際の地名を省くことによって、普遍化、神話化が強まるということも、それにかかわっている。

こうした説話性ということを、川端が意識的に計算していたか、無意識だったかということは必ずしも明らかでない。おそらく『伊豆の踊子』ではまだほとんどそうした意識はなかったが、『雪国』ではほぼ意識していただろう。〈文芸復興〉期以来の伝統回帰思潮を背景としてこの作品は書かれており、これから触れる『北越雪譜』の引用にみられるように、伝統民俗文化への関心、共感が物語のひとつの源泉となっているからである。だが、最初からそうしたことを計算して意図的に組み立てられたとまではいえないだろう。むしろ、漠たる予感に導かれるように書き出し、なりゆきに従って書き連ねていくうちに、おのずと強く意識されるようになり、書き終え、読者からの反響をきくうちに、いよいよ強まって、はっきりとした覚悟にまで固まったというような経過をたどったのではあるまいか。

紀行的物語の系譜

昭和一二年の単行本刊行後、昭和一五年に発表した続編「雪中火事」の章は以下のように始まる。

雪のなかで糸をつくり、雪のなかで織り、雪の水に洗ひ、雪の上に晒《さら》す。績《う》み始めてから織り終るまで、すべては雪のなかであつた。雪ありて縮あり、雪は縮の親といふべしと、昔の人も本に書いてゐる。

ここに引用されている「昔の人」の本とは江戸後期の文人鈴木牧之《すずきぼくし》が越後の雪や雪にまつわる風俗、習慣、物語などについて記した随筆『北越雪譜』である。これについて川端は完結版『雪国』のあとがきで、一二年の単行本刊行後に初めてこの本を読んだ、もっと前に読んでいればその中の風俗や景物を取り入れたかもしれないと述べている。それほどこの本の感化は大きかったわけであり、その引用から始めることによって続編はそれ以前の章とはかなり異質なものとなっている。

それ以前の章では、ところどころに民俗的な事柄を挿入することはあっても、あくまで、島村たち作中人物のストーリーを彩る小道具的な扱いにとどまっていたのが、「雪中火事」冒頭部では、ほとんどこの筋立てから逸脱して長々と（後に完結版『雪国』ではかなり削られるが）縮にまつわる故事、説話があれこれと語られるのであり、その結果、この部分をとってみると、近代小説というよりは、風土記あるいは道行き文を思わせるものとなっているのである。

こうした物語とその舞台となる土地についての風土記的記述を組み合わせるという、いわば紀行的物語とでもいうべきスタイルは、日本人にとっては、古来、ごくなじみ深いものだった。各地の名所に必ずといってよいほど○○縁起、○○伝説というような由来にまつわる物語が伝わっているのがその原型であり、これを発展させて、種々の物語文学が語り継がれてきた。

それは、近代に入って、虚構としての一貫性、統一性を重視する小説概念が西欧から移入され、支配的になるにつれて影が薄くなり、後退していったが、それでもたとえば、尾崎紅葉の代表作『金色《こんじき》夜叉《やしゃ》』の山場のひとつ主人公貫一の塩原行きの場面などに残っていた。そして昭和期に入ると、日本回帰傾向につれて、谷崎潤一郎の『蓼《たで》喰ふ虫』（昭和四年）、『吉野葛《よしのくず》』（昭和六年）など、積極的にこうしたスタイルを復活再生させようとする試みがあらわれ始め、『雪国』では、この『北越雪譜』をふまえての記述となるのである。物語という虚構と実際の風土、過去と現在が融合し、一体となって、日本の文化伝統に脈々と流れつづけてきた風景があらわれ出るのである。『雪国』の読者から寄せられた懐郷の情とは、この風景への思いにほかならないだろう。

3　自然神話世界への帰一

こうして『雪国』は、島村と駒子との恋愛小説という枠組みを取り囲み、支えるようにして、日本の伝統的自然、風土、説話の分厚い層が広がる物語なのであり、当然、そうした構造は、物語られる恋愛物語のありかた、描写にも反映してくる。

化身としての女

それが最も際立つのは、いうまでもなく、ヒロイン駒子においてである。駒子が実在の芸者松栄を下敷きとしたことは認めながら、決してそのままではない、あくまで創作中の人物であると川端が強調したことはすでに触れたが、それは単に、あれこれディテールを変えたというようなレベルではなく、説話的、神話的存在に化身させたということなのである。それが端的にあらわれているのは、たとえば次のような容貌描写である。

細く高い鼻は少し寂しいはずだけれども、頰が生き生きと上気してゐるので、私はここにゐますといふ囁《ささや》きのように見えた。あの美しく血の滑らかな脣は、小さくつぼめた時も、そこに映る光をぬめぬめ動かしてゐるやうで、そのくせ唄につれて大きく開いても、また可憐に直ぐ縮まるといふ風に、彼女の体の魅力そつくりであつた。下り気味の眉の下に、目尻が上りもせず下りもせず、わざと真直ぐ描いたやうな眼は、今は濡れ輝いて、幼なげだつた。白粉《おしろい》はなく、都会の水商売で透き通つたところへ、山の色が染めたとでもいふ、百合か玉葱みたいな球根を剝いた新しさの皮膚は、首までほんのり血の色が上つてゐて、なによりも清潔だつた。

ここで駒子は、前半の「体の魅力」という官能性と後半の「清潔」という清浄さをあわせもつ存在として描かれる。相矛盾するようなこのふたつの属性を矛盾なく体現しているのが駒子のくりかえし強調される大きな特徴だが、それはいわば、娼婦性と聖女性をあわせもつという神話的両義性のあらわれとみることができる。神に仕える巫女が遊女として男たちに身を任せることにより、男たちを清め、救済する、衆生救済を願う観世音菩薩が娼婦に化身し、自ら犠牲となって凡夫の煩悩を静めるというような神話性である。こういった女性像は、掌の小説のひとつ『お信地蔵』（村の男たち誰にでも分け隔てなく身を任せ、男たちが道を誤るのから救った天性の娼婦が後に地蔵として祀られたという縁起譚的物語）や『山の音』の中の堕胎する聖少女の夢の挿話などにもみられ、川端の女性像の原型のひとつといえるが、駒子はその最たるものなのである。

島村のほかにも旦那ができるとすぐに体つきにも変化があらわれるというようにまぎれもなく娼婦的な肉体を有しながら、それでも「不思議なくらゐ清潔であつた。足指の裏の窪みまできれいであろうと思はれた」という〈清潔さ〉は終始変わることなく、島村に対する見返りを求めない無償の愛情も変わらない。そのひたむきな愛情を「徒労」ときめつけながらも、それによって、島村は都会での虚無的な心情から救い出されていく。娼婦にして聖女という両義性によって生み出される奇跡である。

そして、その奇跡を果たすと雪山の彼方へ帰っていく。まさに鶴女房（鶴の恩返し）の鶴のような神話的女にほかならない。

自然の精としての女

駒子が一応実在の芸者をモデルとしているのに対し、その妹分的な娘葉子は全くモデルなどない、純然たる創作であると川端は断っているが、その意味合いは何だろうか。駒子の三味線の師匠の息子を看病するこの娘は、以下に引用する冒頭夕景色の鏡の場面から、最後燃え落ちる繭倉の火の中を落ちていく場面まで断続的に登場して特異な印象を残すが、あくまで脇役にとどまり、それ以上積極的に物語にかかわってくることはない。駒子に常に寄り添う、駒子の分身か影のような存在といえるが、そうした存在が創作され、導入されるのは、それが、駒子のうちに潜在する非現実性、彼岸性ともいうべき性格をより明確に浮かびあがらせ、その非現実の世界、彼岸の世界への橋渡しの役割をになうからといえるだろう。

それを象徴するのが、葉子の悲しいほど澄んだ美しい声であり、これは、駒子の〈清潔さ〉をさらに純粋化したものといえる。そしてこうした葉子が、駒子以上に直接、雪山あるいはその彼方の空の世界に結びついていることが暗示されるのが、たとえば有名な冒頭の夕景色の鏡の場面なのである。駒子に再会するために乗り込んだ雪国へ向かう汽車が途中夕暮れにさしかかって車内の明かりがつくと、鏡のように車中の娘すなわち葉子の顔を写しだす窓ガラスとその外のまだ暮れきらない風景とが二重写しになり、その不思議な眺めに島村は見入るのである。

鏡の底には夕景色が流れてゐて、つまり写るものと写す鏡とが、映画の二重写しのやうに動くのだつた。登場人物と背景とはなんのかかはりもないのだつた。しかも人物は透明のはかなさで、風景は夕闇のおぼろな流れで、その二つが融け合ひながらこの世ならぬ象徴の世界を描いてゐた。殊に娘の顔のただなかに野山のともし火がともつた時には、島村はなんともいへぬ美しさに胸が顫《ふる》へたほどだつた。

遙《はる》かの山の空はまだ夕焼の名残の色がほのかだつたから、窓ガラス越しに見る風景は遠くの方までものの形が消えてはゐなかつた。しかし色はもう失はれてしまつてゐて、どこまで行つても平凡な野山の姿が尚更《なおさら》平凡に見え、なにものも際立つて注意を惹きやうがないゆゑに、反《かえ》つてなにかぼうつと大きい感情の流れであつた。無論それは娘の顔をそのなかに浮べてゐたからである。窓の鏡に写る娘の輪郭のまはりを絶えず夕景色が動いてゐるので、娘の顔も透明のやうに感じられた。しかしほんたうに透明かどうかは、顔の裏を流れてやまぬ夕景色が顔の表を通るかのやうに錯覚されて、見極める時がつかめないのだつた。

汽車のなかもさほど明るくはないし、ほんたうの鏡のやうに強くはなかつた。反射がなかつた。だから、島村は見入つてゐるうちに、鏡のあることをだんだん忘れてしまつて、夕景色の流れのなかに娘が浮んでゐるやうに思はれて来た。

さういふ時、彼女の顔のなかにともし火がともつたのだつた。この鏡の映像は窓の外のともし火を消す強さはなかつた。ともし火も映像を消しはしなかつた。さうしてともし火は彼女の顔のなかを流れて通るのだつた。しかし彼女の顔を光り輝かせるやうなことはしなかつた。冷たく遠い光であつた。小さい瞳のまはりをぽうつと明るくしながら、つまり娘の眼と火とが重なつた瞬間、彼女の目は夕闇の波間に浮ぶ、妖しく美しい夜光虫であつた。

鏡台に写る雪山を背景に駒子の顔が浮かぶ朝景色の鏡と対となる情景だが、朝景色の鏡の場合以上に、ここでは葉子と自然は強く結びついている。朝景色の鏡の中の駒子の顔はまだ生き生きと現実的な輝きを見せていたが、葉子の顔はもはやこの世ならぬ透明なはかなさで、外のともし火に照らしだされたその眼は波間の夜光虫に化身するのである。駒子は確かな肉体をもち、その肉体を介して島村と愛し合う、現実に生きる女であるのに対し、葉子はほとんど肉体を感じさせない、透明な、「この世ならぬ象徴の世界」の女なのである。この夕景色の鏡の場面は、車中と車外のふたつの世界が重なりあい、融け合って、夢幻能とりわけ複式夢幻能の舞台を思わせるものだが、葉子はその夢幻のあいに現れ出る霊とも見える。そして、駒子が登場する前に、まず葉子がこのような霊的な姿で登場することは、葉子が駒子のうちに潜在する分身であることを暗示するものといえるのである。

その後、駒子が登場し、本格的に物語が始まると、葉子は後方に退き、その涼しげな美しい声を響かせるにとどまっているが、いよいよ結末にいたって、ふたたび前面に現れる。火の中を落ちていく葉子はかたく目をつぶり、気を失って、「生も死も休止したやうな姿」、「内生命が変形する、その移り目のやうな」と島村は感じるが、その青白い顔の上を火明かりが揺れ通ると、夕景色の鏡の娘の顔のただなかに野山のともし火がともった時のさまが思いだされ、「一瞬に駒子との年月が照し出されたやうだつた」と思うのである。そして、そこに駒子が飛び込み、葉子を抱えあげると、葉子は「昇天しさうにうつろな顔」で、ふたりに近付こうとした島村はよろめき、「目を上げた途端、さあと音をたてて天の河が島村のなかへ流れ落ちるやうであつた」と物語は閉じられるわけだが、この終幕は、冒頭夕景色の鏡の場面と照応して、分かれていた駒子と葉子が合体し、地上を離れて、天の川の世界にもどっていくことを暗示しているだろう。葉子は駒子の中の霊的なものを純化、結晶させた存在であり、その葉子に合体することによって駒子も本来の霊的な世界に帰っていくのである。

この分身ないし二重身的な駒子と葉子のありかたは、「能はそのもっとも完成された形では、シテ一人の劇として成立しているが、それと同時に、シテが二重人格において表現されるのが、本来の形である。」（山本健吉）という能、さらにさかのぼれば、民俗学者折口《おりくち》信夫《しのぶ》が能などをふくめた芸能の原型として指摘した神事の形式——他界から地上を訪れた神と、その代理者、仲介者である土地の精霊が、二者一体的に組み合わされ、真似、繰り返し、掛け合い等を演じる——にまで連なっていくような古代以来の民俗に根差すものといえる。

幽玄的文体の確立

最後に、『雪国』において達成された芸術的成果として文体の問題をとりあげないわけにはいかない。新感覚派の一員として出発して以来、川端は、内容、構成など様々な面で、〈奇術師〉と評されるほど新奇、実験的な試みを続けてきて、とりわけ文体についてはもっとも腐心《ふしん》してきたが、『雪国』において、これらの実験的試みをふまえたうえで、それを大きく飛躍転回させて、全く新たなレベルの文体に到達した。それは、これまで述べてきた内容上の特質に照応するような深く日本の伝統的世界観に根差した文体であり、これによって、真に川端的文体が確立されたといってよいのである。

『雪国』の随所に新感覚派的表現が用いられていることは、冒頭、トンネルをぬけて雪国に出た直後の「夜の底が白くなつた。」や夕景色の鏡の最後「彼女の眼は夕闇の波間に浮ぶ、妖しく美しい夜光虫であつた。」などの例に見られる通りである。感覚、連想のひらめくままに印象を表現していく散文詩的な文体であり、掌の小説や『水晶幻想』以来の技巧が応用されているわけだが、こうした文体によって紡ぎだされる世界のありようは、それまでとは大きく異なったものに変貌する。

もともと第一次大戦後西欧におこった前衛的芸術、文学運動を移入して生まれたモダニズムの文体であるこうした新感覚派的表現は、従来の近代的リアリズム文体の固定された枠組みを打破し、広く自由な視野を開くことをめざしたものだったが、では、それによってどういう新しい世界を描きだすのかということになると、明確に定まった目標はなく、あれこれと試行錯誤をつづけるにとどまってきた。掌の小説のような万華鏡《まんげきょう》的感覚世界、あるいは『水晶幻想』のような無意識下の性的連想の世界等々、なにか新奇なものを求めて〈奇術師〉のように実験工夫をくりかえしながら、その焦点は定まらず、『禽獣』に至るまでこの彷徨は続いた。

それが『雪国』に至って、全く、逆の方向に発想を転じることによって、ようやく描くべき世界が定まるのである。つまり、近代リアリズムから解放されて新たに向かう方向を、近代以降ではなく、近代以前に焦点をあわせて、古代以来の日本人が育んできた自然と人間が合一する世界を蘇らせようとするのである。

こうした逆転の発想は、すでに新感覚派として出発した当時から『新進作家の新傾向解説』（大正一四年）などに見られるように観念的には想定されていたものだが、『雪国』に至ってようやく具体的に実現されるのである。引用した二例の場合でいうなら、新感覚派的表現でありながら、ここで川端は、それをむしろ、『枕草子』や俳諧連歌あるいは藤原定家に代表される新古今的幽玄の詩学とでもいうべきレベルに転じているといえる。人と自然が、観察者と観察される対象というように分離対立するのではなく、両者一体となった境地（主客合一、自他一如）に昇華されているのである。写生的リアリズムから詩的象徴の世界——夕景色の鏡の中の言い回しを用いるなら「この世ならぬ象徴の世界」への昇華であり、この昇華によって、駒子あるいは葉子が自然の精の化身であるという『雪国』の世界原理が具現されるのである。

省略と暗示

川端的文体の鍵のひとつは、主語を省略できるという日本語の文法的特性を生かして含みの多い、多義的、暗示的な言い回しを多用することだが、それも『雪国』において初めて本格的、戦略的に始められる。物語終盤、島村の三度目の雪国滞在も潮時に近づき、いよいよこの地を離れねばならないと思い定め始めた晩秋の朝、目覚めて初雪に気づく場面をとりあげてみる。

その次の朝、島村は謡の声で目が覚めた。

しばらく静かに謡を聞いてゐると、駒子が鏡台の前から振り返つて、につと微笑みながら、

「梅の間のお客さま。昨夜宴会の後で呼ばれたでせう。」

「謡の会の団体旅行かね。」

「ええ。」

「雪だらう?」

「ええ。」と、駒子は立ち上つて、さつと障子をあけて見せた。

「もう紅葉もおしまひね。」

窓で区切られた灰色の空から大きい牡丹雪がほうつとこちらへ浮び流れて来る。なんだか静かな嘘のやうだつた。島村は寝足りぬ虚しさで眺めてゐた。


ここで「なんだか静かな嘘のやうだつた」という一文は主語が省略されていて、何が「嘘」なのか明示されない。これを強いて特定しようとすると、直接的には、直前の文をうけて牡丹雪のほうつと淡い、うつつない様子を言っているととれるだろう。しかし物語の流れをうけて、この場面の状況を思い合わせながら読むなら、この雪の様子に重ね合わせるようにして自分たちのこれまでのいきさつに思いをはせる島村の心境を暗に語っているともとれるのである（注：『雪国』は表向き三人称小説の体裁で書かれているが、実質的には、語り手は、主人公である島村の視点に立って語る一人称小説といえる）。こ

の二重性、多義性が、主語の省略によって効果的にもたらされるのである。（注：ちなみに、サイデンステッカーの英訳では、この部分を“From the gray sky, framed by the window, the snow floated toward them in great flakes, like white peonies. There was something quietly unreal about it”としていて、「嘘（unreal）」は“it（それ）”すなわち前文の“snow（雪）”を指すようになっており、二重性、多義性のニュアンスは希薄になっている。読み比べてみると、川端原文の主語省略による効果が一層歴然としてくるはずである。）

そして、この場合も重要なのは、この二重性が、雪という自然と島村—駒子のいきさつという人間関係すなわち人事との二重性であり、自然と人間が重なりあい、合一するという世界観に帰着することである。

こうして『雪国』は、物語展開、人物像、描写等の各レベルにわたって、川端文学の根本原理である自然と人間の合一ということを実現した作品となる。序章に紹介したノーベル賞受賞記念講演「美しい日本の私」の世界はここに始まるのである。

第四章　戦争の運命

1　冬の時代へ

戦時接近

『雪国』執筆にとりかかった昭和十年代に入ると、時代情勢は急速に緊迫の度を加えていった。昭和一一年二月、川端は、ベルリン・オリンピック取材かたがた欧州情勢視察に旅立つ横光利一を見送ったが、その数日後には二・二六事件がおこった。欧州に到着した横光は、ヒトラー、ムッソリーニらに率いられてヨーロッパを席巻《せっけん》する勢いのファシズム勢力とそれに抵抗しようとする左翼・自由主義勢力とが衝突し、再び大戦の気配を見せ始めたなまなましい有り様を日本に伝えた。翌一二年には、満州事変以来高まり続けてきた緊張がついに爆発して日中戦争が開始され、太平洋戦争開戦への導火線に火をつけることになった。

こうした時代情勢は文壇にもおよんで、その中心にいた川端も、文芸懇話会への参加など、当然余波を免れなかった。むしろこうした活動ではまめに世話役をつとめるほどだった。気難しそうに見えて意外に心安く頼まれ事は引き受ける性分だったからだろう。と言って、政治的な事に本気でかかわろうとしたという訳ではない。欧州視察から帰国した横光が、西欧文明の破局、世界大戦再来を念頭において急速に日本主義へと傾斜していったような情熱は川端にはなかった。新感覚派時代、対抗勢力だったプロレタリア文学を動かしていた左翼思想にも関心を示さなかったように、生涯、川端は時代政治に本質的な関心を持つことはなかった。ただ、人付き合い、世間付き合いとしてかかわるのである。後年、旧友の今東光が選挙に出た際、事務局長をつとめたのが良い例である。

文壇活動としては、ほかに、北条民雄や岡本かの子らを登場させるのに力を貸したり、雑誌「文学界」の運営、各種文学賞の選考などに加えて、昭和一四年ごろからは、綴《つづ》り方運動への支援などにも携わった。このうち子供たちの綴り方への関心は、単なる世間付き合い、社会奉仕にとどまらないものだった。『禽獣』の主人公が日頃の虚無感を癒す糧として少女たちの作文を好んで読んでいたという挿話にうかがわれるように、早くから川端はこうした文学ないし文章にあふれる、大人からは失われた純粋さにひかれていた。『父母への手紙』など初期の作品にくりかえしあらわれる失われた子供心への憧憬の延長といえるが、それが川端にとってはひとつの文学の理想さらには人生の理想だった。この頃から川端が純文学と平行して盛んに少女小説を執筆しているのもそうした背景あってのことだった。

このように盛んに文壇での活動を続けながら、一方では、川端は、一年のうちの多くを旅に費やしてもいた。実は、昭和十年の暮れには、林房雄の誘いで定住の地となる鎌倉に住まいを移していたにもかかわらず、ほとんど、この本宅には寄り付かないかのように、旅から旅へと日を送っていたのである。『雪国』執筆の機縁となった湯沢や近辺の上越地方をはじめ、信州、伊豆等々で、とりわけ軽井沢には別荘まで購入して毎夏をすごし、また冬は熱海の宿に長期滞在して、その旅先で原稿を書くのがこの頃からの習いとなった。『雪国』あたりからはっきりと自覚されるようになってきた創作スタイル――旅先での一所不住、生涯流浪の感覚、日々新たな風土自然の印象を支えとして構想し、執筆していく――の実践である。内地ばかりでなく、昭和一六年には、四月から五月、九月から一一月までの二回にわたって満州に長期旅行もおこなっている。

この頃の年譜でまた眼に付くのは、カメラやゴルフなどの趣味にも精を出していることで、とりわけカメラの方は、わざわざ撮影旅行にまで出掛けている。身の回りのあれこれ新奇なものに好奇心が強いのも生涯変わらぬ川端の性癖で、眼に付いた傘をたくさん買いこんできて人に配ったり、思いついたように高級乗用車やマンションを購入して驚かせたりすることがよくあったと後に秀子夫人は回想している。

昭和十年代、『雪国』以降の重要な作品としては『名人』があげられる。

『名人』　昭和一三年、本因坊秀哉《しゅうさい》名人の引退碁がおこなわれ、川端はこれを観戦、その観戦記を東京日日新聞、大阪毎日新聞に連載した。この引退碁は、その年の六月に始まり、一二月に終わるという異例に長期のもので、それというのも、対戦者それぞれの持ち時間が四十時間という破格の条件

本社獨占豪華棋譜

"名人引退碁"愈々開戰

鬼才・木谷七段と 本因坊名人對局

解說 呉六段＝觀戰記 川端康成氏

明治、大正、昭和三代にわたつて名實ともに棋界の王者として五十年不敗の記錄を誇つてゐた第廿一世名人本因坊秀哉氏はいよ〳〵本社獨占の『一世一代の引退碁』によつて その輝ける『最後の勝負碁』を打つべく 挑戰者決定を 待つてゐたが、こゝに來る廿六日から 棋界空前の大決戰を開始することとなつた、鬼才木谷實七段の登場となり、み出すため棋界のあらゆる 慣例を破つて對局條件の完璧を期し持時間も 各々四十時間、合計八十時間とし約四日間に一回の割で對局、封じ手を採用したが、して全國愛棋家諸君に提供することを誇りたい、本社は これを獨占 天才棋士呉泉六段が擔當し 觀戰記をものするのは 文壇の驍將川端康成氏で、【對局は一切參觀を許さず】＝寫眞（上右）本因坊名人（上左）木谷七段（下右）呉六段（下左）川端康成氏

東京日日・大阪毎日新聞社

本因坊秀哉引退碁観戦記（東京日日新聞昭和13年６月24日）

だったうえに、名人が体調を崩して度々対局の中断、再開をくりかえしたという事情による。碁には人一倍熱心だった川端はその対局経過に逐一つきあい、丹念にノートをとって、六十回余の観戦記として新聞掲載した。名人と対戦者木谷實七段の両者ともに執念を燃やし、相譲らない死闘の凄まじさをまざまざと活写したこの観戦記は川端自身非常な成功をおさめたというほど評判をよんだようであり、その功労によって、川端は日本棋院から初段を贈られた。そして川端自身、この観戦記をいつかあらためて小説風に書き直してみたいと思い、それを果たして書き上げられたのが『名人』である。

しかしその完成には、『雪国』に匹敵する手間と時間がかかった。引退碁のあとも川端は名人と交際が続き、昭和一五年の正月には熱海に療養中の名人を見舞って将棋を指したが、その二日後名人は急逝、駆けつけた川端はその死に顔の写真を撮った。そしてこの年、まず『本因坊秀哉』という短文の印象記を書き、それから二年ほどを経て、昭和一七年初夏、ようやく本格的な書き直し執筆にとりかかり、八月、自分が編集代表者となって創刊した雑誌『八雲』創刊号に『名人』として発表した。現行『名人』の序盤にあたる部分である。以後、敗戦をはさんで戦後二二年までかかって、断続的に発表を続けた。そして、これらにさらに手をいれて昭和二六年から二七年、二九年までかけて現行『名人』を完成させたのである。自身「観戦記以来の宿望を遂げたわけだ」（『独影自命』）と述べている通り、執念の作である。

と言って、この過程で目にみえるような大きな変化があったわけではない。「小説風に書き直す」といっても、観戦記には書けなかった対局運営をめぐる紛糾《ふんきゅう》などをくわしく書き足した他は、ほぼ観戦記に沿って、事実を忠実に記した記録小説だからである。だがそうであればこそ、その記録性に執着して、くりかえし事実を確認するのに手間と時間をかけたのである。『雪国』のような純然たる創作の場合とはそこが違う。そのことを川端は強く意識し、自分としては異例のこの記録小説の事実性に大きな情熱を燃やしたことを述べている。

では、それほどまでに川端が執着した事実性の中身は何か。一口でいうなら、名人秀哉の勝負に賭ける業《ごう》としかよびようのない執念である。『名人』は記録小説としてこの対局の経過を逐一追っていくが、その焦点は、いうまでもなく名人にあわせられている。

勝負への執念

両対局者は、共に烈しい執念で勝負に取り組むが、その執念の有り様は対照的といってよいほど違う。名人に挑む大竹（木谷の仮名）は、油の乗り切った年回り、天才肌ながら性格は明朗闊達《かったつ》、家庭にも恵まれ、順風満帆の勢いで、ひるむことなく打ち込んでくる。一方、名人は老齢に達しているうえに病をかかえ、夫人はいても子供には恵まれない寂しい境遇のうえ、勝負事以外には趣味もなく、ただもう妄執のように勝ち負けに執着し、精根をすりへらしながら打ち続ける。

このふたりが正面から激突し、死闘を続けるわけだが、体力を消耗した名人は途中三カ月にわたって病の床につくなど中断をくりかえし、紛糾をひきおこしながらもなお対局を続行した果てに無残に敗れ去るのである。その執念のさまを川端は厳しく、冷徹な筆致で追求する。そこに浮かびあがってくるのは老醜と言ってよいような人間の姿である。川端は名人に同情を寄せながらも、病にかこつけての駆け引きのいかがわしさ、あるいは、勝負の場を離れた私生活における卑小な印象など容赦なく描きだす。たとえば、自ら写真に撮った死に顔についてもこんな風に記す。

名人は決して美男子でも、高貴の相でもなかつた。むしろ野卑で貧相であつた。目鼻立ちのどれ一つをとつても、美しいものはなかつた。たとへば耳は耳たぶがつぶれたやうだつた。口は大きく、目は大きくなかつた。

だが、こうしたみじめさが強ければ強いほど、それと背中あわせになった名人の勝負への執念の烈しさ、厳しさというものも、余分なものを削ぎ落とされた裸形の姿であらわになってくるのである。名人としての矜持《きょうじ》も、年齢相応の自足あるいは諦念も、病身をいたわる気づかいもかなぐり捨てて、ただひたすら、体に染み付いた戦闘本能に追い立てられるように、盤面にかじりつき、離れようとしないその姿に、浅ましさを通り越した崇高さを川端は見出す。いうまでもなくそれは、勝負事とは違うものの、芸術創造、小説執筆に通じるものだからである。なんの実益にもならない、遊びといえば遊びにすぎない道に命を賭ける崇高さである。

さかのぼるなら、『禽獣』からこうした主題を川端は追求し始めていた。冷酷無情といってよいほど容赦なく小鳥や犬さらには女を選別し、飽くなき執念で美を追求する、それによって社会から孤立し、癒しようのない孤独にさらされても宿命として甘受する姿勢であるが、名人の引退碁の戦いぶりのうちに、川端はその極限的なものを見るのである。数十年の人生まるまるを費やして一筋に追いつめてきたこの競技の最後の勝負に文字通り精魂をすりへらして打ち込みながら、結局は破れ、そのまま抜け殻のようになって世を去ってしまう運命は陰惨そのものともいえるが、その陰惨さを代償として、陰惨を包むオーラのように比類のない崇高さが輝き出ることをも確認する。

とりわけ、この作品を手がけていた間に遭遇した戦中から戦後の厳しい時代状況を背景として、この名人の最期は川端に自分の作家としての拠り処、覚悟を教示してくれるものだった。『名人』が小説としては異例の内容ながら、自作に満足を示すことの稀れだった作者自身から「自足を感じているところもある」と愛着を示された所以である。

2　生涯の谷

戦争突入

昭和一五年、川端は相変わらず旅の日々を送る間、七月には「文芸銃後運動」の講演会に参加し、「事変綴方」と題して、梅園龍子の朗読に解説をつけた講演をおこなったりしている。一六年に入ると、四月から五月にかけて一カ月ほどの旅程で満州各地を回った。これは、「満州日日新聞」の招きで碁の大会に出席することを目的としたものだったが、在満州の作家たちとも交流を深め、見聞を広げた。さらにこの年九月からは、あらためて関東軍の招待で渡満する。

国際緊張がいよいよ高まる中、日本の最前線地域である満州の状況を作家の目で見てほしいという趣旨の招待だったが、川端は、予定日程を消化した後も自費で視察を続けるために残り、十月、一一月と行脚、交流を精力的におこなった。旅をするのは長年の習いであっても、ひとりで自作の執筆や取材のためだけに旅することが常だった川端にとって、こうした政治的な目的をもって各地をまわり、視察や交流をはかるのは初めてのことであり、国と民族の運命が大きく転回しようとする動きに自分なりに向き合おうとしていたことがうかがわれる。そして一一月末、開戦間近かとの情報を知人から受け、あわただしく帰国、それからまもなくの一二月八日、いよいよ未曾有《みぞう》の大戦が開始されたのである。

昭和一七年、川端は『名人』の執筆にとりかかる一方、『満州国各民族創作選集』を編集して選者の言葉を寄せ、また一二月八日の開戦記念日に際しては、戦死者の遺文を読んで『英霊の遺文』と題する感想を発表した。

戦死者の遺文集を読みながら、私は十二月八日を迎へる。新聞社から頼まれてのことだが、自分としても、この記念日にふさはしいことだと思ふ。しかし、これらの遺文について、あわただしい感想を書かねばならぬのは、英霊に対する黙禱《もくとう》のつつしみも失ふやうで心静かではない。ただ、強顔がゆるされるならば、かういふ遺文集があることを、人々に伝へるだけでも、ともかく私の文章の意味はあらうか。

昭和一八年、川端夫婦は、康成の母方の従兄、黒田秀孝の三女政子を養女にもらった。これについては序章で少し触れたが、四十代に入って、川端家の血筋を保つ決意をかためたこと、家長としての責任をひきうけたことを意味しているといってよいが、その背景には、やはり、戦争があっただろう。厳しい時勢に直面して、作家、芸術家といえども、民族共同体の一員としての自覚をもち、責を果たさねばならないという思いがあったはずである。

政子をもらうために久しぶりで故郷を訪ね、縁者に再会し、家系やこの故郷ですごした幼少期のことをふりかえって、そうした事柄を川端は『故園』に記したが、そうしてみると、天涯の孤児、係累《けいるい》の縁を絶った単身者として孤独、流浪の暮らしを送ってきた自分もやはり、その根には家族、家があり、その延長上に民族、国があることを自覚したと思われるのである。

この年、小説『東海道』を構想、そのために京都まで途中下車しながら旅したことなどもこれにかかわっているだろう。国文学者を主人公に、東海道を行き来したいにしえの日本人の心情を、歴史、文学などのうちに辿ろうとする物語（未完）で、この頃から、川端は、しきりに、日本文化の流れを俯瞰《ふかん》しようとする姿勢を見せ始めるのである。

源氏物語体験

昭和一九年、戦局は険しさを増し、鎌倉在の川端も空襲に備えて庭の裏に防空壕を掘り、近隣の防火郡長となって夜警に歩くなどの生活が始まった。非常時の出版規制で作品発表の機会もめっきり少なくなり、収入も途絶えて、軽井沢の別荘のひとつを売却、生活費にあてるような暮らしとなったが、そうした中で、川端は、暗く静まりかえった夜空や山々を眺めながら戦時の現在を忘れ、茫漠《ぼうばく》とした過去の時空にただようような思いを深めることが多かったようである。夜警の経験を記した一節を引いてみる。

小山のあひだの狭い谷間で危険も少い。家もまばらである。燈火をまつたく消した谷間は人家があるとも見えなかつた。私は電燈や石油ランプなどのなかつた古い時代を思つた。また人家のない山のなかの夜道を歩いてゐるやうであつた。私は日本の自然の夜を感じた。ありふれた谷間に過ぎないが、晩秋初冬は夜の靄や霧が、また時にはしぐれが、この小さい夜景をつつんで大きい夜景に深め、私に日本の古い夜を感じさせた。

月夜は格別だつた。人工の明りをまつたく失つて、私は昔の人が月光に感じたものを思つた。鎌倉では古い松の並木が最も月かげをつくつた。燈火がないと夜はなにか声を持つやうだつた。空襲のための見廻りの私は夜寒の道に立ちどまつて、自分のかなしみと日本のかなしみとのとけあふのを感じた。古い日本が私を流れて通《とほ》つた。私は生きなければならないと涙が出た。自分が死ねばほろびる美があるやうに思つた。私の命は自分一人のものではない。日本の美の伝統のために生きようと考へた。人は生きてさへゐれば自分の生の意義を感じるひとときがいつか必ず来るものだと、私は生きのびてゐるが、敗け戦の国のみじめさが私の生の意義を強めようとは、思ひがけない逃げ場であつたかもしれない。

（『天授の子』）

そして、古い仏教書や文学書を集めて読み耽り、とりわけ源氏物語に深くのめりこんでいった。やはり戦後発表された有名なエッセイ『哀愁』で川端はこうした源氏物語体験を次のようにふりかえっている。

戦争中に私は東京へ往復の電車と燈火管制の寝床とで昔の「湖月抄《こげつしょう》本源氏物語」を読んだ。暗い燈や揺れる車で小さい活字を読むのは目に悪いから思ひついた。またいささか時勢に反抗する皮肉もまじつてゐた。横須賀線も次第に戦時色が強まつて来るなかで、王朝の恋物語を古い木版本で読んでゐるのはをかしいが、私の時代錯誤に気づく乗客はないやうだつた。途中万一空襲で怪我をしたら丈夫な日本紙は傷をさへに役立つかと戯れ考へてみたりもした。

かうして私が長物語のほぼ半ば二十二三帖まで読みすすんだころで、日本は降伏した。「源氏」の妙な読み方をしたことは、しかし私に深い印象を残した。電車のなかでときどき「源氏」に恍惚と陶酔してゐる自分に気がついて私は驚いたものである。もう戦災者や疎開者が荷物を持ち込むやうになつてをり、空襲に怯えながら焦げ臭い焼跡を不規則に動いてゐる、そんな電車と自分との不調和だけでも驚くに価ひしたが、千年前の文学と自分との調和により多く驚いたのだつた。

私は割と早く中学生のころから「源氏」を読みかじり、それが影響を残したと考へてゐるし、後にも読み散らす折はあつたが、今度のやうに没入し、また親近したことはなかつた。昔の仮名書きの木版本のせゐであらうかと思つてみた。ためしに小さい活字本と読みくらべてみると、確かにずゐぶんと味がちがつてゐた。また戦争のせゐもあつただらう。

しかし私はもつと直接に「源氏」と私との同じ心の流れにただよひ、そこに一切を忘れたのであつた。私は日本を思ひ、自らを覚つた。あのやうな電車のなかで和本をひろげてゐるといふ、いくらかきざでいやみでもある私の振舞ひは、思ひがけない結果を招いた。

そのころ私は異境にある軍人から逆に慰問の手紙を受けとることが少くなかつた。未知の人もあつたが、文面は大方同じで、その人達は偶然私の作品を読み、郷愁にとらへられ、私に感謝と好意とを伝へて来たものであつた。私の作品は日本を思はせるらしいのである。そのやうな郷愁も私は「源氏物語」に感じたのだつたらう。

或る時私は、「源氏物語」は藤原氏をほろぼしたが、また平氏をも、北条氏をも、徳川氏をもほろぼしたといふ風に考へてみたことがあつた。少くともそれらの諸氏がほろびるのにこの一物語は無縁でなかつたとは言へるだらう。

それと話しは大分ちがふけれども、今度の戦争中や敗戦後にも心の流れに「源氏物語」のあはれを宿してゐた日本人は決して少くないだらう。


長文を引用したが、この戦争激化、敗色濃厚、日本の滅びる時が刻々と近づく気配の中でこのように源氏物語を読んだことは、川端の人生の岐路となる体験だった。川端は、源氏物語を、ひとことで言うなら「あわれ」の物語としてうけとる。本居宣長が説いたように、善悪あるいは真偽、現実非現実というような区分けを超越して、人生と世界のすべてを「あわれ」と観じて諦念する境地を根本とする物語だということであり、源氏ほど深くこの境地を描いた物語はほかにない。そしてそれこそは、どんな近代小説よりもまざまざと今自分を取り囲んでいる状況を描き出すものでもある。

そう感得して川端は、この源氏物語の「あわれ」の摂理に帰依《きえ》するのである。この摂理においては、もはや自他の区別というようなことも意味をなさない。それまでの前半生において川端は、近代的個人として、自分一個の価値観に従い、自分一個の道を歩いてきたが、これからは、滅びるにせよ生きのびるにせよ、川端康成という個人の生は日本という共同体と一体となって営まれていく、そして、その共同体は現実を超え、時空を超えた共同体であり、そこにおいて川端の物語は源氏物語と、あるいはその他の日本の物語と出合い、溶け合い、さらに究極的には、日本の風土自然に合一していくだろう。

およそ近代的個人主義あるいはリアリズムとは根本的に背反するような世界観、文学観だが、この戦中での源氏体験によって川端は明確に覚悟を決め、こうした世界観、文学観を選び取るのである。まもなく戦争は終わり、日本は滅びず、川端は生き延びて旺盛な執筆活動を再開し、様々な社会活動にも携わるようになるが、それらはすべて、根底において、この世界観、文学観に貫かれることになる。

敗戦

昭和一九年の年も押し迫って、新感覚派以来の盟友のひとり片岡鉄兵が亡くなり、翌二十年の正月明けに、空襲を恐れながら葬儀がとりおこなわれた。四月、川端は、海軍報道班員として鹿児島県鹿屋《かのや》の海軍航空隊特攻基地を訪れ、すでに米軍の爆撃が始まった前線の様相を約一カ月にわたってつぶさに見聞した。

その鹿屋から戻ると、久米正雄、小林秀雄、高見順ら鎌倉在住の作家仲間と集まって企画した鎌倉文庫の活動が始まっていた。これは、書物に飢えた読書愛好家めあてに自分たちの蔵書を提供して貸本屋を開き、出版規制で苦しむ作家たちの生活費を稼ごうという企てで、川端は例によってまめに実務をこなし、評判も上々で、大いに収益をあげた。当時川端は、年に四十円ほどの原稿料しか得られなかったのが、この貸本業では一カ月で一三〇円ほども配当があったという。この事業は、戦後も続いて発展し、出版にまで乗り出して、川端はその責任者として東京の事務所に日参するようになった。この経験はやがて『山の音』などの作品に反映され、また戦後の盛んな社会活動のひとつのきっかけとなったといえる。

八月一五日の終戦を川端は夫人、娘とともに自宅で迎えた。その二日後の一七日には鎌倉文庫参加者のひとりで親交のあった作家島木健作《しまきけんさく》が肺病が悪化して亡くなり、川端はその臨終に立ち会った。作家仲間の死はその後も続き、二一年三月には武田麟太郎《たけだりんたろう》、二二年一二月には横光利一、二三年三月には菊池寛を失った。

敗戦とそれに前後して続いたこれら知友の死から川端が受けた衝撃は大きかった。『哀愁』（昭和二二年）と『横光利一弔辞』（昭和二三年）にその心情は集約して吐露されている。

『哀愁』についてはすでに触れてきたが、源氏物語にきわまる「あわれ」の心情こそが日本であり、戦争と敗戦によってそのことがはっきりと自覚された、もう「日本古来の悲しみのなかに帰つてゆくばかり」であり、現実とか写実というような近代小説の前提からも離れてしまいそうだと述べて、浦上玉堂《うらがみぎょくどう》とスウチンの絵の印象を語る。戦後この頃から川端は美術品の蒐集鑑賞にのめりこむようになるが、ここで玉堂の鴉《からす》の群れる秋の夕暮れの雑木林を描いた作品とスウチンの少女の顔を描いた作品をとりあげるのは、それらがいずれも、心にしみとおるようなさみしさ、かなしさにあふれていて川端をうったからだという。しかし、そのさみしさ、かなしさは、烈しく、厳しいものではなく、ひそやかで、慰めと救いにやわらげられたものであり、そこに川端は戦後の自分の感情が寄り添っていくのを感じるのである。

師友の死

横光の死は、一連の知友の死の中でも、川端にとってやはり特別のものだった。新感覚派を協力しておこして以来、常に、横光は川端の前方に立って、世の中と対峙し、新しい道を切り開いていった存在だった。昭和十年代に入り、川端が『雪国』において自分の世界を確立し、その方向をひとりで進むようになっても、横光は少し離れたところで横光自身の道を進みながらやはり川端を見やり、励ます存在だった。

この時期、横光は『旅愁』を書き継ぎながら、しだいに烈しい日本主義へと突き進んでいった。この日本主義は、川端の日本があくでも文化的なものであったのに対し、文化を飛び越えて一気に行動、信仰に直結するようなものであり、とりわけ開戦以降はそれが烈しさを増して、禊《みそぎ》や言霊《ことだま》論、聖戦論に行き着くまでになった。それだけに敗戦の衝撃は人一倍のもので、戦犯に指定されたこともあり、疎開先でそのまま急速に健康を害し、四九歳で没したのだった。川端は告別式に出席、弔辞を読み上げ、その弔辞は鎌倉文庫から刊行していた雑誌「人間」に掲載発表された。その初めと結びに、川端は、それぞれこう述べる。

横光君

ここに君とも、まことに君とも、生と死とに別れる時に遭つた。君を敬慕し哀惜する人々は、君のなきがらを前にして、僕に長生きせよと言ふ。これも君が情愛の声と僕の骨に沁《し》みる。国破れてこのかた一入《ひとしお》木枯にさらされる僕の骨は、君といふ支へさへ奪はれて、寒天に砕けるやうである。君の骨もまた国破れて砕けたものである。このたびの戦争が、殊《こと》に敗亡が、いかに君の心身を痛め傷つけたか。僕等は無言のうちに新な同情を通はせ合ひ、再び行路を見まもり合つてゐたが、君は東方の象徴の星のやうに卒《にはか》に光焔を発して落ちた。君は日本人として剛直であり、素樸《そぼく》であり、誠実であつたからだ。君は正立し、予言し、信仰しようとしたからだ。

（中略）

君に遺された僕のさびしさは君が知つてくれるであらう。君と最後に会つた時、生死の境にたゆたふ

横光利一への弔辞を読む川端

やうな君の目差の無限のなつかしさに、僕は生きて二度とほかでめぐりあへるであらうか。さびしさの分る齢《よはひ》を迎へたころ、最もさびしい事は来るものとみえる。年来の友人の次々と去りゆくにつれて僕の生も消えてゆくのをどうとも出来ないとは、なんといふ事なのであらうか。また今日、文学の真中の柱ともいふべき君を、この国の天寒く年暮るる波濤の中に仆《たお》す我等の傷手は大きいが、ただもう知友の愛の集まりを柩とした君の霊に、雨過ぎて洗へる如き山の姿を祈つて、僕の弔辞とするほかはないであらうか。

横光君

僕は日本の山河を魂として君の後を生きてゆく。幸ひ君の遺族に後の憂へはない。

この横光の死から二カ月ほどをおいて、今度は、川端、横光ふたりにとっての恩人菊池寛が亡くなった。国が敗れ、自分を守り、育ててきた師友ことごとくが逝き、たったひとりで荒れ野にとり残されたのである。

そしてその翌月からは、弔い合戦のように横光の全集が川端を編集委員として刊行開始され、その次の月には、川端自身の全集刊行が始まった。これは川端の生誕五十年を記念する意味をこめての企画とされたが、それにとどまらず様々な区切りの意味をおびたものになった。川端はちょうどこの頃から多忙をきわめ始めていたにもかかわらず、七年をかけてこの全集を自ら編集し、自ら全巻の解説(『独影自命』)を書いた。異例のことだが、自分ひとりのみならず、自分が辿ってきた道筋のもろもろをあらためてふりかえり、確定する機会としたのである。『十六歳の日記』に始まる旧作のことごとくを、残っている草稿にまであたって丹念に検討し、異同や執筆事情を注記し、決定版として配列した。検討を終えた草稿は破棄した。ほとんど死を前にしての身辺始末、整理を思わせるものだが、川端の心情としてはほぼそうしたものだったろう。第一巻の「あとがき」の中で川端はこうくりかえす。

日本の敗亡が私の五十歳を蔽《おお》うとすれば、五十歳は私の生涯の涯《はて》であつた。片岡君、横光君、また菊池さんらの死去が私の五十歳のこととすれば、五十歳は私の生涯の谷であつた。

こうしてこの全集刊行をもって川端は生涯の折り返し点とし、後半生に入ろうとするのである。川端にとっての本質的な戦後はこの時から始まるといってよい。

3　戦後の生

三島との出合い

その前に、終戦時までさかのぼって、実生活上のめぼしい出来事を一通り記しておく。貸本屋として出発した鎌倉文庫が出版社に発展することになったのは、終戦直後の九月のことで、東京に事務所を開き、そこを足場に川端らは「現代文学選」、「大衆文学選」などの企画をたてて次々に単行本を刊行、文化解禁の波に乗って売上げを伸ばした。

三島由紀夫と川端　写真はノーベル賞受賞通知の夜

また雑誌「人間」を発行、その昭和二一年七月号には三島由紀夫の短編『煙草』が掲載された。三島は学習院に在学していた戦時中から作品集『花ざかりの森』を発表するなど早熟の才を発揮して、その存在には川端も注目していたが、戦後あらためて鎌倉に訪ねてきた三島の原稿に目を通して「人間」掲載を決めたのだった。戦前から川端は文芸時評で新人の才能発掘に力を入れ、北条民雄、岡本かの子などの登場を助けてきたが、この三島との出合いはなかでも千載一遇《せんざいいちぐう》というような機会で、以後、終生、川端と三島は、年齢差を超えて互いの才能を評価しあう間柄となった。

一方、鎌倉文庫の方は、しばらく順調に発展した後、戦後のにわかな出版ブームの波が去るとともに経営が苦しくなり、昭和二五年秋に倒産して終わった。五年間の事業だったわけだが、この間、川端は中心となって実務に携わり、それは、以下に見るような戦後の作品にも社会活動にも反映されることになるわけである。

また終戦直後の九月、住んでいた鎌倉の家に、静岡から戦災で焼け出された家主の詩人蒲原有明《かんばらありあけ》がひきあげてきてしばらく同居することになった。戦後の住宅難を示す話だが、この同居生活は一年ほど続き、二一年の十月、ようやく同じ鎌倉の中の長谷《はせ》に川端は転居、以後、終生ここに住み続けることになる。『山の音』などの舞台となる場所である。

美術への情熱

年譜によれば、二二年頃から川端は古美術蒐集への熱を高め始めたという。戦争中しまいこまれていた美術品が、戦後になって生活難の蒐集家などから多く流出するようになり、一方、戦争中収入の途絶に苦しんだ川端は戦後になると出版ブームに乗って旧著が再刊されるなど余裕がでてきて、美術商と交渉をもつようになったらしい。同じ骨董好きでも、酒飲みの小林秀雄などが徳利や盃といった酒器に目がなかったのに対し、酒を飲まず、代わりに茶をよく飲んだ川端は茶碗などの茶器を集めた。『千羽鶴』にはその反映が見られる。

鎌倉長谷の自宅玄関

また、とりわけ、川端は絵が好きで、なかでも玉堂、蕪村《ぶそん》などの南画に力を入れた。二二年には蕪村と池大雅《いけのたいが》の共作『十便十宜《じゅうべんじゅうぎ》』を手に入れたが、後にこれは国宝に指定されることになる。さらに、これにも増して川端の蒐集した最高の名品は、『哀愁』でも秋の夕暮れの鴉の絵とならんで言及されている玉堂の『凍雲篩雪図《とううんしせつず》』だろう。冷え冷えと透徹した冬山の寂寥《せきりょう》きわまりない姿はまさに『哀愁』に吐露された敗戦後の川端の心情そのもののようで見る者を粛然《しゅくぜん》とさせる。

総じて川端の美術趣味のありかたは、愛玩というような甘えを排した厳しく、高い審美眼を感じさせるもので、この『凍雲篩雪図』の場合も、購入の後に国宝指定をうけることになった。目利きであり、非情なほど作品に厳しく接する態度は『禽獣』『雪国』の美を追求する厳しさと等しいといえる。そして、気に入った品があると、美術商に運ばせて手元で眺め続けてなかなか返さず、あるいは新聞小説の稿料をそっくり前借りして手に入れるなどの執念も際立っていた。

また、絵画とならんで書も川端は愛好し、特に良寛のものなどが好きだった。ちなみに、川端自身は絵筆を持つことはあまりなかったようだが、書の方はずいぶん熱心に励んで、多くの墨跡を残している。その書風は、小説文体の繊細さからすると対照的といってもよいほど剛毅《ごうき》なもので、あふれるような力感で見る者を圧倒する。川端の芯に潜む強い意志がまざまざとあらわれでたような見事な作品群は、それ自体で鑑賞に値するものである。

旺盛な社会活動

一方、全集刊行開始を折り返し点として後半生に入ることを決意した川端は、旺盛な社会活動に乗り出す。昭和二三年六月、志賀直哉の後をうけて日本ペンクラブの会長に選出されると、積極的に海外ペンクラブとの交流強化をはかり、二四年にヴェニスで開かれた国際ペンクラブ総会には日本会長としてメッセージを送った。また、平和運動との提携にも努め、二四年、二五年の二度にわたりペンクラブとして原爆被災地を視察、平和宣言を発表した。

これに先立ち、二三年一一月には新聞社の依頼をうけて東京裁判を傍聴し、その感想記において次のように述べた。

——東京裁判の判事席の背には十一ケ国の国旗がならんでゐた。私は国旗の列を眺めて世界の象徴のやうに感じもした。国家といふものと世界といふものとを考へてゐた。国境のなくなつた世界を夢想してゐた。私はそれらの国旗の国々へ行つて、東京裁判の象徴する新しい世界の正義と平和とのための努力を見、またそのために裁かれた日本を遠くから振りかへつてみたいと空想してゐた。しかし現実の私の気持は重かつた。

（『東京裁判判決の日』）

そして、国際ペンクラブ総会へのメッセージでは、戦時中外国との交流を断っていた日本の文芸界が国際交流に復帰できたことを感謝したうえで、世界平和の願いを強調し、戦後日本の武力放棄にふれてこう複雑な思いを語る。

——われわれは戦争に対しては、現実の力ない理想に、あるひは幸福な不安に生きてゐると言ふべきであらうか。このやうな国は世界平和の一つの貴重な課題であり、実験であらう。この国の平和は世界の理性と正義とに委ねられたと言ふべきであらうか。戦争に対してほとんど無力の力の国、ほとんど無抵抗の抵抗の国、宗教的とも喜劇的とも見えるかもしれない国、その国の内にゐるわれわれの平和の声は、とりわけ清浄でなければならない。

さらに、広島被爆地訪問については、昭和二五年に発表された小説『天授の子』で次のような感慨を述べる。

広島で私は強いシヨツクを受けた。私は広島で起死回生の思ひをしたと言つても、ひそかな自分一人には誇張ではなかつたかもしれない。

私は、この思ひをよろこんだばかりでなかつた。自らおどろきもし、自ら恥ぢもし、自ら疑ひもした。自分の生きやうかあるひは仕事の奇怪さかをかへりみずにはゐられなかつた。私は広島のシヨツクを表に出すのがためらはれた。人類の惨禍が私を鼓舞したのだ。二十万人の死が私の生の思ひを新にしたのだ。

しかし宗教家たちも自分の生のつたなさ貧しさに堪へられない思ひで、人々のかなしさを見た時に発心したのであらうと、私はいひわけのやうに考へもした。文学もおのれや人のかなしみを食つて生きてゐるやうなものだ。広島の原子爆弾からは四年過ぎて私は言はば戦跡を見てゐるに過ぎないし、私は根が悲劇も喜劇も知らぬ人間にすぎないけれども、最初の原子爆弾による広島の悲劇は、私に平和を希ふ心をかためた。私は太平洋戦争の日本に最も消極的に協力し、また最も消極的に抵抗したといふ風で、今後の戦争と平和とについてもまたおそらくはそんな風なことになるのかもしれないが、私は広島で平和のために生きようと新に思つたのであつた。

こうした一連の発言を見るなら、これら国際活動、平和活動が、戦争と敗戦の痛切な体験を原点として、一方では『哀愁』に語られたように遠く社会現実から離れて、何もかも茫々たる「あわれ」に溶け消えてしまうような世界へ誘われながら、他方では、そうであればあるほど一層目の前の現実に立ち向かい、行動していかなければならないという責任感から発したものであることが浮かびあがってくるだろう。この二律背反、矛盾としか言いようのない宿命感と責任感に板挟みになるようにして川端はその後半生、戦後を歩き始めるのである。

そして、そこから、これら社会活動に負けない旺盛かつ多彩な執筆活動も始まる。『雪国』を頂点とする〈前半生〉の成果をさらにしのぐような奇跡的といってもよい豊饒多産な季節の到来である。

第五章　豊饒の季節——『山の音』『千羽鶴』

1　『山の音』の達成

戦後現実の物語

『山の音』は、『雪国』などと同様、昭和二四年から二九年まで連作のような形で断続的に各章が発表された後、二九年四月に単行本として刊行された。同時期には、ほぼ平行するようにやはり断続的に『千羽鶴』が発表されており（二四〜二六年）、結果として、このふたつの作品はひとつの幹からからみあいながら伸びていった一対の枝のような組み合わせとなった。それぞれ独立した物語であり、種々の点で対照的といってもよいほど異質でありながら、それでもこの二作品にはどこか底の方で通じるものがあり、あるいは相互に補いあうものがあるような印象もある。作者である川端にとってもこの二作品を平行して書き進めることにはなんらかの意識するところがあったと思われる。それについては後ほどまとめて述べてみたい。

まず『山の音』についておおよその物語内容を紹介しておく。主人公は尾形信吾六二歳、ある会社の社長をつとめ、鎌倉の自宅から東京まで横須賀線で毎日通っている。妻の保子はひとつ年上の六三歳、共に信州同郷の出身で幼なじみの仲であり、結婚してもう三十年余になる。子供はふたりいて、姉の方の房子は結婚して外に出ており、ふたりの子をもうけている。弟の修一も結婚しているがまだ子供はなく、妻菊子とともに信吾たちと同居している。

こうして一応見たところはおさまった一家だが、内実は、それぞれに問題をかかえている。房子は夫の相原が麻薬中毒で犯罪にかかわったうえに別の女と心中事件をひきおこして新聞沙汰になり、離婚して子供連れで信吾たちのもとに戻ってくる。修一は戦争帰りで心に傷を負っているらしく、新婚間もないというのに戦争未亡人の愛人を作って、その愛人は妊娠したという。そのことを苦にした菊子は自らも妊娠しながら、それを隠してひそかに堕胎手術をうけ、修一と別れることも考えているらしい。

こうした子供たちの問題に直面して鬱《うつ》々とするにつけ、信吾は、一抹《いちまつ》の救いを求めるように、保子の亡き姉の面影を思い浮かべる。美しかったこの姉に信吾は憧れていたが、彼女は早々に他の男と結婚してしまい、その後、若くして亡くなった。信吾はその姉の身代わりのような思いで保子と結婚することになったわけだが、それから三十年余もたっても、なお昔のその人のことが忘れられないのである。

信吾にとってもうひとつの慰めは嫁の菊子である。まだ幼さの残る菊子にはどこか保子の姉を思い出させるところがあり、菊子を可愛がることで信吾は暗澹《あんたん》とした気分から救われる思いがする。そうした信吾に菊子の方も甘えて、修一と別れることになったとしても信吾のそばについていたいとまで言い、涙を流す。そうした日々が続いて、最後、長く帰っていない故郷信州に家族そろって紅葉を見にいこうと一家で話し合うところで物語は終わる。

以上のような筋書きだけからでも、それまでの川端にはないこの作品の特徴をいくつか指摘することができる。

『山の音』

老人小説性

まず主人公信吾の設定として老境に入ろうとする年回り、心境が重要な条件として与えられている。これまでの『伊豆の踊子』『禽獣』『雪国』等では、川端は男性主人公にほぼ自分自身の当時の年回りを設定し、それぞれ青年もしくは中年として描いてきたのに対し、『山の音』では、執筆開始当時五十代に入ろうとするところで老年にはまだ間のある壮年期であったにもかかわらず、それより一回りほど上の年齢を信吾に設定し、強く老境の意識をもたせている。

まだ十分現役の社会人として活動しており、健康にもさほどの問題がないにもかかわらず、信吾は折りにふれ自分が人生の最終局面に近づいていることを意識する。その最たるものが表題となる山の音の訪れである。物語冒頭、夏の夜中、蒸し暑さから起き出して庭を眺めていると、ふと庭の奥の山から地鳴りのような不気味な響きが聞えた気がして、信吾は死期の告知をされたかのような恐怖をおぼえる。これをきっかけとして信吾は保子の姉のことを思いだし、これまでの人生をふりかえり、生死の意味を思ったりするようになる。全編を通じてこの死期の接近の意識が物語の軸となっているのである。

老境に近づくにつれ生物として避けることのできない死の定めが実感され、そこから様々な思念、行動に導かれるという小説展開は、後述するように、川端に限らず、戦後日本文学にあらわれる顕著な傾向で、全体としては、戦後飛躍的に平均寿命が伸び、老齢期が人生の重要な時期として意識されるようになった反映とみることもできるが、『山の音』の場合は、それよりはむしろ戦争ということが深くかかわっていたようである。前章で見てきたように、戦争によって一切の現実が滅びてしまうような体験を川端はしたのであり、また周囲の人々が相次いで死んでいったこともあって、実年齢より一足早く、こうした死の定めの意識を強く感じ、それがこの信吾という主人公に投影されたといえるのである。

信吾自身は実際に戦場に立った経験はないようだが、それでも修一を通して、あるいは些細な日常の出来事をきっかけとして、さらには夢の中で、様々に戦争の影におびやかされ、それによって底知れない虚無感にとらえられていく。平和時に戻っても、その深い底には戦争が続いており、確固とした現実とみえるものも瞬時に幻と化しうるのだ。そういう意識が老年による死期の自覚と結びついて信吾を駆り立て、物語を進めていくのであり、それによってそれまでの川端作品には見られなかったような種々の人生断面があらわれてくるのである。

社会人小説性

信吾の設定にかかわるふたつめの特徴は現役の社会人とされていることである。特に具体的にどういう仕事をしているのか描かれてはいないが、ともかくも信吾は会社社長として働く身であり、それらしい振る舞いをしている。これには鎌倉文庫での経験が下敷きになっていると思われるが、こうした設定も従来の川端作品にはほとんど見られなかったものだ。『禽獣』『雪国』といった作品では、いずれも、実社会になじめない、距離をおいた主人公が設定され、世間とは没交渉の個人的世界に閉じこもるようにして物語は進んでいく。それが戦前までの文壇小説の多くに共通するパターンであり、文壇の中心にいた川端自身の作品の基本でもあったわけである。それが『山の音』では破られる。具体的な仕事内容も不明で、本格的な社会小説というにはほど遠いものだが、それでも世間一般にむかってなんとか開かれた物語をめざす川端の姿勢がうかがわれる。修一や房子の家庭事情、それにかかわる信吾の描き方などにもそうした努力がうかがわれる。ここにも、戦前までの文壇小説の閉鎖性を打破して実社会に通じる方向をめざそうとした戦後文学の傾向の反映が見られると同時に、川端個人としては、やはり戦争という日本人全体に共通する体験を経て、世間一般とともに戦後の社会現実を受け止めようとしていたことがうかがわれるだろう。

家庭小説性

そして、このことの延長として三つ目の特徴である家庭小説性をあげられる。『山の音』は、鎌倉の尾形家を主要舞台として展開され、日々のこまごましたやりとりから子供たちそれぞれの深刻な家庭事情までが逐一描かれていく。主人公信吾の行動と想念もこの家庭と家族を中心として動いていく。『禽獣』では家庭嫌いの独身者が、『雪国』では家族を東京に残して旅先に長逗留する中年男が描かれるのとは対照的であり、これも世間一般の人間関係と共通する物語をめざす姿勢を示すものにほかならない。

こうして川端は、この『山の音』という物語を戦後日本の社会現実の枠組みに組み込もうとする。「もう現実なるものも信じない」「写実ということからも離れてしまいそうである」という宣言とは逆行するような試みだが、それだけ必死に社会現実から離れまい、正面から向かい合いたいという意志のあらわれであるともいえる。亡国の思いが強ければ強いほど、それは自分一個の悲しみではなく、日本人全体の悲しみであり、共にその現実に向かい合わねばならないという思いも強まるのである。

しかし、だからといって『山の音』が単なる社会現実小説にとどまるものでないことはいうまでもない。こうした枠組みを設定したうえで、物語の内実は、やはり現実を超えた次元へと強く引っ張られていく。その淵源にいるのが保子の姉であり、この現実の彼方の女性を地上に投影するのが菊子である。保子、修一、房子らその他の家族や家族外のもろもろの登場人物がすべて現世的存在であるのに対し、このふたりの女性だけは本質的に現世の彼方の次元に属する存在であり、この間に板挟み、宙づりになっているのが信吾なのである。

冥界からの呼びかけ

保子の姉は、まず第一章において次のように登場する。信吾が不気味な山の音を聞いて死期を告知されたようなおののきを感じた数日後、保子と菊子にその音の話をすると、菊子が以前に保子から聞いた話として、保子の姉が亡くなる前にやはりそうした音を聞いたということを言い出し、そのことを忘れていた信吾は愕然《がくぜん》とするのである。この最初の登場において、すでに保子の姉が死の前触れと結び付いていること、菊子を仲立ち——霊媒、巫女《みこ》——として登場することが示されている。以後、この冥界の女神は、記憶、夢、幻聴など様々な形で信吾の前に登場するが、その都度、死や菊子をともなってあらわれてくる。

この保子の姉という女性は早くに亡くなって地上世界を離れること久しく、ほとんど現実的属性をもたない。ただ「保子の姉」とのみよばれて、彼女自身の固有名をもたず、また、「美しい」とくりかえされるが、具体的にどのような容貌であるのかも語られない。唯一彼女らしい生き生きとした、現実的な表情を示し、信吾に働きかけてくるのは、その声である。第六章「冬の桜」で熱海の宿に泊まった夜中、ふたたび不気味な音を聞いておびやかされた後、信吾は次のような幻聴体験をする。

しばらく眠れなかった。

「信吾さあん、信吾さあん。」といふ呼び声を信吾はゆめうつつにきいた。

さう呼ぶのは、保子の姉しかない。

信吾はしびれるやうにあまい目ざめだつた。

「信吾さあん、信吾さあん、信吾さあん。」

その声は裏の窓の下で、そこへ忍んで来て呼んでゐる。

そこで目が覚め、気が付いてみると、もう朝になっていて、保子の姉の声と聞えたのは、外を歩いていく子供たちの声だったことがわかるわけだが、この冥界から響いてくる甘いよびかけの声に信吾は抗しがたく引き寄せられていく。それは『雪国』における葉子の声を思わせるものだが、葉子の声以上に彼岸的で誘惑的である。葉子は〈夕景色の鏡〉にみられたように此岸と彼岸の境界に位置したが、この保子の姉はもう遥かな彼岸の側に行っており、それだけ神秘的な響きで誘うのである。

此岸の女

『雪国』との対比でいうなら、駒子に相当するのは当然菊子である。現実の女性として信吾にかかわり、その成就《じょうじゅ》されることのない愛のなりゆきを軸として物語は展開されていく。

しかし、保子の姉が葉子よりずっと彼岸的であるように、菊子は駒子よりもやはりずっと彼岸的である。その彼岸性を象徴するのが額にかすかに残る傷痕で、菊子が信吾に説明した話では、菊子は親がだいぶ歳をとってからできた末っ子で、妊娠がわかった時、母親が恥じて堕胎を試みたが失敗した揚げ句、難産で生まれる際に医者が鉤《かぎ》をひっかけた跡が残っているのだという。そして、この傷痕は、鼻血をだしたりして菊子が苦しい時になると目立つのである。信じがたいような話だが、だからこそ、菊子が本来はこの世に生まれてくるはずのなかった、間違ってここにいる存在であることの徴《しるし》となるのである。さらにこの傷痕のほかにも、菊子には、かすかに肩を動かす美しい仕草、あごから首にかけての言いようなく洗練された線などの身体的特徴があり、それらはいずれも彼女のこの世離れした乙女らしさ、駒子よりはむしろ葉子に近い純粋さを感じさせるのである。

そして菊子と信吾の関係も、駒子と島村の関係のように現実的なものではなく、純粋にプラトニックなものとしてあらわれる。それは決してこの世で成就することなく、直接口に出して言われることさえない。かろうじて信吾の夢の中に、それも別人に変形されてあらわれるか（「傷の後」）、あるいは、慈童《じどう》の面をつけた菊子がその面の陰から涙を流しながら信吾のそばに残りたいと訴える場面（「春の鐘」）のように間接的にほのめかされるかである。

こうして『雪国』における葉子と駒子の一対を、より彼岸性を強めて再現したのが保子の姉と菊子であるといえる。『雪国』結末で葉子と駒子が合体し、そこに天の川がふたりを迎えに降りてくる雪中火事の場面も、『山の音』では、秋の紅葉を見に一家で故郷の信州に行こうという終章「秋の魚」に続くべき書かれざる一章（注：山本健吉は『源氏物語』に書かれざる「雲隠」の巻があるように、『山の音』にこの書かれざる章を想像するとして、それを「紅葉見」の巻と名付けた。もはやそれは全くの彼岸世界の出来事であるが故に書かれることはないのである）において、紅葉の中、保子の姉が菊子を迎えて合体する場面へと再現されるだろう。

夢幻能的構造

『雪国』における彼岸世界（雪山）と此岸世界（温泉場）の二重性、彼岸の精（駒子および葉子）が人間の女に化身して此岸世界にあらわれ、また去って行く構造が夢幻能とりわけ複式夢幻能の構造に照応していることはすでに述べたが、この照応は『山の音』ではさらに明瞭に、意識的に前面に出されている。

この物語では、菊子の慈童の面などもそうだが、謡曲の一節など能のモチーフが登場してきて、こうした夢幻能的世界構造を暗示する。出戻った房子が連れてきた孫娘里子がよその女の子の振り袖姿をうらやんでつかみかかり、そのはずみでその女の子が危うく車にはねられそうになるという出来事がおこった日の夜、里子に着物をさがしてやろうと町に出た信吾は、こんな風に凶運の影を感じさせる孫が生まれてきた血筋の宿命というものに鬱屈する思いで歩くうち、ふと謡《うたい》の節が浮かんでくる。

「生れぬ前《さき》の身を知れば、生れぬ前の身を知れば、あはれむべき親もなし。親のなければ我がために心をとむる子もなし……。」

なにかの謡の節が、信吾の心に浮んで来ても、浮んで来たといふだけのことで、墨の衣のさとりのあらうはずはない。

「それ、前仏《ぜんぶつ》は既に去り、後仏《ごぶつ》はいまだ世に出でず、夢の中間《ちゅうげん》に生れ来て、なにを現《うつつ》と思ふべき。たまたま受け難《がた》き人身《にんじん》をうけ……。」

（「春の鐘」）

つまり、こうしたどこかで掛け違ってしまったような現実は、夢の中間故のことであり、そうではない本来のあるべき世界があるはずだということが謡のきれぎれから暗示されるのである。慈童の面もそうだが、これら能のモチーフは、目の前の現実を超える彼岸世界への反転をもたらす仕掛けであり、この仕掛けによって物語の夢幻能的二重構造すなわち彼岸と此岸が重なり合い、行き来しているような構造が前面に浮かびあがってくるのである。

この彼岸と此岸の二重構造性は、夢幻能の構造に照応するとともに、視点を変えれば、やはり『雪国』において見てきたように、羽衣、かぐや姫、鶴女房、葛の葉など自然世界と人間世界の交流説話の構造にも照応する。こうした二重照応は、そもそも夢幻能の構造自体がこうした説話の構造を下敷きとして生み出されてきたと考えられることからみて当然であるが、『雪国』の場合には説話との照応の方が強かったのに対し、『山の音』では能との照応の方が前面に出てくる。それは、『雪国』が『北越雪譜』の引用に代表されるように山里の民俗、民話世界を背景としているのに対し、『山の音』が鎌倉という中世文化の伝統を色濃く帯びた都を舞台としている差を反映している。能に限らず、茶、花、墨絵など、『山の音』には中世文化から生まれた種々の文化モチーフが豊富に織り込まれて、『雪国』の民俗文化性と鮮やかな対照を示している。『千羽鶴』もそうだが、乱世亡国の思いを強くしていた戦後まもなくのこの時期、川端は中世文化に最も通い合うものを感じていたといえる。

象徴のシステム

『山の音』には、尾形家の日常生活の中の細々した出来事、事物をはじめとして、種々雑多な風物、風俗、事件等が登場し、あるいは話題になり、さながら、この当時の日本の暮らしのカタログとでもいえるような趣を呈している。これは最初に述べたように、川端がつとめて一般世間に開かれた物語をめざしていたあらわれであり、とりわけ当時世間の話題となったような新聞記事——青少年の性の乱れ、老夫婦の家出心中行、古代蓮の開花など——にはそうした積極的な姿勢が顕著である。

しかし、それらは単に風物誌、世相誌の要素を添え物としてとりこんだというにはとどまらない。

ここでもやはり物語の主題にからむ象徴的な意味合いを帯びて組み込まれているのであり、それも、いくつかの系列ごとに組み合わされて全体として複雑多岐な象徴システムを織り成すように仕組まれている。

いうまでもなく、そのうちもっとも重要なのは山の音に他ならないが、この信吾の運命の音ともいうべき響きは、間をおいてさらに二度、変奏されてあらわれる。そのひとつは熱海の宿で遭遇した怪音であり、もうひとつは終章「秋の魚」に出てくる次のような音である。

朝、勤めに出るためにネクタイを結ぼうとした信吾は突然結び方が分からなくなってしまう。毎朝考えることもなく自然にしてきた動作が急にできなくなってしまったことに信吾は不気味な衝撃をうけ、そばの菊子に助けを求める。菊子に結んでもらおうと身をまかせた信吾は甘えるような気持ちがほのめくが、菊子もうまくいかず、保子に代わり、あごを突きあげられるうちにその音があらわれるのである。

　信吾は仰向かせられて、後頭部を圧迫してゐたせゐか、ふうつと気が遠くなりかかつたとたんに、金色の雪煙が目ぶたのなかいつぱいに輝いた。大きい雪崩の雪煙が夕日を受けたのだ。どおうつと音も聞えたやうだ。
　脳出血でも起したのかと、信吾はおどろいて目を開いた。
　菊子が息をつめて、保子の手つきに目を注いでゐた。

昔信吾が故郷の山で見た雪崩の幻だ。

「これでよろしいんですか。」

保子はネクタイを結び終へて、形を直してゐた。

信吾も手をやつてみると、保子の指に触れた。

「ああ。」

信吾は思ひ出した。大学を出て初めて背広を着た時、ネクタイを結んでくれたのは、保子の美しい姉だつた。


以前のふたつの不気味な音に比べて、この三つ目の音は明るく輝くイメージと共にあらわれる点が異質だが、幻聴めいた音である点、死の予感と結びついている点、保子の姉の記憶に行き着く点で共通する。これら三つの音が冒頭、中間、終幕と間をおいて三度響くことにより、そこに相互連関性が暗示され、劇的な象徴効果をもたらすのである。

一方、これとは対照的に些細な出来事の系列もある。第一章「山の音」はこんなエピソードから始まる。会社から帰る電車の中で、信吾は、しばらく前に家の女中が言った言葉を誤って受け取ったらしいという事を思いだし、連れの修一に語る。信吾が下駄をはこうとして水虫かなと漏らしたところ、その女中が「おずれでございますね」と言ったのを敬語の「お」かと思って感心した、しかし、考えなおしてみると、それは鼻緒の「お」だったのではないか、女中の発音のアクセントがおかしかったので取り違えたのではないかと気がついたというのである。そして、数日前に暇をとって帰ったこの女中について、この出来事をのぞいては顔付きも名前もおぼえていないことに信吾は老いの兆しかと愕然とする。笑い話めいた中に一抹のさみしさを感じさせるエピソードだが、その女中が再び登場するわけでもなく、この場かぎりでおわってしまう話である。

だが、同じ「山の音」の章の少し先、第三節に次のようなエピソードが出てくると、微妙な共鳴作用がおこってくる。やはり会社帰りの道筋でふと魚屋に寄った信吾はさざえを三個求め、造りにしてもらうが、魚屋が殻から身を出して刻んだ後、それを殻にもどす様子を眺めながら、それぞれの貝の身が元どおりの殻にはかえらないだろうと「妙に細かいことに気がついた」というのであり、さらにこの後、買って帰ったさざえの個数についても、修一は女遊びで帰ってこないだろうと見当をつけてわざわざ三個にしたのに保子が修一の分が足りないと言い出し、信吾は苦笑する。

どれもその場かぎりの些細な出来事だが、前の話と照らしあわせると、信吾が、暮らしの節々で物事のずれや不整合に敏感になっていることが浮かびあがってくる。そして、それが実は、信吾が本当ならば保子の姉なり菊子なりと結婚すべきだったのに、どこかで運命が掛け違ってしまい、その結果、修一、房子、里子とひき続く凶運の家系を生み出したのだという暗澹《あんたん》たる認識への伏線となっていることが物語を読み進むうちに感得されてくるのである。この場合には、山の音の場合のように、はっきりとその意味合いが言及されているわけではないが、やはり変奏され、くりかえされるうちに、ひそかに暗合し、予兆、予示としての象徴性をおびてくるのである。

『山の音』で最も頻繁に登場するモチーフは植物であるが、それらの場合も、しばしばなんらかの象徴性をおびている。嵐で一度葉を吹き飛ばされてしまった銀杏の木がふたたび芽を出したことを信吾と菊子は語り合う（「栗の実」）が、この再生の象徴は、遺跡から発掘された二千年前の蓮の実を開花させることに成功したという新聞記事の話（「鳥の家」）にひきつがれていく。

堕胎手術を受けたあと実家に戻っていた菊子が会社にいる信吾に電話をかけてきて新宿御苑で落ち合う場面（「都の苑」）では、どの木も邪魔されることなくのびのびと枝を伸ばしているのに信吾は感動し、若い男女づればかりが歩いている「あひびきの楽園」の中で、舅と嫁という自分たちの組み合わせにとまどいながらも、大樹を見上げるうちに「自分と菊子との鬱悶を自然が洗ってくれる。『お父さまもせいせいなさいます。』でいいのだと考へ」、その百合の木に近づくと「広い葉の枝が二人を抱き隠すやうにひろがってゐた。」

ふだんほかの家族にとり囲まれ、舅と嫁という関係に縛られているふたりが、そうした日常的制約、禁忌から解放され、秘めてきた情を放つのを豊かな自然が見守るのである。そして信吾は、家の庭の桜の木が根元の八手《やつで》に邪魔されているのを思いだし、八手を切って桜をのびのびとさせてやろうと菊子と話しあう。だが、続く「傷の後」の章では、この決心を実行に移して八手の枝を切りにかかるものの根絶やしにするまではできず、さらにはせっかく自由に伸びさせてやろうと残しておいた桜の枝の芽を里子がむしってしまう。この二章にわたるエピソードで、自由に伸びようとする樹木とそれを阻むものとの葛藤は、信吾と菊子の愛に対する現実の阻害《そがい》を象徴するものとなるのである。

こうした一連の象徴的植物モチーフのうちで、山の音に匹敵する最大のものは、真っ赤に紅葉したもみじである。まず第三章「雲の炎」で、出戻ってきた房子が荷物を包んできた古い風呂敷が昔保子の姉が亡くなってからもみじの植木鉢を実家に送り返してきた時それを包んでいたものであることを思いだし、信吾は「みごとな盆栽のもみぢのくれなゐが、頭いつぱいに照り明るんだ。」そして保子の姉の亡くなったのは秋だったかと思い、信濃の早い秋に思いをはせる。以後、保子の姉の思い出にはこのもみじがつきまとう。そして、終章「秋の魚」で、会社帰りの電車でもみじの枝をかついだ男たちを見かけたことから保子の姉を思いだし、家族で故郷を訪ねることを思いつくのである。これが、ひき続く書かれざる「紅葉見」の章において一面のもみじの紅葉の中、保子の姉が菊子を迎えて合体する究極の情景の想像をよびおこすことは前に述べた通りである。こうしてこの紅葉したもみじのモチーフは山の音のモチーフと対をなすように保子の姉により添い、山の音が死の象徴であるのに対し、美の象徴として浮かびあがってくるのである。

夢と象徴

『山の音』の際立った特色のひとつは、頻繁に信吾の夢の話がでてくることである。列挙すると、家に出入りしていた指物師の所で蕎麦を出され、その娘のひとりと体をあわせる、信吾の会社で重役をしていたが去年死んだ男が酔って家にあがってくる（「蟬の羽」）、松島の小島で若い娘を抱擁している（「島の夢」）、一四、五の少女が少年との純愛で妊娠したが堕胎し「永遠の聖少女」となったという物語を読んでいる（「夜の声」）、アメリカの州ごとの特色をもったあごひげをすべてそろえて生やしていることから天然記念物に指定された男がそのひげに手を触れることを許されなくて困惑している、誰かはっきりしない娘の乳房にさわっている（「傷の後」）、軍服帯刀の将校となって夜道を進んでいると蚊の群れに襲われ、刀を抜いて切り抜けるうち故郷の家に着き、気がつくと一緒についてきた木こりの体からバケツいっぱいの蚊がとれる（「蚊の群」）、砂原に駝鳥《だちょう》の卵と蛇の卵がならんでいて、あとの方からは可愛い子蛇が頭を出して動かしている（「蛇の卵」）というように異常な多数にのぼり、かつ、それぞれがかなりくわしく描かれているのである。

それらの夢には、きっかけとなった出来事があるものもないものもあり、その都度信吾は目覚めたあと考えこんだり、時には保子たちに話したりする。あごひげの男の夢のように他愛ないものもあるが、なかば近くは性的なものであり、信吾は老残の性のくすぶりかと疑い、嫌な気がする。そして誰かはっきりしない娘の乳房にさわっている夢では、菊子への抑圧された欲望が歪んだ姿であらわれたのではないかと思い当たって戦慄する。

こうした夢の頻出、その性的要素、性的解釈には、当然、初期の『水晶幻想』に見られたようなフロイトの影響が反映しているといえるだろうが、『山の音』では、多くの場合、それらは一連の象徴的モチーフと組み合わされて、信吾内部にひろがる日常現実を超えた彼岸的世界と結びつくものとしてあらわれるのである。随所に保子の姉の姿が見え隠れするのもその故である。

暗示的、象徴的文体

『山の音』の文体は、『雪国』の夕景色の鏡の場面に代表されるような詩的技巧を極めた文体にくらべると、ずっと平易な、散文的文体である。比喩なども少なく、淡々と事実を並べていくような傾向が見てとれる。『雪国』がいわば新古今的幽玄の文体であるとすれば、『山の音』はそうした幽玄の綾《あや》が消えた枯淡の文体といえるだろうか。先に述べたように、この物語が一般世間に通じる枠組みを設定し、そのために新聞記事なども違和感なくとりこめるような文体を努めた結果ともいえる。

だが、そのうえで、次のような箇所には、こうした枯淡さを逆手にとった、いわば陰画的な詩的表現の工夫が見られる。例の山の音が出現する場面である。


八月の十日前だが、虫が鳴いてゐる。

木の葉から木の葉へ夜露の落ちるらしい音も聞える。

さうして、ふと信吾に山の音が聞えた。

風はない。月は満月に近く明るいが、しめつぽい夜気で、小山の上を描く木々の輪郭はぼやけてゐる。しかし風に動いてはゐない。

信吾のゐる廊下の下のしだの葉も動いてゐない。

鎌倉のいはゆる谷《やと》の奥で、波が聞える夜もあるから、信吾は海の音かと疑つたが、やはり山の音だつた。

遠い風の音に似てゐるが、地鳴りとでもいふ深い底力があつた。自分の頭のなかに聞えるやうでもあるので、信吾は耳鳴りかと思つて、頭を振つてみた。

音はやんだ。

音がやんだ後で、信吾ははじめて恐怖におそはれた。死期を告知されたのではないかと寒気がした。

風の音か、海の音か、耳鳴りかと、信吾は冷静に考へたつもりだつたが、そんな音などしなかつたのでないかと思はれた。しかし確かに山の音は聞えてゐた。

魔が通りかかつて山を鳴らして行つたかのやうであつた。

この引用文中特に前半部分に際立っているのは、短文と改行の多さである。比喩、修飾を排し、具体的な事実のみを簡明率直に報告するハードボイルド的といってもよい文の連続によって、その場の緊迫した状況がリアルに伝えられる。だがそこで、ほぼ一文ごとに改行がおこなわれることによって、語られることに匹敵する、むしろそれ以上の比重で、語られざる空白の迫力が高まってくるのであり、それによって、目の前の具体的な事実を超える目に見えない彼岸的な世界が圧倒的な存在感をおびて立ち現れてくるのを感じさせられるのである。いかなる技巧をきわめた描写もおよばない省略——空白の効果である。

こうした省略——空白の効果は、中世室町期あたりから禅の影響下に発展した茶、墨絵あるいは能などの美学、それに続いて生まれた俳諧の詩学などで広く開発されたものである。たとえば墨絵が色彩を排し、また余白を残すことによって、どんなに巧みに描かれた色や図柄をも超える縹渺《ひょうびょう》とした世界を暗示的に表現するような効果である。『山の音』は、そうした手法を散文のうちに導入することによって、比類のない象徴的表現のレベルに到達するのである。

歳時記的構成

『山の音』は、第一章「山の音」の八月から始まって、順にほぼ一月ずつの割合で章が進み、年を越して、最終章「秋の魚」では翌年の十月に至り終幕となる。約一年間の時間進行にしたがって物語が展開していくわけであり、各章の題名に示されるように、その時期ごとの風物がふんだんに盛り込まれている。こうした物語進行のありかたは、きわめて特異なものであり、そこに川端の物語意識の大きな特徴があらわれているといえる。

ふつう近代小説においては、主人公を中心とする登場人物の動向を軸として物語が進行していくのが原則であり、それ以外は、叙事的、年代記的小説において時代、社会の変化が進行枠組みとなる程度で、季節的要素などはあくまでも付随的なものにすぎない。

ところが、この作品においては、季節の進行が単なる装飾ではなく、むしろ、物語が動いていく基本動力のように作用するのである。月ごと、季節ごとに、花が咲き、散り、虫が生まれ、死んでいくというような自然の運行がまずあって、それに促されるように人間の状況が変化していくような気配がある。山の音が信吾に死期を告知し、銀杏の芽の再生が希望を暗示するような具合である。それを集約するのが、月ごと、季節ごとにあわせるように章が進み、その月なり季節なりを示すような章題が多くの場合つけられるという歳時記的進行とでも呼ぶべきものなのである。

古来、日本では、四季の移り変わりに対する意識が強く、和歌の部立てなどの文化枠組みとされてきた伝統があり、それが江戸期に入って、俳諧の発達につれますます強まり、季語および季語の集成である歳時記に結実する。花鳥風月の自然から始まって、生活風俗にいたるまでの一切を四季の区分に組み込む発想である。この発想を詩から散文―小説に移しかえたのが『山の音』なのである。

この発想の原型は、『雪国』において、初夏、冬、秋と三つの季節にあわせて島村が雪国を訪れ、季節ごとに姿を変える自然の様相を背景に物語が進行していく構成にみられる。しかし『雪国』の場合にはまだそれほど厳密に意識化されたものではなく、また都から山里へ旅するという道行き的―空間移動的発想が強かったのに対し、『山の音』ではこうした道行き的発想が消え（書かれざる「紅葉見」の章が書かれたなら道行きとなったはずだが、それは書かれないで終わる）、鎌倉という日常生活の場に舞台が固定されて季節だけが進行していくことにより、明確にこの歳時記的発想が洗い出され、前面に登場するのである。

道行き的発想と歳時記的発想は、自然風土と文化の合体を根本とする日本文化特質のそれぞれ空間的、時間的あらわれといえるが、『雪国』とそれに続く『山の音』において、この両輪が実現することになる。「美しい日本の私」の文化哲学の実質がここに整う。

現実と理想の統合

こうして『山の音』は、戦後日本の社会現実に正面から向き合うことをめざし物語枠組みを設定して出発しながら、やはり実質においては、そうした現実を超えた彼岸世界へ向かう物語の道をたどることになったといえるのである。

だがそれは、破綻、失敗ということではない。むしろ芭蕉のいう〈不易流行《ふえきりゅうこう》〉という言葉を用いるなら、戦後社会現実という〈流行〉のうちに永遠の日本という〈不易〉を実現したのであり、『雪国』以来追求してきた彼岸的理想が確かな日常現実のうちに確認されたといえるのである。とりわけ、『雪国』においては島村という傍観者の立場にとどまっていたのが、『山の音』では信吾という主体、当事者の立場に転じることにより、川端は身をもって正面からこの社会現実と彼岸的理想の統合に立ち向かうことを引き受けた。

文学様式面からいうなら、明治以来西欧からとりこんできた近代小説という器に、近代以前の日本文化伝統の様々な発想、技法を総動員するように盛り込み、見事に調和させて、比類ない物語世界を達成したといえる。それは、未曾有の戦争と敗戦という悲劇、不幸を代償として生み出された奇跡のような果実であり、川端個人にとっては無論のこと、近代日本文学全体にとっても頂点をなすような作品と位置づけることができるのである。

2 『千羽鶴』

陰の双生児

『山の音』が今述べてきたような戦後現実における課題に正面から取り組んで果敢な達成を果たした作品であるとすれば、その枝分かれした双生児的物語である『千羽鶴』は同じ課題に対する陰画的な回答を示した作品といえるだろう。共に家族、血縁の宿命に直面する主人公を扱いながら、そのなりゆきはほとんど反対方向に展開されていくのである。

四年前に亡くなった父と一時軽い関係があり、その後もなにかと家に出入りしてきた茶の宗匠栗本ちか子に招かれて主人公の青年三谷菊治は鎌倉円覚寺の茶会に出掛ける。ちか子がその席でひとりの令嬢を菊治にひきあわせるということだったが、茶室の手前で菊治は千羽鶴の風呂敷を持ったその令嬢稲村ゆき子に出会う。いかにも清楚な、汚れを知らない処女の印象だった。

そして茶室に入ってみると、そこには、ちか子、ゆき子らの他に、はからずも太田母子までがいて菊治は驚かされる。母親の太田夫人は、父の友人の妻で、その友人が亡くなったあと、父が相談にのっているうちに関係が生じた。ちか子との場合とちがってその関係は深まり、はじめはそれに抵抗していた夫人の娘文子までも戦中父になじむようになったが、ちか子が強い敵愾《てきがい》心をもやしていろいろ妨害したという経緯があるのである。だがそんないきさつなどかまわぬかのように、太田夫人は人前もはばからず、なつかしげに菊治に声をかけ、茶会の終わった後も菊治を待ち受けていて、ふたりは旅館にあがりこむ。そしてつもる亡父の話にふけるうち、父と菊治の区別もつかないような夫人の甘やかな様子に誘われるように、菊治はごく自然に夫人と結ばれる。

それからしばらくして、ちか子がふたたび菊治とゆき子を引き合わせ、縁談が決まりかけた翌日、憔悴《しょうすい》しきった太田夫人が、菊治との関係をとがめる娘の目を盗んで会いにやってきて末期の訴えをした後、その夜中に急死する。日をおいて弔問に出向いた菊治を文子は喜んで迎え、志野の水差しを夫人の形見として菊治に渡し、ふたりのつきあいが始まるが、これを亡き太田夫人の陰謀として退けようとするちか子は菊治に、ゆき子も文子もあわただしく結婚してしまったと偽って告げて驚かせる。しかし、文子からの電話で結婚のことなどなかったことを聞いた菊治は文子と再会し、菊治の父と文子の母にゆかりのふたつの茶碗を前に話すうち、文子の肩を抱いてしまう。翌朝、志野の女茶碗の方が母の口紅の赤が染みているのを苦にしていた文子の手で割られているのを菊治は発見する。

以上昭和二六年十月の「二重星」までで一旦途切れたあと、二八年四月から二九年四月まで「波千鳥」として続編が書き継がれる（それも結局は未完に終わる）が、内容的には、いかにも中途半端ながら「二重星」までで一応ひとまとまりの話として切れているようである。

頽廃と虚無

『山の音』の信吾が老境に近づいた家長であり、会社社長として働いているという設定を与えられているのに対し、『千羽鶴』の菊治は対照的に設定される。まだ二十代の独身者であり、父母を失ってひとりも身寄りはない。一応会社員ということになっているが、そうした面は全く描かれず、意味もない。つまり、むしろ『禽獣』の主人公に近いような設定であり、『禽獣』の主人公が家庭や世間の人間関係のわずらわしさを嫌って小鳥や犬をかまい、さらにその延長として千花子とつきあうように、菊治は茶や茶器にかかわり、太田母子と交渉をもつのである。そして、信吾が保子の姉や菊子に対する欲望を抱きながらも社会倫理を歯止めとして自制するのに対し、菊治はなんのそうした倫理的規制というものに縛られることもなく、なりゆきのままに近親相姦的な関係を結んでいく。保子の姉や菊子に対する信吾の思いは自制によってより精神的なものに純化、昇華されていくのに対し、菊治の太田母子との交渉は官能のレベルで終始し、頽廃、虚無の色合いを深めていく。

こうして『千羽鶴』は『山の音』の陰画的な物語だといえる。両者共に、戦後の過渡期、混乱期にあって、家族関係、人間関係の枠組みが不安定となり、変質しかかろうとする状況を前提にしたうえで、『山の音』は必死にそれを支えとめようとし、失われていくものを哀惜するのに対し、『千羽鶴』はそれが崩れていくにまかせ、むしろ、そこにすすんで身を委ねていこうとするのである。

そして、失われていくものへの哀歌、頌歌を歌うかわりに、喪失のあとにぽかりと口を開く虚無の響きに耳を澄ませるのである。それは具体的には保子の姉と太田夫人の相違、対照としてあらわれる。共に彼岸と此岸の境界に位置する存在でありながら、太田夫人の方が現世において菊治父子と肉体のつながりをもつ分より此岸的であり、そしてはっきりと対照的なのは、保子の姉が死の恐怖を伴いながらも永遠の救済の希望を信吾に与えるのに対し、太田夫人は一時的な官能の喜びによって慰めるかにみせて一層の虚無に菊治を導くのである。この太田夫人の誘惑的な罠の危険を物語中ではちか子に「魔性」という言葉を用いて言わせている。

ゆめうつつに娘まで巻きこんで、最後には命をかけて……。しかし、はたから見ると、おそろしい祟りか呪いみたいです。魔性の網を張ったんですよ。

ちか子自身も、その胸の大きな黒あざに象徴されるように、それなりにしたたかな「魔性」の主であり、そうであればこそ、太田夫人を目の敵にして死にまで追い込むわけだが、所詮、俗世間そのもののちか子の「魔性」などは底が知れている。俗世間、現世にしか通用しないものである。それに対比されることにより、太田夫人に潜む「魔性」の底知れない恐ろしさは一層鮮やかに立ち現れる。夫人は現世においてちか子に死に追い込まれた後にこそ、「魔性」の本領をいよいよ発揮する。娘の文子を介して菊治にとりつき、とり殺そうとするというのである。そして、菊治は、ちか子の再三の警告にもかかわらず、魅入られたようにこの甘美な罠にかかっていく。

保子の姉に託された永遠の救済という希望と対峙するようにこの太田夫人の魔性というものが、彼岸世界の果てに黒々とした深淵を開く。『山の音』において川端は、戦争と敗戦の悲劇から、いわば捨て身の覚悟で希望をひきだそうとしたが、当然それだけでは帳尻があわず、希望とひきかえのこの「魔性」というものが『千羽鶴』にあらわれざるをえなかったのである。そしてその後の川端文学は、希望の方向にではなく、「魔性」の方向に展開されていくのである。川端晩年の最大の主題である〈魔界〉がそれである。

茶と茶道具

『千羽鶴』では茶の世界が大きな比重を占める。茶の宗匠として方々に出入りするちか子を軸に、主要人物のほとんどが茶を通じてかかわりあっている。いわば一種の茶道小説ともいえるわけだが、これについて、川端は決して茶の世界の本道を描こうとした作品ではなく、むしろ逆に茶の世界の堕落、頽廃を戒める作品なのだと述べている。確かに、この物語にあらわれる茶の世界はいずれも堕落、頽廃のかげりをおびている。そして主人公の菊治はそうした茶の世界を嫌悪し、離れようとしている。

だが、それにもかかわらず、菊治は茶を離れることができず、茶によって運命を動かされている。

そこに、この物語における茶の世界の重み、したたかさがうかがわれるのである。

具体的には、ちか子と太田夫人のふたりにこの茶の世界はそれぞれ集約的にあらわれているだろう。ちか子における茶の世界とは、それを通じて様々な人間関係を築き、動かし、そこから社会的、経済的利益をひきだすための権謀術数《けんぼうじゅっすう》の場である。茶人であった菊治の父と一時の関係を結んで、それを手掛かりにのしあがり、方々に口をだして、今では菊治の結婚まで画策し、また古美術商と手を組んで茶道具の売買で儲けようともしているらしい。すっかり俗化しきったありかただが、それなりに俗世間では幅をきかせるのである。

一方、太田夫人における茶の世界とは、こうした俗化したありかたとは全く別の、茶の芸術性のうちに潜む深淵——〈魔界〉に根差したものである。ちか子から「すこし足りない」と侮蔑されるほど世俗のわきまえや駆け引き、損得にうとい夫人だが、その反面として、そうした世俗の枠にとらわれず、深く情愛、官能の世界に浸り、そこに自他をひきこんでいく——菊治の父、菊治がその餌食にほかならない——。この夫人の情愛、官能の世界は、自他の区別もつかないような、夢うつつの、まるで子宮の中に帰ってまどろむような抵抗しがたい甘美なものだが、そこに入っていけば、人は人倫の掟も、自分が何者かということも忘れてしまうような危険をはらんでいる。それこそが〈魔界〉である。

そして、『千羽鶴』においてこの〈魔界〉を象徴するのが茶器にほかならない。太田夫人と菊治の父、菊治とのかかわりは、茶器を介し、茶器に導かれるように進んでいく。夫人の夫が亡くなった後残された茶器の始末を引き受けることから菊治の父と夫人の関係は始まり、その記憶は父の死後も茶器に伝えられて菊治自身と夫人の関係の背景となり、やがて夫人が死ぬと、さらに夫人の記憶が茶器にこめられて今度は菊治と文子の関係を誘い出す。この執拗なまでの茶器の呪縛を断ち切ろうとして最後には、夫人の口紅の跡が残る茶碗が文子の手で割られて幕となるわけだが、こうした一連の過程において、茶器はどんな個人よりもしたたかに生き延び、個人の運命を左右していく〈魔〉としてあらわれるのである。

伝世の名品とよばれるような茶器は、代々それを受け継ぎ、愛玩してきた何人もの人間の命を吸い取ることでその〈魔力〉を肥やしてきた。茶に限らず芸術にはすべてそうしたところがある。人間が作り、人間が享受する物であるにもかかわらず、人間の方が物に吸収されてしまうのである。「玩物《がんぶつ》喪志《そうし》」の逆説である。『禽獣』にもそれに近い動物愛玩が描かれていたが、『千羽鶴』では、それが人から人であることを奪い、命までも奪うような、底知れない深淵――〈魔界〉としてあらわれる。『千羽鶴』執筆当時、川端が本格的な美術蒐集鑑賞を始めていたことは述べたが、その覚悟はこうしたものだった。それを代償として近づくことのできる美の世界があるのであり、それがまもなく川端文学最後の主題となるだろう。

自然の消滅

こうした茶の世界、茶道具の世界の比重に対して、『千羽鶴』では自然、風土の比重が著しく減少する。『山の音』を満たす豊饒な自然、風土要素とは対照的に乏しく、弱々しいのである。わずかな自然の描写も、主に、花器に生けられる花であるとか、茶室の内外にうつる緑であるとかが多く、自然そのもののリアリティーも薄ければ、象徴性も見られない。季節や場所の印象も希薄で、風土記あるいは歳時記のような物語展開も全くない。まるで、茶器によって自然までが吸い取られてしまったようであり、その分、ふつうの近代小説に近づいているともいえるが、『山の音』に色濃くあらわれた川端独自の個性は影をひそめて陰画的な作品となっている印象はぬぐえない。

これ以降、『雪国』から『山の音』において頂点に達した自然の表現が回復されることはない。また、『山の音』の枠組みとなっていた社会性についても同様である。自然にせよ、社会性にせよ、リアリティーというものからどんどん遠ざかっていく方向に川端晩年の文学は展開されていくのである。それが〈魔界〉という世界の前提となる。『千羽鶴』はそうした世界への扉を開くものだった。

第六章　魔界彷徨

1　『みづうみ』

魔の出現

「魔」、「魔性」、「魔界」というような語が川端作品に目立つようになるのは、『山の音』『千羽鶴』などの戦後の傑作が次々に書かれた豊饒の季節――昭和二十年代半ばから後半にかけての頃で、この時期には、「美しい日本の私」にも引かれる一休の「仏界入り易《やす》く、魔界入り難し」の語も『舞姫』（昭和二五～二六年）などに見られるようになる。これらの語に潜むなにかしら正体の知れない不気味な、しかし、惹きつけて離さないものをこの時期の川端は予感し、手探りしていたようである。

だが、この不気味なものをはっきり物語の中心主題として追求することになるのは、昭和二九年に発表される『みづうみ』からであると言える。

昭和二四年から刊行が始まった全集が五年あまりの歳月をかけてようやくこの年に完結した時、川端は、これを区切りとして、それまでの作品に訣別したい、変わりたいということをくりかえし語った（『独影自命』）。『伊豆の踊子』から『雪国』を経て『山の音』で頂点に達する行程は極め尽くされ、それとは別の世界を芸術家としての最後の可能性として求めようという決意を示すものだが、そうした挑戦が実践された最初の作品が『みづうみ』に他ならない。

主人公桃井銀平は、教え子との恋愛関係が露見して高校教師の職を追われ、落ちぶれて、あてどない暮らしを続けている三四歳の独身男である。銀平には目にとまった美しい女のあとをつけずにはいられない性癖があり、教え子久子との恋愛も、彼女を自宅までつけていったことから始まった。その恋愛も周囲の事情に阻まれて消滅した後、今度は、町ですれちがった見ず知らずの女宮子をつけていって、それに気づいた宮子はハンドバッグを銀平に投げつけて逃げ去る。また、犬を散歩させている可憐な少女町枝の跡をもつけていって、少女の恋人の大学生に突き飛ばされながら、なおも執念深く待ち伏せを続ける。

そうした間にも、銀平の脳裏には、かつての久子との様々ないきさつや少年時代に思いを寄せていたいとこの少女やよひの思い出、さらに、美しかった母の記憶と結びついた母の故郷の山国の湖のことなどが、絶えずとりとめなく浮かんでくる。一方、銀平には、猿のように醜い足をしているという根強いコンプレックスがあり、また、学生時代に遊んだ娼婦から自分の子供だといって突き付けられた赤ん坊を捨てたことへの罪障意識も深く、これらの思いによって美しい女たちへの焦がれるような憧れも汚され、陰惨な現実にまみれざるをえない。最後は場末で行きあった醜い中年女ともつれあった果て、絶望にうちのめされて貸間に戻った銀平が靴下を脱ぐと、くるぶしが薄赤くなっているという場面で終わる。

魔に憑かれた者

こうした内容の物語で、まずなによりもこれまでの川端作品に見られなかった特徴的な要素は主人公銀平の設定である。さきにあげた『伊豆の踊子』から『雪国』を経て『山の音』までの作品の主人公が、いずれも、虚構をまじえながら基本的には作者川端自身を投影した分身的存在であるのに対し、『みづうみ』の場合は、無論、川端内部の情念が投影されているとはいえ、その情念を託す主人公のプロフィールに思い切ったデフォルメをほどこして極端な人物像に仕立てあげるのである。銀平はほとんど狂人すれすれの異常性格者であり、その性向を抑えることができずに犯罪的行為を続け、破滅の坂を転げ落ちていく。

『みづうみ』

この設定のありかたに「変わろう」とする川端の姿勢がまず端的にみてとれる。こうした常軌を外れた設定をあえてとることによって、それまでの常識的、日常的な枠組みではとらえきれなかった人間性の深淵を覗きこもうとするのである。『雪国』や『山の音』にも『みづうみ』が追求するような美と魔の主題、宿命あるいは業の主題は潜在していたが、常識人の枠内にある島村や信吾においては間接的、暗示的に描かれるにとどまり、風土性、人と自然の合一という中心主題の陰に控えていた。それが『みづうみ』では逆転して、風土性などの主題は後方に退くかわりに、美と魔の主題、宿命あるいは業の主題が前面に登場して、社会常識や禁忌などに制限されることなく、あからさまに追求されることになるのである。それは、『雪国』から『山の音』に至る作品によって日本の伝統的美意識を体現完成したと評されて芸術院賞まで受賞し（昭和二七年）、またペンクラブ会長にも就任するなど、芸術的にも社会的にも大家としてきわまった位置を自らひっくりかえすような挑発的、挑戦的な試みであるが、それこそが川端の芸術家としての本能の求めるものだった。芸術とは、本来、いかなる社会的枠組み、禁忌などにも制限されることなく、新しい可能性を嗅ぎ付けて突き進んでいくものであり、それに川端は果敢に従うのである。そして、そこに美と魔、業という人間性の深淵が生々しい実存性をおびて立ち現れてくる。

美の呪力

銀平は飽くなき美の探求者である。島村や信吾のように美に憧れながらも傍観し、美が彼方へ離れ去っていくのを見送るのではなく、生活も何もかなぐり捨てて美に突き進み、美から突き放されようともめげずに追い続ける。そして、そこまで美を追い続けてやまないのは、美の中に潜む魔の力にひきつけられるからである。美には、それに見込まれた人間をいやおうなくひきつけ、ひきよせ、揚げ句の果てに、破滅の淵に突き落としてしまう恐るべき邪悪な力があり、その力によって銀平も銀平のつけまわす女たちも共に動かされているのである。銀平と宮子、久子それぞれとのかかわりの勘所を川端は次のように描きだす。

銀平があの女のあとをつけたのには、あの女にも銀平に後をつけられるものがあつたのだ。いはば一つの同じ魔界の住人だつたのだらう。銀平は経験でそれがわかる。水木宮子も自分と同類であらうかと思つた時、銀平はうつとりとした。そして宮子の住所をひかへておかなかつたことが悔まれた。

銀平が後をつけてゐるあひだ、宮子はおびえてゐたにちがいないが、自身ではさうと気がつかなくても、うづくやうなよろこびもあつたのかもしれない。能動者があつて受動者のない快楽は人間にあるだらうか。美しい女は町に多く歩いてゐるのに、銀平が特に宮子をえらんで後をつけたのは、麻薬の中毒者が同病者を見つけたやうなものだらうか。

銀平が前後不覚の酩酊か夢遊のやうに久子の後をつけたのは、久子の魔力に誘はれたからで、久子はすでに魔力を銀平に吹きかけてゐたのである。昨日つけられたことで久子はその魔力を自覚し、むしろひそかな愉楽にをののいてゐるかもしれない。怪しい少女に銀平は感電してゐたのだ。

こうして、美とは人間の自由を奪う恐るべき呪力であり、その網にかかった者をとことんまでしゃぶりつくした果てに捨てさって平然としている魔そのものであるわけだが、同時に、そこにこそ甘美きわまりない天国のような救済の世界も垣間見えるのである。それを象徴するのが、美しかった母の記憶と結び付いた母の里の湖であり、銀平の脳裏には、折々にこの湖がさまざまな姿で蘇ってくる。

たとえば、跡をつけていった少女町枝が恋人の青年と待ち合わせているのを発見した時、銀平はこう反応する。

少女のあの黒い目は愛にうるんでかがやいてゐたのかと、銀平は気がついた。とつぜんのおどろきに頭がしびれて、少女の目が黒いみづうみのやうに思へて来た。その清らかな目のなかで泳ぎたい、その黒いみづうみに裸で泳ぎたいといふ、奇妙な憧憬と絶望とを銀平はいつしよに感じた。

この天国と地獄が背中あわせになっているような美と魔の深淵にかぎりなく呑みこまれていく銀平を描くのが『みづうみ』の主題であり、それは、すなわち、芸術の行き着くべき究極の境地にほかならない。この境地は、到底、尋常の人の道を通って達することのできるようなものではない。日常的暮らしや人倫の一切を放り捨て、断念した、無一物《むいちもつ》、素裸のぎりぎりの実存にまで追い詰められて初めて開けてくるような境地であり、並の宗教をはるかに超えた宗教的境地であるといってもよい。「仏界入り易く、魔界入り難し」とは、まさにこうした至難のさまを言い当てるものだ。

宿命――業

そして、この魔界のありようをさらに複雑困難なものにしているのが宿命あるいは業というものである。人間は、一切を投げ捨て、あたうかぎり純粋に美を追求しようとしても、それでもなお現し身《うつみ》すなわちこの現実世界に肉体をもって存在する宿命を負わされており、また血縁を離れることもできない。このふたつの条件を銀平も免れることはできない。猿のように醜い足と赤ん坊の幻影がそれである。銀平が美に近づこうとするのを待ちかまえていたようにこのふたつの宿命が彼につきまとい、美との間に立ちはだかる。物語冒頭、トルコ風呂の若い湯女にむかって銀平は次のようにこの足について語り、また湯女のマッサージを受けている最中に赤ん坊の幻影に襲われる。天女を思わせるように清らかで美しい湯女にいたわられて天国的な幸福と救済を感じればほどこのふたつの存在が迫ってくるのである。

湯女の掌は少女の掌だが、意外にはげしく背をたたかれつづけて、銀平の呼吸は切りきざまれ、銀平の幼な子が円い掌で力いつぱい父親の額を打ち、銀平が下向くと、頭を打ちつづけたのが思ひ出された。それはいつの幻であつたか。しかし今は、その幼い子の手が墓場の底で、おしかぶさる土の壁をもの狂はしく打つてゐた。牢獄の暗い壁が四方から銀平に迫つて来た。冷たい汗が出た。

こうして美と魔そして宿命あるいは業という複雑なからくりの中に宙づりとなって果てしなく憧れ続け、もがき続ける銀平を川端は描く。そしてそれこそは、とりもなおさず芸術家の姿そのものなのである。

修羅場に立つ芸術家

こうした芸術家のありかたの萌芽は、たとえば『禽獣』のような作品のうちに見出せるが、『禽獣』の場合には、まだそれはなんとか日常社会の枠組みのうちにとどまった静的なありかたであらわれるにとどまっている。主人公の彼は世間との交際を嫌ってひきこもっているが、銀平のように世間のしきたりを破って追いやられるようなことはない。また、彼が相手にするのは物言わぬ小動物であり、千花子との関係もそうした小動物に準じたものとして処理されている。美を阻む醜い身体や血縁もつきまとうことがない。要するに、芸術家の核心となる美と魔の主題のひな型ともいうべきものが、現実社会の様々な雑菌を排した純粋培養状態で実験的に展開されるのであり、それが見事に成功完結して、その後『雪国』から本格的に始まる川端固有の小説世界の原理的基礎をなすことになるのである。しかしそれはまだあくまで原理であって、現実社会の雨風にさらされたものではない。

それから二十年ほどを経て『みづうみ』では、この原理が徹底的に現実社会の修羅場にさらされて試されるのである。この二十年の間には、川端は、戦争をはじめとして様々な社会的試練をくぐりぬけ、創作活動においても、『雪国』から『名人』を経て『山の音』『千羽鶴』に至る種々の方向をきわめてきた。そのうえであらためて、『禽獣』において実験された芸術家における美と魔の主題を現実社会の場の中で展開検証してみるのである。

その結果は、醜い中年女とのいざこざにうちひしがれて終わる結末にみられるように、決してかんばしいものではないが、そうかといって全くの敗北でおわるということでもない。貸間にひきあげて靴下を脱ぎ、薄赤くなったくるぶしを眺める銀平は、意外にしたたかに、ふたたびいずこかの美女をつけねらうべく世間に出ていくだろう。もうこの男には世間に対して失うものもなければ、ひるむところもない。世間からつまはじきにされながらも、その攻撃をかいくぐってゲリラ的に随所に出没し、求める美をめげずにつけまわすのである。そのしたたかさは『禽獣』の主人公の比ではない。

先にも述べたように、日本の伝統美の集成者として自他ともに許す大家となった川端が、世間的な見方からすればおよそ対極的な銀平のような存在に芸術家としての自己のありかたを託すのは息を呑ませるような離れ業といえるが、それだけの離れ業をあえて試みてまで川端にはこの芸術家としての主題を世間の修羅場において検証しなければならないという切迫した欲求があり、また二十年余の経験に裏打ちされた成算があった。『みづうみ』は見事にその試みに成功する。そして、この大家の挑戦に驚きの声をあげる世間、文壇をしりめに、さらに川端はその変奏を試みる。六年後の昭和三五年から六年にかけて発表される『眠れる美女』である。

2 『眠れる美女』

倒錯した御伽噺

この御伽噺《おとぎばなし》めいた表題の作品は、その実、『みづうみ』にひけをとらず、倒錯的、頽廃的な内容の物語である。主人公江口老人は、六七歳という年齢のほかは素性のはっきりしない、しかし常識的な社会生活、家庭生活を送ってきて、地位も教養もある紳士とおぼしき人物である。若い頃から女遊びを続けてきたせいか、まだ男としての能力を失ってはいないが、いよいよ老いの衰え、哀れが迫ってきていることも自覚している。そうした折り、江口は、知り合いの老人から、ある秘密クラブを教えられる。もう男でなくなった老人たちを会員として、睡眠薬で眠

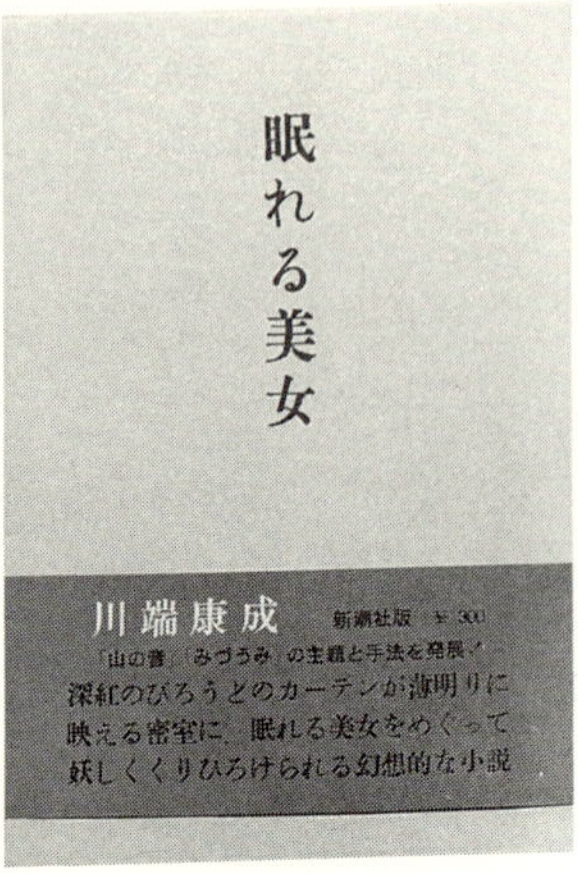

『眠れる美女』

らされた若い娘に一晩中添い寝させてくれるというクラブである。

興味をもった江口はこのクラブを訪ねると、深紅のビロードのカーテンをはりめぐらせた密室のほの明かりの中に、期待していた以上に若く、美しい娘が一糸まとわぬ姿でこんこんと眠っていて、その娘の様子を眺め、愛撫し、語りかけ、添い寝して江口は一夜をすごす。それから何度か江口はこのクラブに通うようになり、通うごとに娘は変わるが、どの娘もそれぞれ趣があり、飽きさせない。江口は実はまだ会員資格である「安心出来るお客さま」ではなく、欲望をあおられもするが、あえて掟を破って娘に乱暴を働くこともなく、娘を眺めながら過去の様々な女たちとのいきさつを回想したりしてすごし、それから睡眠薬の助けを借りて寝入ると、今度は幻覚や夢に見舞われたりして朝を迎える。

何度目かの夜、ふたりの娘に添い寝して寝入った江口は、夜中、ふと目覚めて、娘たちのうちのひとりが死んでいるのに気づく。あわてて世話役の中年女を呼ぶと、死んだ娘は部屋から運び出され、そのまま部屋にとどまるよう言われた江口は残るもうひとりの娘を見て、その裸身の輝くような美しさに感嘆の声をあげる。

こうした筋立ての物語で、中心主題となるのはやはり、性とかかわる美と魔の問題である。江口は、銀平のように世間の枠組みを逸脱して、狂人すれすれ、犯罪者すれすれの限界まで果敢に行動していく異端者とは異なり、むしろ『禽獣』の主人公に近い、世間的枠組みにおとなしくおさまった常識人であるが、その内面においては、掟を破って娘を犯し、絞め殺して、すべてを目茶苦茶にしてしまいたいという衝動をかかえ、それによって底知れぬ魔界に呑みこまれていくことを戦慄とともに夢想するような過激な心性の主である。そして、様々な過去の女性遍歴をたどっていくうち、自分にとって最初の女はと思いめぐらせて、それが母であることに思い当たるというのも銀平と重なるところといえる。

つまり、銀平が三四歳という人生のちょうど半ばで烈しく行動し、限界ぎりぎりのところまで冒険して追求しようとしたものを、ちょうどその倍の年齢の人生幕引き際に達して思い返し、最後の可能性を試そうとし、その深淵の深さをあらためて探るのである。長い人生の変転を経てきて、もうこの先、砂のような老いの虚無しか広がっていないことを覚悟した江口に、若い生命力にあふれた美女たちの裸身はあらためて驚くばかりに輝かしい。それは、死を賭しても、魔界に呑みこまれようとも惜しくはない輝きである。『末期の眼』「美しい日本の私」で語られる、〈末期の眼〉に映る森羅万象の美しさ、生の美しさが凝縮された輝きである。そのかけがえのない輝きを目の当たりにして、ただ傍観、諦観するのではなく、一瞬そのただなかに身を捨てて躍り込もうとする老人の実存を川端は描きだそうとする。『みづうみ』をひきつぐ挑戦である。

老人とエロス

昭和二四年、五十歳で『山の音』を書き始めた川端は、主人公の信吾を六二歳に設定し、社会的には現役だが、女とのことは、内にゆらめくものはあっても、実際の身体のかかわりはなくなって久しい老人として描いた。それから一一年後の昭和三五年、信吾とほぼ同年の六一歳に達した川端は、江口を六七歳に設定したうえで、老残を意識しながらも、まだ女とのことがあり、娘に挑みかけ、暮らしの一切を賭けても性の深淵に飛び込むことを辞さない男として描く。この対照は何なのだろうか。

第一の要因としては、『山の音』が伝統的美意識の流れを汲みながら、その流れに沿った老人像を提示しようとしたのに対し、『眠れる美女』がそうした伝統的美意識の枠から外れて人間実存により直接的に、赤裸々に迫ろうとしたものであることがこうした差をもたらしたといえるが、それと同時に、川端自身が老境に近づいて、よりリアルに老人というものを見つめるようになったこと、また、周囲の日本社会の状況も高齢化が進んで老人に対する意識が変化し始めてきていたこともかかわっているはずである。

生まれつき虚弱な体質で女性との関係なども淡白だった川端だが、それなりに戦中戦後の厳しい時代を大病もせずに生き抜き、六十の坂を越えて、枯れ木のようにやせ細った自分の身体が意外にしたたかで強靭なものであること、老年に達してもそれなりになまめかしく燃え立つ性的なエネルギーが潜んでいることを発見したのではないだろうか。

一方、周囲の社会の方も、こうした川端の個人的発見に連動するように、この時期、戦後の復興から安定成長期に入り始めて急速に平均寿命が伸び、高齢化社会、老人問題が取り沙汰されるようになって、老人に対する意識も変わるようになった。もう静かに余生を送る、脂気の抜けた好々爺《こうこうや》というような昔ながらの老人像は無効となり、表向きは衰えても内面は壮年と変わらない生々しい情念、葛藤をかかえた世代として認識されるようになったのである。

そして、それに呼応して、文学においてもこうした新しい老人像が描きだされるようになった。谷崎潤一郎の『瘋癲《ふうてん》老人日記』(昭和三七年)、伊藤整の『変容』(昭和四三年)などは、老いていよいよ烈しく、また屈折する性の情念に生きる老人を描いて大きな社会的反響をひきおこしたが、『眠れる美女』はその先駆となるのである。これらの作品は、いずれも一見、現実離れした内容と見えながら、実は深いところで時代の現実を反映しているのである。

前衛性の極限

一方、『みづうみ』『眠れる美女』の二作品は、初期の『水晶幻想』や『禽獣』で試みられた意識の流れ手法をふたたび駆使していることも大きな特徴である。銀平、江口の現在から過去へ、過去から現在へとめまぐるしいまでに往復、錯綜する意識の動きを鋭敏に写しとっていく描写が全篇にわたって連綿と続くのである。初期新感覚派時代に当時西欧から最新の文学手法として取り込んだこの手法は、『雪国』以降、断片的には現れても、おおむね、オーソドックスなリアリズム文体の陰に隠れてしまっていたのが、これら二作品にいたって突如ふたたび物語の前面に登場する。それはやはり、これら二作品が人間実存を深層意識に焦点をあわせて描きだそうとすることから必然的に生じてきた事態に他ならないが、『山の音』のような伝統的スタイルを川端の到達集成点とみなしていた読者からは、内容の新しさとあわせて、驚きをもって迎えられた。たとえば、こうした手法を自らも積極的にとりこもうとした現代日本作家のひとり中村真一郎などは、『みづうみ』のこのような特質を評して、従来の日本文学には例のない画期的な現代文学の達成と称賛し、伝統から前衛への大胆きわまる川端の作風転換に驚嘆した。

しかし、中村も指摘するように、この転換は、よく見てみるなら、必ずしも全く不連続な、内的連関を欠いたものというわけではない。『山の音』のとりとめないような物語展開のありかたを評して山本健吉が連句の発想を思わせると述べたのに照応するように、中村は、『みづうみ』の意識の流れのありかたが同じく連歌の「匂い付け」とよばれる微妙な連想作用を思わせると指摘し、川端において西欧最前衛の実験的手法が日本伝統古典詩学に還元されていると述べる。すなわち、『山の音』から『みづうみ』『眠れる美女』へという振幅は、円熟した川端文学において、これらふたつの文化が深いところで通底しながら大きく広がっていることを示しているのである。前衛と伝統、西欧と日本という両極の間を綱渡りのように渡ってきた川端は、ここにおいて見事な均衡を達成する。

『みづうみ』『眠れる美女』に展開された美と魔とりわけ魔界の主題は、その後、『片腕』（昭和三八〜三九年）『たんぽぽ』（昭和三九〜四三年、未完）等の作品に引き続き展開されていくが、その頂点をなすのは、やはりこの二作品においてだろう。『山の音』『千羽鶴』から『みづうみ』『眠れる美女』にいたるこの十年ほどの時期は、この間『日も月も』『女であること』などおびただしい中間小説が書かれたことをも含め、実に奇跡的と言っても過言ではない豊饒の季節だった。

第七章　美しい日本の私――ノーベル文学賞受賞

1　多忙の日々

『山の音』『千羽鶴』から『みづうみ』『眠れる美女』等にいたる豊饒の季節また魔の季節のあいだ、これら創作活動に平行して、種々の社会活動などにも川端は追われてあわただしい日々を送っていた。そのうち最も深くかかわり、力を入れていたのはペンクラブの活動で、とりわけ東京国際ペン大会の開催に奔走した。昭和二三年に日本ペンクラブ会長に就任して以来、戦争中断絶していた海外との交流復活を第一の課題とした川端だが、この交流復活が順調に進むにつれて、いよいよ世界大会を日本に誘致するという大仕事が要請されることになったのである。

東京国際ペン大会

昭和二十年代いっぱい、日本は国内経済の復興につとめるのが精一杯で、海外との文化交流に資金をまわすような余裕はとても望めない状況だったが、昭和三十年にウィーンで開かれた国際大会で日本での開催が打診されると、川端はこの機会をとらえてやるしかないと腹を決め、準備にとりかかった。翌三一年正式に日本開催が決定されると、まず募金活動が開始された。三二年三月には、事務局長の松岡洋子を伴って川端はヨーロッパを回り、各国ペンクラブの来日誘致にあたった。モーリアック、マルロー、エリオット、ケストナーら著名な文学者を精力的に訪ね歩き、親交を結んで、予想以上の成果をあげたが、それによって大会経費はふくらむことになり、帰国後は、その手当、大会準備にいよいよ忙殺されることになった。川端はほとんど執筆の時間もとれず、疲労困憊《こんぱい》して周囲をはらはらさせたというが、ともかくもこれをしのぎ、とうとうこの年の九月二日、開会式にこぎつけた。

アジアで初めて開かれたこの大会には、外国代表一七一名（二六カ国）、日本側ペン会員一八五名が出席し、「東西文明の相互影響」をテーマに一週間にわたってシンポジウムや分科会が行われた。開会式当日、ちょうど東京は台風の通過中だったが、川端はレセプションの挨拶でそのことに触れ、「九月の今ごろから、毎年台風の被害を受けます日本にも、世界最古の木造の建物が弱いような姿でいながら、千年の上失われないでありまして、やさしい細い五重塔が強い風雨に倒れないで立っているのも日本の知恵でありましょう。これらの塔は宗教と理想の一つの象徴であります。」と述べた（『日本ペンクラブ三十年史』）。

この国際ペン大会開催は、川端にとっても、日本文学にとっても大きな意味をもつ出来事だった。それまで日本は、中国や欧米から盛んに文学、文化を移入しながら、逆に、日本の方から外国に文学、文化が移出されるということは、一九世紀後半欧米におこった日本趣味に乗って、俳句や浮世絵などが広く紹介され、影響を与えたような例をのぞくと、ほとんど微々たるものだった。とりわけ現代日本の文学、文化に対する諸外国の認識はきわめて乏しかった。

それが、この東京大会をきっかけとして、少しずつながら変わり始めるのである。戦争と敗戦によって大きな打撃を受けた日本にも文学、文化が生き延び、伝統を継承しながら新しい可能性を切り開きつつあることが認識され、関心をひくようになった。そして、その代表者となったのが川端に他ならない。昭和三十年、サイデンステッカーの英訳で『伊豆の踊子』が紹介されたのを皮切りに、『雪国』『千羽鶴』などの各国語への翻訳が続々とあらわれ、谷崎潤一郎と並び、現代世界文学の一角に独自の民族的個性として位置を占めるようになった。これが、後のノーベル賞受賞の下地となったことはいうまでもない。

平和運動、政治運動の持続

一方、原爆被災地訪問、東京裁判傍聴などから始まった平和運動、政治への関心も、ひきつづき持続されて、昭和三七年には、湯川秀樹、茅誠司《かやせいじ》らとともに世界平和アピール七人委員会に参加、ベトナム戦争に際してアメリカの北爆に対する反対声明を出したり、昭和四二年には、石川淳、三島由紀夫、安部公房らとともに文学者、芸術家として「中国文化大革命は学問芸術の自由を圧殺する」という抗議声明を発表したりした。

さらに、昭和四三年の参議院選挙に旧友今東光が立候補すると、その選挙事務長をつとめた。この時は、持病の胆石をかかえながらも宣伝車に同乗して街頭演説までこなしてつくしたが、その心情をこんな風に記した。

私は自民党でもないし、社会党でもないし、まして共産党でもありませんが、また自民党でもあり、社会党でもあり、共産党でもあります。それぞれの党に理想も念願もありますから、そのいいところをよいとします。当分は自由民主党の政権がつづくでせうから、もし社会党にいい政策があれば、自民党がこれに借りて実際政治に行なへばいいのだと考えます。これは文学、小説などとちがつて、なにも盗作にはならない。国民の利益になるので、借用に遠慮はいりません。それが政治でせう。

ともかく、私が今東光の役に多少とも立つたのはしあはせに思つています。ちやうど五十年前からの友だちですが、十九か二十のころ、今東光の父母も私を温かく家に迎へてくれ、天涯孤独の私をあはれんで、大晦日の夜や正月に私を家族なみに招いてくれたものです。その恩愛は忘れられません。今、ここを書いてゐても不覚の涙が流れます。

(『選挙事務長奮戦の記』)

千客万来

すでに戦前から、家庭をもって以来、妻秀子が明朗で、にぎやかなことを好み、よく人の世話をみたことから、川端家には客が多く出入りしたが、戦後、執筆や社会活動などで多忙をきわめるようになってからも、それは変わらなかった。『禽獣』などにうかがわれるようにもともと人嫌いの一面があるうえに、敗戦以来、隠遁隠棲《いんとんいんせい》的な心情を深めるようになっていたにもかかわらず、川端は来客を拒まず、また来客が帰ろうとすると妙に淋しがってひきとめたりするようなこともあり、鎌倉の自宅には訪問客、滞在客が絶えなかった。三島由紀夫は、そんな川端の客相手の様子を次のように伝えている。

就中《なかんずく》ふしぎなのは、氏が来客のために割いてゐる時間である。ほとんどお客を断らない氏のことであるから、在宅の折には、編集者、若い作家、骨董屋、画商などの、数人、時には十数人の来客が氏をとりまいてゐる。私はたびたびお訪ねして、その末席に連なつたが、立場もちがひ、用件もちがふそれだけの人の間で、主人側がどんどん捌《さば》いてゆかない限り、話題の途絶えてしまふことは当り前である。一人が何か喋る。氏が二言三言答へられる。沈黙。又誰かの唐突な発言。又沈黙。……かうして数時間がたつて了ふ。

（『永遠の旅人』）

こうして在宅中であるかぎり客の応対に時間をとられるため、執筆に専念するには家を離れて行きつけの宿にこもるか、旅に出るかという習慣がますます高じ、最後に亡くなることになる逗子のマンションもこうした執筆用に購入されたという。

睡眠薬中毒

川端は典型的な夜型人間で、夜半から夜明け方まで執筆し、朝になってから床に入るという習慣を長年続けていた。そのためか寝付きが悪く、不眠に悩まされることもしばしばで、やむなく睡眠薬を用いることがあったが、戦後多忙をきわめるようになって、この習慣は急速に依存症に転じていった。

睡眠薬を飲まねば眠れず、またそうして眠っても、眠りが浅かったり、疲労がぬけなかったり、目覚めてから頭がはっきりしないなどという副作用がひどくなったのである。とりわけ昭和三十年前後からこうした症状が昂進し、『古都』執筆中の昭和三六年から三七年頃には頂点に達して、とうとう入院加療にまで至った。その時の事情を川端は『古都』のあとがきで次のように記している。

> 「古都」を書き終へて十日ほど後に、私は沖中内科に入院した。多年連用の眠り薬が、「古都」を書く前からいよいよはなはだしい濫用となつて、かねがねその害毒をのがれたかつた私は、「古都」が終つたのを機会に、ある日、眠り薬をぴたりとやめると、たちまち激しい禁断症状を起して、東大病院に運ばれた。入院してから十日ほどは意識不明であつた。そのあひだに肺炎、腎盂炎《じんうえん》をわづらつたとのことだが、自分では知らなかつた。
>
> そして「古都」執筆期間のいろんなことの記憶は多く失はれてゐて、不気味なほどであつた。「古都」になにを書いたかもよくおぼえてゐなくて、たしかには思ひ出せなかつた。私は毎日「古都」を書き出す前にも、書いてゐるあひだにも、眠り薬を用ゐた。眠り薬に酔つて、うつつないありさまで書いた。眠り薬が書かせたやうなものであつたらうか。「古都」を「私の異常な所産」と言ふわけである。

こうした睡眠薬中毒の影響は、この時期、『古都』以上に、『みづうみ』『眠れる美女』『片腕』などの魔界幻想的作品にこそ最も生々しくあらわれているだろう。単に薬のもたらす生理的作用のあらわれというのではなく、薬の作用によって日常的常識、理性の枠組み、歯止めが外れることにより、無意識下に潜む情動が抑制されることなく表出され、鮮烈なイメージを描きだすのである。創作方法として意図的に用いられたものでないにせよ、睡眠薬は川端にとって、フランスのシュールレアリスム作家やアメリカのビート族作家たちが麻薬や催眠術を用いてひきおこそうとした効果に近いものをもたらしたともいえる。

2　『古都』

比類なき都へのオマージュ

昭和三六年、川端は前年から連載中の『眠れる美女』が完結するのを待っていたように『古都』の執筆発表にとりかかった。ちょうどこの年の一一月文化勲章を受賞した頃だったが、作家としての最後の活動頂点に達していたといってよい。これ以降、めぼしい作品としては、中編『片腕』（昭和三八～三九年）、未完長編『たんぽぽ』（昭和三九～四三年）等があるが、ノーベル賞受賞や選挙応援などで身辺が騒がしくなったこともあってか、めっきり創作活動は衰えていったからである。

京都はいうまでもなく、伝統日本文化を継承してきた比類のない土地であり、川端の美意識のより

『古都』を執筆した屋敷（京都市左京区下鴨）

所だった。この特別な土地にささげるべく物語を書きたいという気持ちはかねてから川端のうちにあったようで、戦時中執筆されたが中断、未完におわった『東海道』などに、そうした構想の一端がうかがわれる。

こうして長年の宿望ともいえる物語に、『みづうみ』『眠れる美女』という前衛的、魔界的作品を終えた後、いよいよ川端はとりかかるのである。それは系列的にいえば、『雪国』『山の音』を引き継ぐ伝統風土記的物語にもどるものと位置づけられるが、京都という特権的な風土の物語としては、さらに特別の工夫が凝らされることになる。

京都には機会あるごとに滞在することの多かった川端だが、『古都』執筆の際には、下鴨《しもがも》の糺《ただす》の森に近い家の離れを借りて専念した。たまたま谷崎潤一郎の旧居と隣り合わせという広々とした庭のある住まいで、そこに籠もり、京都のたたずまいを感得しながら『古都』の執筆は進められた。

ヒロイン千重子は老舗《しにせ》の呉服問屋のひとり娘として幸せに育ってきたが、実は生まれて間もなく、店先に捨てられていたのを拾われた子であるという秘密があった。父の太吉郎は芸術家肌で織物のデザインなどにかまけ、商売の方には身が入らず、店は傾きつつある。それでも千重子はそんな父を愛し、父も千重子を可愛がって、年頃を迎えた娘のために手ずから下絵を描いた帯を織らせようとしている。その織り仕事を引き受けることになった太吉郎旧知の織屋大友の息子秀男はひそかに千重子を慕っているが、身分違いのひけめからためらっている。

ある日、北山に杉を見にいった千重子は、そこで山仕事をしている自分と瓜二つの娘に出会う。しばらくして、祇園祭の夜、ふたたび同じ娘に出会った千重子は、苗子というその娘から、生き別れになった双子の姉妹ではないかと声をかけられる。苗子は、父親は杉の枝打ちをしていた時の事故で早くに亡くなったこと、母親もすでにいないことを語って、捜し求めていた姉妹に会えた喜びをうちあけ、千重子も突然のことにとまどいながらも心動かされていく。ふたりが人ごみにもまれて一瞬離れた時、たまたま通りかかって苗子を見かけた秀男が千重子と取り違えて話しかけ、自分の青春の記念として、自ら図柄まで考案した帯を織らせてほしいと頼みこむ。

やがて秋になり、考案した帯の図柄を見せにやってきた秀男に、千重子は、秀男が会ったのは自分の姉妹であること、その娘にも帯を織ってやってほしいと告げ、秀男はいぶかりながらも承知する。織り上げた帯をもって北山を訪ねた秀男に、苗子は、秀男にとって自分は千重子の幻にすぎないからとためらうが、秀男は苗子に帯を渡し、千重子から送られてきた着物にこの帯をしめて時代祭を見にきてほしいと言う。

秋から冬に季節は進み、苗子から連絡をうけて北山を訪れた千重子は、秀男が苗子に結婚を申し込んだこと、苗子の方は迷っていることを聞かされる。一方、千重子自身は、大きな問屋の息子竜助に見染められ、縁組の話がもちあがる。

そんな一夕、一度だけでも泊まりにきてほしいと千重子が誘ったのに応じて、苗子が町中の千重子の家を訪れてくる。ふたりは床を並べてやすみ、翌朝早く起きた苗子は「お嬢さん、これがあたしの一生のしあわせどしたやろ」と別れの言葉を残して雪の町へ消えていく。

風土記としての物語

以上のような筋書きを、小説としてみた場合には、いかにも不自然の感を免れない。生まれてすぐ生き別れとなり、全く異なった環境で育った双子の姉妹が年頃になって通りすがりに偶然再会し、容貌が瓜二つであることから姉妹と認識するというのも奇遇であれば、ふたりを取り違えた青年が片方の身代わりに他方へ求婚するというのも特異な仕掛けで、およそ近代的リアリズムを外れた、ご都合主義的な戯作ででもあるような印象を与えるのである。

小説作法を熟知する川端がそんなことに気がつかないはずはなく、これは、そうした不自然さを承知しながらあえて企《たくら》まれた構図と考える他ない。一口でいうなら、こうした筋書きは、この物語に物語としての体裁をつけるためにこしらえあげられた枠組みなのであり、その中身を支えられさえすれば、あとは少々不自然であろうと強引に押し通す構えで仕立てあげられたものなのである。ちょうど戯作が、勧善懲悪《かんぜんちょうあく》や滑稽娯楽という中身をひきたたせるために曲芸的な筋書きを工夫したように川端はこの『古都』の構図を企むのである。

では、これほどまでに思い切った覚悟で盛り込もうとしたその中身とは何なのか。

それがすなわち京都なのである。『古都』というこの作品の本当の主人公は、千重子でも苗子でもなく、京都という町そのもの、京都という風土そのものなのであって、千重子なり苗子なりの人物が織り成すドラマはその舞台となる京都を彩る装飾でありさえすればよい、そうであるなら、装飾の効果が最大限際立つように筋書きを工夫しようというのが川端の覚悟だった。

元来、川端は、必ずしも近代的リアリズムなどという原則にとらわれない様々な実験的作風を試みてきた小説家であり、人物を風土のうちに組み込むという発想も『雪国』から始まっていたものである。そうした傾向は戦争と敗戦を経てますます進み、『山の音』や『眠れる美女』のような作品にそれぞれのスタイルであらわれたが、『古都』にいたって、いわば開き直ったともいうべき覚悟でこうした物語を紡ぐことになったのである。

聖なる都のオーラ

それは、それほど京都という町あるいは風土が特権的なものであるからにほかならない。『雪国』の雪国や『山の音』の鎌倉も、単なる背景ではなく、それ自体が、登場人物の織り成すドラマに匹敵するような主題だったが、『古都』における京都は、それら雪国や鎌倉にも増して特別の聖なるオーラに包まれた場（トポス）としてあらわれる。いうまでもなく、近代以前日本の文化伝統を集約した都のオーラである。

おそらく『古都』を構想、執筆する川端の脳裏には源氏物語への思いがあっただろう。源氏物語こそはまさに、この聖なる都のオーラから生まれ、そのオーラを言葉に写しとった唯一至高の作品だった。川端は物心つくころから源氏物語を読んで育ち、成長した後も、ますます深く親しみ、その現代語訳を果たすことを念じていた。ライバルともいうべき谷崎の現代語訳を川端は丹念に読んで、真っ赤に朱を入れ、「谷崎源氏は江戸の町人の源氏です」とサイデンステッカー氏に語ったというが（伊吹和子『川端康成　瞳の伝説』）、王朝上方文化の正統を継ぐ現代語訳を完成することは川端晩年の悲願だった。

この悲願はついに実現されることなく終わってしまったが、いわば、その形代《かたしろ》ともいうべき作品として『古都』は残されたのではないだろうか。長大な源氏物語にくらべて、あまりにも小規模の、描かれる人間模様もささやかな、ミニチュアのような物語にせよ、その枠の中で、京都というこの比類ない都の人と町が渾然一体となってかもしだすオーラが物語絵巻としてくりひろげられるのである。具体的には、この京都の風土性は、四季の自然、行事と場所、暮らしぶりとしてあらわれる。『雪国』から『山の音』に引き継がれ、進んできた風土物語性の要として、季節の進行につれて物語が進んでいくという特質があるが、『古都』ではそれが一層徹底されると同時に、京都ならではの特殊性が加わることになる。

第一章「春の花」では、もみじの古木の幹にすみれの花が開いたのを見つけて春のやさしさに出会ったと千重子が思うところから始まって、平安神宮の桜見物へと移り、以下、夏、秋と順に章が進んで、最終章「冬の花」では、冬の北山に千重子が苗子を訪ねた後、苗子が町中の千重子の家を訪ねて泊まり、その翌朝、粉雪の舞う中、苗子が立ち去っていくところで終わる。春から始まって冬に終わるという季節進行性がまったく型通りに守られており、まさに物語の形を借りた歳時記といった印象を与える。そのうえで、『雪国』『山の音』と比べて目立つのは、花や雪といった自然現象に加え、葵《あおい》祭、竹伐《たけき》り会《え》、祇園《ぎおん》祭、時代祭などの行事の比重が著しく増していることである。季節の進行は、自然の推移を土台としながらも、そこにこうした人為的な行事が加わることで、一層節目、区切りが強調されることになる。自然と人為が融合し、季節は単なる自然摂理にとどまらず文化原理に昇華されるのである。

また『古都』では、京都という土地を構成する様々な場所がとりあげられる。千重子の家のある中京《なかぎょう》、苗子の暮らす北山、太吉郎が仕事場として籠る嵯峨、秀男の働く西陣など主だった登場人物それぞれの場所に加え、花見に訪れる平安神宮や御室、竹伐り会の鞍馬《くらま》、祇園、北野天神などが次々にあらわれ、さながら名所図会を眺めるような具合である。季節の進行という時間的展開に対して、空間的展開がはかられるのである。

そして、中京、北山、西陣などの場所では、それぞれ、商家、山仕事、機織りという伝統的な暮らしぶりが紹介される。単なる過去の名所旧跡ではなく、現在にいたるまで人々によって生きられている場所として提示されるのであり、かつそれらの人物が動き回り、交流するさまを物語として辿ることによって、これらの場所相互の間の対比、均衡、関係が浮き彫りにされる。都の中心にあって富を集め優越的な立場をとる中京の商家と、周縁部にあって生産を担いながらも下積みの立場に甘んじる北山や西陣の職人というような対比、均衡、関係である。しかし、こうした関係について川端は、貧富や社会階層の格差というような政治的、社会的視点よりは、いわば文化的多様性のあらわれとして眺めていく。

文化共同体への組み込み

こうして、この『古都』における京都は、それぞれ長い暮らしの伝統を継承する様々な場所が織り合わされ、季節の進行につれて息づく一個の生命体的存在として描かれていくのである。そして、その全体を通じてとりわけ京都的な特徴として浮かび上がってくるのは、銘柄つまりブランド性ということである。行事、場所、暮らしぶりなどの細々したことまで、なにがしかの由緒のある特別、特権的なものとして登場するのである。たとえば春の花見でも平安神宮の花見と御室の花見というようにそれぞれの名を冠して区別され、豆腐なら森嘉の豆腐、杉なら北山杉というような具合である。それこそは、まさに、京都という特別の都の長い伝統の集積、文化の記憶の結晶であり、これらの銘柄—名の意味するものを分かちあうことによって共同体が形成されるのである。

その最も際立った例は北山杉である。本来純然たる自然物であるにもかかわらず、北山杉は、「北山」という名を冠せられることによって、むしろ文化財に変容する。それは名だけのことではなく、実際に、座敷柱として用いるため、植え付けから始まって、枝打ちなどの手入れ、切り出してからの丸太磨きなど丹念に人間が手を入れて自然物をほとんど人工物と化するのである。見事に真っすぐに生えそろった杉の群れに感嘆する千重子にむかって次のように語る苗子の言葉は、そうした北山杉の本質、さらには京都の文化というものの本質をずばりと言い当てている。

「人間のつくつた杉どすもの。」と、苗子は言つた。

「ええ？」

「これで、四十年ぐらゐどつしやろ。もう、切られて、柱かなんかにされてしまふのどす。そのままにしといたら、千年も、太つて、のびるのやおへんやろか。たまに、そない思ふこともおす。うちは、原生林の方が好きどす。この村は、まあ、切り花をつくつてるやうなもんどつしやろ……。」

つまり京都とは、杉のような純然たる自然物も、また、千重子なら町家の娘、苗子なら北山の娘というように、個々の人間も、あらゆるものを共同体の文化の中に組み込み、糧としてしまう怪物的といってもよい存在なのである。この共同体の一番縁《へり》にいて、ふりむけば共同体の外をも眺められる苗子は、そうした京都の正体を知り、恐れながらも、やはり京都の中にとどまり、中心部の千重子の家に向かう。

この苗子のような娘を千重子に対置して登場させ、引用したような言葉を語らせることによって、川端は、京都というものの怪物性、いうならば魔性の片鱗をうかがわせたが、しかし結局は、その京都に呑みこまれて『古都』は終わるのである。

『古都』は、『雪国』から始まった風土記的物語の試みの集大成だった。明治以降、西欧から移入された近代小説は、夏目漱石の作品がその典型であるように、個人としての人間がくりひろげるドラマを主軸とするものだったが、『雪国』から『古都』にいたる川端作品は、風土自然こそが主役であり、人物はその風景を構成する一要素として組み込まれる――ちょうど西欧絵画の主流をなしてきた人物画に対し、中国、日本など東洋伝統絵画の主流をなしてきた山水画のような――物語をめざす。こうした物語のありかたは、古くは風土記、伊勢物語などから始まって、平家物語や近松浄瑠璃などの道行き、芭蕉の『奥の細道』などを経て、近代に入ってからも、尾崎紅葉『金色夜叉』の山場のひとつ貫一塩原行き、谷崎潤一郎『吉野葛』『細雪』などにひきつがれてきた。そうした伝統をふまえて川端はさらにその洗練、緻密化をはかり、『古都』にいたってついに、その究極の様式化を完成したのである。

それは小説としてみればはなはだ異形な、また空疎なものといわざるをえないが、そのことを覚悟して川端は、こうした作品を、長い創作活動の果てに行き着いた究極の物語の形として仕上げるのである。そして、その執筆さなかの昭和三六年一一月には、傑出した文学的功績を讃えて文化勲章を授与され、さらにその七年後の昭和四三年には、こうした独自の日本的小説―物語の創造を讃えて日本人として最初のノーベル文学賞を授与されることになるのである。

3 栄光の時

『古都』以降

昭和三八年、日本近代文学館が設立されると、川端は監事に就任、近代文学史展の監修などにあたった。執筆活動としては、『古都』と平行して、やはり京都を舞台とする長編『美しさと哀しみと』を書き続けた（昭和三六～三九年）ほか、新感覚派時代に手がけた掌編小説を復活、三八年から三九年には中編『片腕』、これに続いて三九年からは最後の長編『たんぽぽ』にとりかかり（四三年まで断続的に発表され未完）、四十年にはＮＨＫ連続テレビ小説『たまゆら』原作を執筆するなど依然として多作ぶりを示した。

このうちでは、女性の片腕を一夜借り受けてきた男がその片腕と様々に戯れるという超現実的な設定と幻想的、詩的文体で、女性との特異な交感関係を描いた『片腕』と、たんぽぽの咲くのどかな田舎町の精神病院を舞台に、人体欠視症（目の前の視界から人体だけが見えなくなってしまうという奇病）にとりつかれた娘とその母、恋人の織り成すドラマを描いた『たんぽぽ』が、それぞれ『眠れる美女』と『みづうみ』の流れを継いで、愛と魔界の主題を追求した作品として注目される。いずれも、いよいよ通常のリアリズムの枠組みから逸脱して、狂気すれすれと感じさせるような鬼気迫る小説展開となっており、『古都』において風土物語的様式を完成させた後、これら魔界探求物語の限界に挑んで、川端はその創作遍歴をほぼ終えるのである。

昭和四二年七月、養女麻紗子（政子）が山本香男里と結婚した。秀子夫人によれば、それまで川端は娘の縁談にあまり口をださなかったのが、いよいよこの縁組が本決まりになろうとすると、突然、娘を外に出すわけにはいかない、相手に川端家に入ってもらうと言い出して周囲を驚かせたという（この川端の意向をうけて川端家に入った山本は、本来の専門である比較文学の研究、教職を続けるかたわら、川端の死後、その遺稿整理、全集編纂の任につくようになる）。ふだんあまり家系のことなど頓着しないよう

娘政子とともに　軽井沢別荘にて
（昭和34年8月）

に見えた川端のこの豹変ぶりに、夫人は、少年の川端に家系の誇りを語り続けた祖父の霊が乗り移ったような印象さえうけたというが、天涯の孤児として流浪無頼の徒を自負してきた川端の血の中に、それでもやはり、深く、旧家の血筋の意識が流れていたことをうかがわせるのである。この娘夫婦に昭和四四年長女、四六年に長男が生まれると、川端はことのほかこれら家系をつぐ孫たちの出生を喜んだという。

ノーベル賞受賞

東京ペン大会以後も川端は日本ペンクラブ会長として外国での大会に出席するなど積極的に海外と交流し、翻訳紹介など日本文学の外国への普及につとめて、その結果、川端、谷崎を始めとして、三島、安部公房など現代日本文学への認識評価は徐々に高まっていった。一方、この時期、日本は急速な高度成長を遂げて欧米諸国と並ぶ経済大国となり、昭和三九年には東京オリンピック、四五年には大阪万博を開催するなど、世界へのアピールをも高めていった。

こうした状況を背景として、ノーベル文学賞を日本の作家に与えようという機運がおこり始めた。昭和三七年にはスウェーデンから選考委員のひとりが来日してそうした意向を伝え、すでに三人の日本人作家が候補にあげられていると述べた。具体的な名は明かされなかったというが、川端、谷崎、そして詩人の西脇順三郎だというのがもっぱらの下馬評だった。その後、昭和四十年に谷崎が亡くなってからは、川端と三島が最も有力な候補として噂されるようになり、毎年十月に入って選考発表の時期が近づくと、新聞等報道陣はあわただしい気配に包まれるようになった。

ノーベル文学賞受賞通知の夜

そして、昭和四三年に入ると、スウェーデンの消息筋からは、その年の最終候補として、フランスのサミュエル・ベケット、クロード・シモン、ドイツのギュンター・グラスらと並んで川端が残っているという情報が伝えられ、いよいよかという緊張のうちに、十月一七日、ついに、川端に決定したという一報がストックホルムから入った。しばらくして自宅前につめかけた報道陣との会見にあらわれた川端は、紺の和服姿でこんな風な感想をぽつりぽつりと述べたという。

「ぼくのものは、ささやかな作品でしょう……候補になっても、もらうとは思いかねるわけですよ。翻訳？　それね、くらべて読んだことあるのですが、英文がよくわから

毎日新聞　（日刊）　昭和43年(1968年)　10月18日　（金曜日）

毎日新聞

川端康成氏にノーベル文学賞

日本作家で初めて　認められた〝叙情の美〟

「伊豆の踊子」「雪国」

数々の名作　外国でも出版

【ストックホルム十七日UPI】本年度ノーベル文学賞は十七日、日本の作家、川端康成（かわばた・やすなり）氏に決まった。受賞の理由は「すぐれた感受性をもって日本人の心の本質を表現する同氏の円熟した物語体」となっている。数多くの著作のなかでも「雪国」「千羽鶴」「古都」が注目された。川端康成氏の受賞はノーベル賞では湯川秀樹、朝永振一郎両博士についで日本人で三人目である。

受賞の喜びに顔をほころばす川端さん

賞を重荷としたくない

おかげさまで＝喜び語る川端氏

日本の国際的評価につながる

首相が談話

〝日本語の障害〟越え

現代人に訴える普遍的な新しさ

米、一両日中に断？

受賞を報じる新聞記事（毎日新聞昭和43年10月18日）

ないから……しかし、サイデンスティッカー氏の『雪国』を読んだ人が、雪がしんしんと降ってくるようだといったそうです……授賞理由は知りません。ぼくは自作にいくらか否定的なんで……しかし魅力があるといってくれたんだから、自分からそんなことはいえませんよ。……アジアにも贈りたいと思っていたようだから大変幸運だと思います。半分ぐらい翻訳者の功績でしょう」

（『実録　川端康成』）

当夜、川端邸には、三島由紀夫、石原慎太郎、文化庁長官で旧友でもある今日出海《こんひでみ》などがひっきりなしに訪れ、祝意を伝えた。翌日には、スウェーデン大使が正式に授賞を伝達するために来邸、授賞式への出席を招請した。スウェーデン王立アカデミーは川端への授賞理由として、序章にも紹介したように、日本人の心の精髄をすぐれた感受性をもって表現したことをあげ、また東洋と西洋の精神的懸け橋作りに貢献したことを強調したという。ちなみに川端は、一九一三（大正二）年のインドの詩人タゴールに続くふたりめの東洋人ノーベル文学賞受賞者だった。

一二月三日、川端は妻秀子、娘婿香男里（娘の麻紗子は懐妊中のため同行せず）、知人とその娘たち数人をともなって羽田からストックホルムに向け出発した。授賞式は十日にコンサートホールで行われ、川端は紋付き羽織袴の正装でこれに臨み、スウェーデン国王グスタフ六世からメダルと賞状、賞金証書を受け取った。二日後の一二日には受賞記念講演がスウェーデンアカデミーで行われたが、間際まで原稿が完成せず、通訳にあたったサイデンステッカーを青ざめさせたという。講壇に立った川端は古典の引用部分を日本語で読み上げ、本文部分はサイデンステッカーが英語通訳した。

この講演内容については序章で大筋を紹介したが、一口でいうなら、『古都』において完成された風土物語様式の根底をなす自然哲学に『みづうみ』から『たんぽぽ』に至る魔界探求を組み込んで理論化したものといってよい。新感覚派として出発した初期には『新進作家の新傾向解説』などで理論を説くこともあったものの、その後、本格的な作家活動に入るにつれ、そうした理論からは遠ざかり、文芸時評などからも離れて、『哀愁』のような随想を別とすれば、実作一筋に徹してきた川端だが、ようやくその実作の全行程をほぼ終え、その曲折のあった道のりを眺めわたして、こうした結論に達するのである。ノーベル賞受賞記念講演はそのまたとない機会だった。初めに述べたように、この機会に応じて川端は、長い孤独な創作遍歴を通じて抱き続けてきた私的な思いを、日本の文化伝統全体を集約する公的な宣言として世界に表明開示するのである。「美しい日本の私」という日本と私を強引に一体化する演題こそはそうした意志を集約するものだった。

講演を終えると、その晩には日本大使館でのレセプションがあり、翌一三日には光の女王ルシアの祭に出席、この年の光の女王に選ばれた少女が戴く王冠のろうそくに川端は火を灯して「あかあかやあかあかや　あかあかあかと　国と民とに　ルシア光れよ」と前日の講演に引用した明恵上人の歌にかけた言葉を唱え、喝采を浴びたという（進藤純孝『伝記　川端康成』）。

そして、これら公式行事を一通りすませると、川端はまるまる一昼夜以上も昏々と眠り続けた。まさに精魂尽き果てた様子に同行の家族、知人たちは気をもんだが、スウェーデンを出発する一六日には元気をとりもどし、その後、パリ、ロンドン、ローマなどヨーロッパ各地をまわって、年を越した一月六日に無事帰国を果たした。

第八章　風土と魔界の彼方へ

消尽の晩年

ノーベル賞受賞後、川端の身辺は以前にも増してあわただしくなった。様々な顕彰が相次ぎ、記念展覧会などが開かれ、自作『日も月も』の映画化にあたっては特別出演などにも協力した。ハワイ大学に招かれて日本文学についての特別講義をおこなったり、文化使節としてサンフランシスコを訪れ特別講演をおこなったりもした。これらの講義や講演は、後に『美の存在と発見』『日本文学の美』などとして全集に収録されることになるが、「美しい日本の私」の論旨をさらに敷衍《ふえん》展開した内容となっている。

こうしたあわただしさを、川端は例によって淡々とこなしていった。内心はともかく、浮世の定めとしてつきあっていくのが川端の流儀だった。ハワイでの滞在は、日本ほどあわただしくもなく、また豊かな自然に囲まれて、生き生きと鮮やかな時間をすごした様子が講義や随想などからうかがわれる。『美の存在と発見』では、滞在中のホテルで朝食をとりにレストランに出ていくと、たくさんの

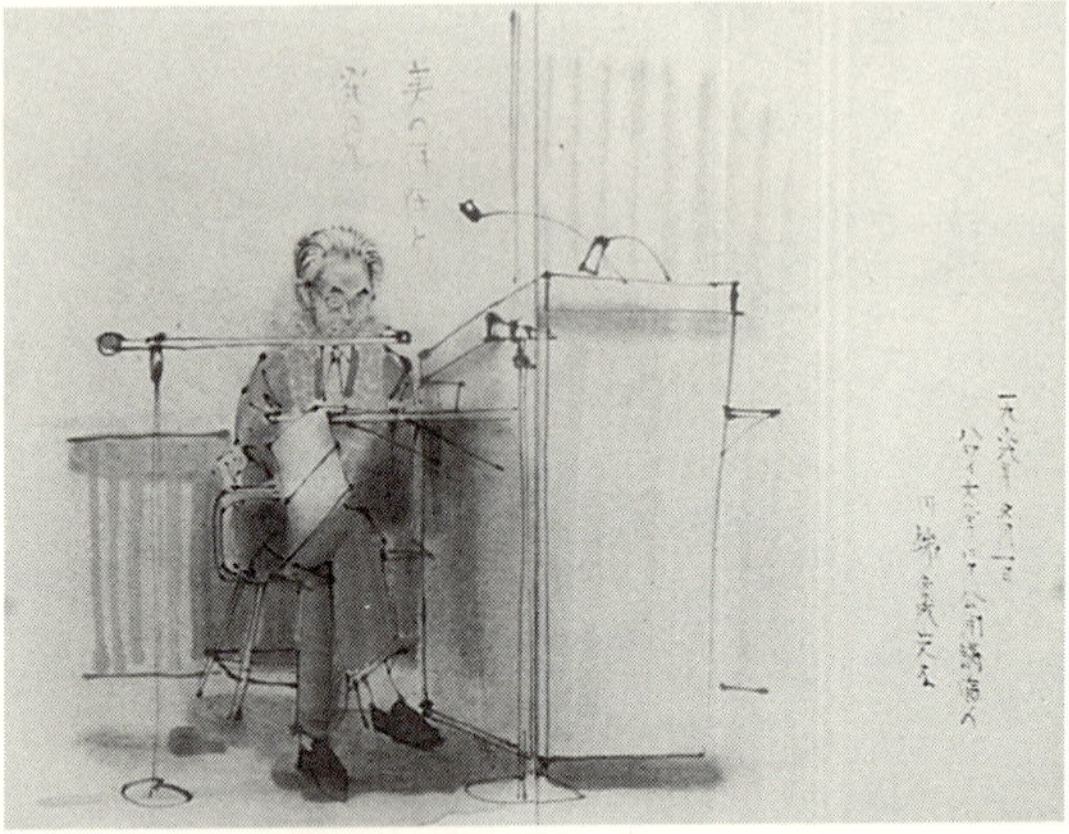

ハワイ大学での公開講演　平山郁夫画「ハワイ絵日記」より

ガラスのコップが朝日にきらめいていいようもなく美しいのに感動し、一期一会《いちごいちえ》という思いにかられたことや、常夏の土地らしい「冬みどり」という季語があることを聞いて、ノーベル賞受賞後のヨーロッパ旅行でイタリアのソレントを訪れた時、やはり冬のさなかだというのに一面の緑の風景に驚き、「みどりすべてみどりのままに去年今年」という高浜虚子の名句をふまえた句を作ったのを思い出したことなどから話を始めている。この時期、川端は、日本にいる時よりも、外国にいる時の方が解放され、のびのびと新鮮に日々をすごしていたようだった。

しかし、小説創作の筆は全く止まってしまう。断続的ながら書き継がれてきた最後の長編『たんぽぽ』も、ノーベル賞受賞が決定した昭和四三年十月に発表された第二二回を最後に中絶してしまい、以後、死去までの三年ほどの間に発表された創作としては『竹の声桃の花』など数編の短編があるだけである。ノーベル賞を受けたことが原因といえるかどうかは別として、これを境に作家としての命脈は尽きてしまうのである。

三島自決

昭和四五年一一月二五日、三島由紀夫が、育成していた武装右翼団体楯《たて》の会のメンバーを率いて市ケ谷の自衛隊駐屯地に突入、立て籠った末、割腹自殺を遂げた。出先で事件を知らされた川端は即座に現場に急行した後三島邸を訪れ、夫人ら遺族を慰めた。年が明けて一月二五日に行われた葬儀では葬儀委員長をつとめ、弔辞を読んだ。

これまで、菊地寛、横光利一ら多くの師友を失ってきた川端だが、このように自殺、それも尋常一様でない自殺で親しい人間を失ったのは初めてといってよい経験であり、その衝撃は並々のものでなかった。

三島は、その早熟の天才をいちはやく認めて文壇に手引きして以来、年の差を越えて、互いの芸術を理解し、敬愛しあってきた、川端にとって横光を継ぐ盟友というべき存在だった。ふたり並んでノーベル文学賞の候補にあげられ、川端が受賞した時にも、川端は、三島が若すぎたために自分に運がめぐってきたと語って、三島に自分の後を継ぎ、日本文学を背負っていく期待をかけていた。その三島が思いもかけない死に方で自分より前に逝ったのである。

川端は文学者、芸術家としての三島とは深くつきあい、理解評価していたが、その政治的思想、活動とははっきり一線を画していた。元来、川端は非政治的な人間だった。文壇活動や選挙応援はあくまでもつきあいであり、反戦運動なども純粋に平和を願ってのことであって、右翼、左翼などの政治的党派やイデオロギーとは無縁だった。それで三島の天皇や戦後体制をめぐる発言、楯の会の活動などには関与せず、三島の方も川端に対してはそうした面は紳士的に慎んでいた。

都知事選で秦野章への応援（昭和46年3月）

それが、このような最期によって別れることになったのは、川端にとってまさに痛恨の極みだった。直後に発表した追悼文『三島由紀夫』の中で川端は、こういう事態に至るということであったなら、三島を思いとどまらせるために自分も楯の会に入り、市ケ谷までもついていくべきではなかったかと悔やみ、嘆きながら、しかし遅きに失した今となっては、三島の行動については無言でいる他なく、ただこの希有の才能がかくも早く失われたことを惜しむばかりだと、その思いを語った。

昭和四六年は、三島の葬儀の後、東京都知事選挙に立候補した秦野章の応援に立ったり、世界平和委員会からの声明発表に加わったり、日本学研究国際会議の準備によびだされたりとまた社会活動が続いたが、体調を損なうことが多く、衰えを深めていった。

そうした中で、秋に、ふたりめの孫にあたる男の子が生まれたことは川端に深い喜びと感慨を与える出来事だった。秀子夫人の回想によれば、この時、川端は、この子が自分と同じ亥年で、七二年ぶりに川端の家に男子が生まれたとことのほか嬉しがると共に、娘の麻紗子に、自分が死んでもこの子は五十までは暮らせるねとぽつりともらしたということで、夫人には、死んだ祖父の霊が川端に乗り移って語りかけてきているような感じがしたという。

翌四七年二月末、従兄の秋岡義愛が亡くなった。親しくしていたこの従兄の死に川端は少なからず心を痛めたというが、大阪でおこなわれた葬儀に出席した後体調を崩し、三月初めには盲腸炎で入院手術した。三月一八日に退院すると川端は自宅に戻り、静養につとめた。

終焉

四月一六日昼過ぎ、川端は手伝いの女性に散歩に出ると告げて家を出た。夜になっても戻ってこないので心配した家族が、出先と思われる逗子海岸のマンションの仕事部屋を管理人らに調べてもらうと、風呂場脇の洗面所に倒れている川端が発見された。背広姿で口にガス管をくわえ、部屋にはガスが充満していた。救急隊が呼ばれて急行したが、到着時にはすでに絶命していて手の施しようがなかった。検視の結果、死因はガス中毒で、死亡時刻は発見時より四時間ほど前の午後六時頃と推定された。室内はきちんと整理され、和室に据えられた和机の上には原稿用紙の束が積まれていたが、遺書らしいものは何もなかったという。

遺骸は、駆けつけた秀子夫人ら家族に付き添われて、深夜、長谷の自宅に戻った。一八日、自宅で密葬された後、五月二七日、青山斎場で日本ペンクラブ、日本文芸家協会、日本近代文学館合同葬儀が芹沢光治良《せりざわこうじろう》を葬儀委員長として

鎌倉の自宅における密葬
（昭和47年4月18日）

とりおこなわれた。戒名は今東光によって「文鏡院殿孤山康成大居士」とつけられた。享年七二歳。

この川端の死は、当然、大きな波紋をよんで、様々な憶測がとびかった。三島の死やノーベル賞受賞による多忙、都知事選応援による消耗などが遠因になったと取り沙汰されたり、若い女性とのトラブルや睡眠薬中毒の噂までもが流れた。だが、いずれにせよ、自殺の理由を実生活上に求めても、結局、確かなことは何もわからず、月日のたつうちに、そうした詮索もおこなわれることはなくなった。とすれば、残るのは作品ばかりであり、近年の川端研究、川端への関心では、『たんぽぽ』など晩年の作品に急速に目立つようになった「魔界」という言葉こそ最後の死の秘密に通じる鍵であるとして注目されるようになった。生と死、美と虚無の境界にぽっかりと開けるこの「魔界」に落ち込んで、そのまま帰ってこなかったということなのだろうか。しかし、そうした言い方をしても、依然、はっきりと確かな死の真相が明らかになるというわけではない。

新興モダニズムの旗手として登場した後、伝統風土物語の奥へと分け入り、さらに魔界の縁をさまよった果て、この旅人はそれら一切の彼方に音もなく消えていった。その先の行方は誰も知らない。

主要著書目録

『感情装飾』（金星堂　昭和元年）　掌の小説三五篇
『伊豆の踊子』（金星堂　昭和二年）　『伊豆の踊子』『招魂祭一景』『十六歳の日記』ほか
『僕の標本室』（新潮社　昭和五年）　掌の小説四七篇
『浅草紅団』（先進社　昭和五年）　『浅草紅団』ほか
『化粧と口紅』（新潮社　昭和八年）　『抒情歌』ほか
『水晶幻想』（改造社　昭和九年）　『禽獣』『父母への手紙』『水晶幻想』ほか
『純粋の声』（改造社　昭和一一年）　『文学的自叙伝』『旅中文学感』『純粋の声』ほか
『雪国』（創元社　昭和一二年）　初版『雪国』ほか
『雪国』（創元社　昭和二三年）——完結版
『哀愁』（細川書店　昭和二四年）　『哀愁』『横光利一』『名人』『東京裁判判決の日』ほか
『少年』（目黒書店　昭和二六年）　『少年』『十六歳の日記』『伊豆の踊子』
『千羽鶴』（筑摩書房　昭和二七年）　『山の音』の一部および『千羽鶴』
『山の音』（筑摩書房　昭和二九年）——完結版
『みづうみ』（新潮社　昭和三十年）
『たまゆら』（角川書店　昭和三十年）
『眠れる美女』（新潮社　昭和三六年）

『古都』（新潮社　昭和三七年）
『美しさと哀しみと』（中央公論社　昭和四十年）
『片腕』（新潮社　昭和四十年）―『片腕』ほか
『美しい日本の私―その序説』（講談社　昭和四十年）　ノーベル賞受賞記念講演、英訳つき
『たんぽぽ』（新潮社　昭和四七年）
『川端康成全集』（新潮社　昭和五五～五八年）　決定版全集、全三五巻および補巻二

本著書目録は、本書でとりあげた作品の単行本版を中心に作成した。これ以外に多数の著書、個人全集、各種文学全集所収本等があり、また主だった作品は文庫版で入手できる。

主要参考文献目録（雑誌発表論文等は割愛し、単行本のうち主だったものを掲げる）

古谷綱武『川端康成』（作品社　昭和一一年）
山本健吉編『近代文学鑑賞講座13　川端康成』（角川書店　昭和三四年）
長谷川泉『川端康成論考』（明治書院　昭和四十年、増補版四四年、増補三訂版五九年）
吉村貞治『川端康成　美と伝統』（学芸書林　昭和四三年）
北条誠『川端康成　心の遍歴―その愛と哀しみ』（二見書房　昭和四四年）
長谷川泉・武田勝彦編『川端文学　海外の評価』（早稲田出版部　昭和四四年）
読売新聞文化部『実録　川端康成』（読売新聞社　昭和四四年）
川嶋至『川端康成の世界』（講談社　昭和四四年）
川端文学研究会編『川端康成の人間と芸術』（教育出版センター　昭和四六年）
『新潮　川端康成読本』（新潮社　昭和四七年）
日本文学研究資料刊行会編『〈日本文学研究叢書〉川端康成』（有精堂　昭和四八年）
日本近代文学館編『定本図録　川端康成』（世界文化社　昭和四八年）
三枝康高『川端康成』（有信堂　昭和四八年）
稲村博『〈パトグラフィ双書10〉川端康成―芸術と病理―』（金剛出版　昭和五十年）
林武志『川端康成研究』（桜楓社　昭和五一年）
川端文学研究会編『〈川端康成研究叢書〉1―8』（教育出版センター　昭和五一年～）

進藤純孝『伝記　川端康成』（六興出版　昭和五一年）
臼井吉見『事故のてんまつ』（筑摩書房　昭和五二年）
中村光夫『論考　川端康成』（筑摩書房　昭和五三年）
長谷川泉・鶴田欣也編『「山の音」の分析研究』（南窓社　昭和五五年）
武田勝彦『川端康成文学語彙辞典』（スタジオＶＩＣ　昭和五六年）
橘正典『異域からの旅人　川端康成』（河出書房新社　昭和五六年）
小林一郎『川端康成研究―東洋的な世界』（明治書院　昭和五七年）
栗原雅直『川端康成　精神医学者による作品分析』（中央公論社　昭和五七年）
林武志編『〈鑑賞日本現代文学15〉川端康成』（角川書店　昭和五七年）
川端秀子『川端康成とともに』（新潮社　昭和五八年）
岩田光子『川端文学の諸相―近代の優艶―』（桜楓社　昭和五八年）
保昌正夫編『〈新潮日本文学アルバム16〉川端康成』（新潮社　昭和五九年）
林武志『川端康成作品研究史』（教育出版センター　昭和五九年）
川端文学研究会編『〈年報1―18〉川端文学への視界』（教育出版センター　昭和六十年～）
平川祐弘・鶴田欣也編『川端康成『山の音』研究』（明治書院　昭和六十年）
上坂信男『川端康成―その『源氏物語』体験―』（右文書院　昭和六一年）
原善『川端康成の魔界』（有精堂　昭和六二年）
森本穫『魔界遊行―川端康成の戦後』（林道舎　昭和六二年）
鶴田欣也『川端康成論』（明治書院　昭和六三年）
今村潤子『川端康成研究』（審美社　昭和六三年）

主要参考文献目録

羽鳥徹哉編『〈日本文学研究資料新集27〉川端康成　日本の美学』(有精堂　平成二年)
羽鳥徹哉『作家川端の展開』(教育出版センター　平成五年)
井上謙・羽鳥徹哉編『〈日本文学コレクション〉川端康成と横光利一』(翰林書房　平成七年)
伊吹和子『川端康成　瞳の伝説』(ＰＨＰ研究所　平成九年)
羽鳥徹哉・原善編『川端康成全作品研究事典』(勉誠出版　平成十年)
田村充正・馬場重行・原善編『川端文学の世界1―5』(勉誠出版　平成一一年)
川端文学研究会編『世界の中の川端文学』(おうふう　平成一一年)
羽鳥徹哉編『川端康成　旅とふるさと』(至文堂　平成一一年)
川端文学研究会編『論集　川端康成―掌の小説』(おうふう　平成一三年)
川端香男里・平山三男監修『川端康成―文豪が愛した美の世界』(日中ビデオネットワーク　平成一四年)

あとがき

私が川端康成を特別の関心をもって読み始めたのは大学卒業の前後からだった。

中学から高校にかけて初めて文学に興味をもち文庫本や全集本などであれこれ読み始めた頃には、もっぱらフランス、ドイツ、ロシアなどのヨーロッパの名作に熱中し、日本文学にはあまり目が向かなかった。戦後まもなくの生まれ、いわゆる団塊の世代のはしりとなる私たちの世代が青春期をむかえた一九六〇年代までは、まだ神話的栄光に包まれたヨーロッパへの強い憧れがあり、それにひきかえ、足元の現実を描いた日本の小説などは、どうも辛気臭《しんきくさ》いような感じがして読む気にならないのだった。

それで大学に入り、専門を決める段になると、私は迷わずフランス文学をやることにし、なかでも一九世紀後半の象徴詩に熱中した。ボードレール、ランボー、マラルメといった詩人の作品に辞書と首っぴきでかじりつき、そこに色濃く立ち込める世紀末デカダンスの雰囲気に酔いしれるというような文学青年の日々をすごしていた。

だが、こうしたひたすらなヨーロッパ憧憬を根元からゆるがすような変動の季節がやがて到来した。

六八年から六九年にかけておこった大学紛争である。当時私は四年在学中でランボーについての卒論を準備していたが、たちまち卒論どころでない混乱に巻き込まれ、駒場寮に立て籠ったり、安田講堂事件にぶつかったりするうちに卒業延期となり、進学を予定していた仏文科の大学院に入ることもかなわず、浪々として一年間を送った。

この激動の日々にさらされ、学問することの意味はなにかというような議論を自問自答するうちに、さすが能天気なフランスかぶれの私も、そうした自分の姿をかえりみざるをえなくなった。いくらまだ見ぬフランスに恋い焦がれ、日本人を廃業してフランス人に宗旨替えするぐらいの意気込みであっても、所詮それはかなわぬ片思いであって、黒い髪と目を金髪碧眼《へきがん》に変えられるわけもない。そうした落差、現実をこそ正面から見つめ、取り組むべき課題とすべきではないかと自分なりに考え始め、やがて、それまでのフランス文学から比較文学に志望を変更するに至ったのである。そしてそれと共に、これまでろくに見向きもしないできた日本文学をちゃんと読んでみたい、とりわけ自分を依然として呪縛してやまないフランス文学の魅力に対抗しうるようなものをなんとか見つけだしてみたいと思い、古事記から現代文学まで、あれこれと読みあさるうちに川端文学に出会ったのだった。

何故、古事記でも源氏でも漱石でもなく川端だったのか。それぞれの魅力があったなかで、とりわけ川端に私がひきつけられたのは、川端のうちに、自分のかかえている問題に切実に響いてくるふたつのことがらを見出したからだった。ひとつは、新感覚派モダニストとして西欧近代文化の圧倒的な影響から出発しながらやがて『雪国』以降伝統日本文化の奥深く入っていったということ、もうひとつは、戦争と敗戦という危機を『山の音』を頂点とする作品群によって乗り越えたということである。世代こそ異なるが、このふたつの問題は、戦後生まれの私が当時出合っていた問題に通じるものだった。そして私は川端に読み耽り、その茫々ととらえどころのないような作風に当惑しながらも入りこんでいった。ちょうどノーベル賞受賞後まもなく、川端ブームがまだ続いている頃だった。

それから三島由紀夫の自決や川端の都知事選応援などの出来事があった後、一九七一年の秋から私は三年間の予定でフランスに留学することになった。パリに到着し、ソルボンヌ大学に出向いて登録手続きをすませ、これから始まる新年度の授業予定を調べてみて私は驚いた。フランスでは、大学教授資格を認定する国家試験が毎年おこなわれており、各年度の初めに、その年の課題、作家、作品などが発表され、それに沿って、各大学では受験対策用の授業が組まれるのが通例だが、その年は、たまたま近代文学の部門で、世界各地の特色ある都市を舞台にした小説を比較する「都市と文学」という課題が設定され、そこにドスパソスの『マンハッタン乗り換え駅』などと並んで川端の『古都』がとりあげられていたのである。

私の指導教授である比較文学の大家エチアンブル教授もこの課題にむけての演習を開講することになっており、当然私も参加することになった。大学近くの書店にはフランス語訳『古都』（“kyôto”）や、エチアンブル教授と東洋語学校日本科のオリガス教授が協力して著した解説書などが並んでおり、それらを買い込んで私は準備にあたった。私が寄宿していた高等師範学校で知り合いになった、日本に興味をもつ学生のヤンと議論しながら進めていったこの作業は面白かった。

それまで日本で、日本語原文で読んできた『古都』を、フランスで、フランス語訳で、フランス語で議論しながら読み直してみると、あらためて、この作品の変わらざる本質が新しい光に照らされてくっきりと浮かびあがってくるようだった。『古都』の魅力の大きな部分を占める祭や場所、京言葉などの固有微妙なニュアンスは、外国語訳では根こそぎといってよいほど、削ぎ落とされてしまう。さらに、京都を具体的に知らず、異質な風土に暮らす外国人がこの翻訳を読んで受け取るイメージは一層掛け離れたものとなる。その落差は愕然とさせられるほどのものだったが、そうした落差を通じてこそ見えてくるものもあるのだ。

言ってみれば、肉を削ぎとられて骨ばかりになった無残な姿に、『古都』という作品の裸の骨格が透けて見えてくるのである。その骨格とは、本書の『古都』を論じた章にくわしく記したが、この町の風土こそが物語の主人公であるということである。風土のニュアンスが翻訳では削ぎ落とされるといっておきながら奇妙な逆説を弄するようだが、そうしたニュアンスが削ぎ落とされれば落とされるほど、その背後に潜む作家の風土への執念があらわになってくるのである。人物たちの劇をだしにしてまで風土の物語を紡ごうとする執念である。私と議論を続けたヤンはしきりにそのことを言い、これは小説ではない、なにか根本的に欠落したものがある、あるいはそれこそが西欧にはない日本固有の文化なのだろうか、それはフランス人である自分には理解できないものであり、恐ろしいと同時に魅惑されると語り続けた。その感想を聞きながら私は、日本で読んでいた時には気づかなかった黒々とした深淵がこの愛らしい物語の背後にぽかりと開けるのを感じた。

秋から冬にかけての演習も終わり、復活祭の休暇も明けて、そろそろパリにも本格的な春が始まろうとしていた頃だろうか、寄宿舎の部屋で聞いていたラジオのニュースで私は川端の自殺を知った。テレビでも報道されたということだったが、私は知らなかった。翌日、新聞を見ると、かなり詳しい記事が出ていて、とりわけ高級紙として知られるルモンドには、ロベールルギランの行き届いた解説が掲載されていた。しかし、所詮、遠く離れた異国の作家の死などは一過性のニュースにとどまって、それ以上、格別の反応はなかった。日本の出版社にいる友人から電話がかかってきて、日本では大変な騒ぎだと聞くと、そうだろうと見当はついたが、自分自身、遠く離れた所にいてあまり実感はなかった。自殺というのは予想していたわけではないが、驚きもしなかった。ただ、そうだったのかと、この数年自分なりに関心をもってきた川端、とりわけ戦後の川端を静かにふりかえってみた。

日本の大学院で修士課程在学中のままやってきた私は、留学一年目にフランスでの修士論文にあたるものを「小林秀雄と中原中也のランボー日本語訳」という題目で提出した後、二年目からは博士課程に進学して、新たな題目で博士論文を準備することになった。フランスでの一年間、とりわけ『古都』の演習や川端の死などを経て、私は、日本文学、日本人の発想の特性を、フランス文学、フランス人の発想のそれと対比することによって浮き彫りにする、そのための具体例として、川端を二十世紀フランスを代表する大作家プルーストと対比するという計画をたてて、指導にあたるエチアンブル教授のもとに相談に行った。

だが、色よい返事はもらえなかった。フランスを発祥の地とする当時までの比較文学の方法論では、影響とか模倣とか、なんらかの近似性、同質性を軸とする関係を実証していくというのが本道で、対照性、異質性をとりあげるなどというのは邪道だ、ましてや川端とプルーストなど、あまりに掛け離れて、客観的な比較のしようがない、大風呂敷をひろげて収拾がつかなくなるにきまっているというのが教授の意見だった。

いかにももっともな判断だが、しかし私の方も引き下がらなかった。もっとまともなテーマできちんとした論文を仕上げる方が賢明だとわかっていても、自分の中に渦巻いているものを抑えることができなかった。収拾がつかなくなることはわかっていたが、それでも、考えられるだけこの問題を考えてみたかった。そう訴えると、教授は、あきれた、勝手にしろという表情で、やれるだけやってみろと相談をうちきった。

それから残り二年近くの留学期間を、私は、川端とプルーストをちゃんぽんに読んですごした。ろくにノートもとらず、夢想のふくらむまま続けられたこの作業は、案の定、全く収拾のつかないまま、具体的な博士論文計画作成にまでもいたらずにおわった。予備的な論文ひとつ書けなかった。博士号などは夢のまた夢となった。私の留学は無残な姿をさらして中絶した。

だが、その結果として、留学から帰った後も、ずっとこの問題を私はかかえ続けることになった。しだいに他のテーマに興味が移って、川端やプルーストを読むことも間遠になり、ふだんは思い出しもしなくなったが、なにかの折りにふと蘇ってくると、なまなましく問題意識がうずき、その時とりかかっているテーマとぶつかりあって、様々な夢想をひきおこした。

そうやって長い時間がすぎていき、さすがに、日本人の発想とフランス人の発想を川端とプルーストを具体例として対比してみるというような計画がやはり若気の至り、大風呂敷の誇大妄想だったということは私も悟り、諦めるようになった。しかし、その見果てぬ夢の断片として、川端のうちにみられる日本人の発想特質をささやかなりとも掘り起こしてみたいという気持ちは残った。とりわけ、民俗学に関心が芽生え、そうした関心から日本各地を訪れるうちに、その土地土地に残る風土、その風土が人におよぼす作用、また、この風土の物語の伝統を考えるようになったことが機縁で、ふたたび川端の『雪国』『山の音』『古都』などを思いおこすことがあり、あらためて川端文学と風土物語の問題を考えてみたいという気持ちはつのった。

長々と私的な事情を述べてきたが、今回、この評伝を手がけることになった動機はそのあたりとなる。無論、評伝とはいえ伝記である以上、私的な思い入れに偏りすぎることは慎まねばならず、川端の生涯と作品の大筋を歪めずにたどることを第一としたが、それでもやはり、川端康成という希有の作家の最たる特質は、近代作家でありながら、日本の伝統風土に深く根差し、この風土性を反映したところにあることを確認してみたいという気持ちが本書執筆中強くあった。

今回、この評伝執筆の機会を与えて下さった日本評伝選監修委員、編集委員諸氏とりわけ芳賀徹先生およびミネルヴァ書房社中に厚くお礼申しあげる。

二〇〇三年十月

大久保喬樹

川端康成略年譜

和暦	西暦	齢	関係事項	一般事項
明治三二	一八九九	0	6・14大阪市北区此花町一丁目七九番屋敷に、父栄吉、母ゲンの長男として生まれる（川端自筆年譜には、六月一一日生まれと記されており、本人は終生そう信じていたという）。四歳上の姉芳子がいた。栄吉は東京で医学を学んだ後、大阪で病院に勤務し、明治三十年からは開業医を営んでいた。また儒家易堂に学んで谷堂と号し、漢詩文、文人画をたしなんだ。ゲンは黒田家の出で、川端家は黒田家と代々密接な縁戚関係にあり、後年康成が養女政子をもらうのもこの関係による。川端の家には北条泰時から出ているとの言い伝えがあり、康成は栄吉の父三八郎からこのことを家系の誇りとしてくりかえし聞かされて育った。	
三四	一九〇一	2	1月父栄吉死去。母の実家黒田家のある大阪府西成	

			郡豊里村に移った。	
三五	一九〇二	3	1月母ゲン死去。祖父三八郎、祖母カネに引き取られ、大阪府三島郡豊川村大字宿久庄に移る。姉芳子はその前に母の妹タニの嫁ぎ先である秋岡家に預けられており、姉弟別れて暮らすことになる。	1・30日英同盟成立。
三七	一九〇四	5		2・10日本、ロシアに宣戦布告(日露戦争)。「新潮」刊。『藤村詩集』(島崎藤村)。
三八	一九〇五	6		9・5ポーツマス講和条約調印。
三九	一九〇六	7	豊川尋常高等小学校入学。病弱のため欠席が多かったが、成績は良く、特に作文に秀でていたという。	『坊っちゃん』(夏目漱石)。
四〇	一九〇七	8	9月祖母カネ死去。	第一次「新思潮」刊。
四二	一九〇九	10	7月姉芳子死去。別離以来一度会ったきりで、葬儀にも康成は病気のため出席できなかった。	「スバル」刊。
四三	一九一〇	11		5・25大逆事件。第二次「新思潮」・「白樺」・「三田文学」刊。
四四	一九一一	12		『雁』(森鷗外)。
四五 大正 元	一九一二	13	小学校卒業。大阪府立茨木中学校入学。毎日一里半の道を徒歩で通学し、これによって虚弱体質が改善	1・1辛亥革命。

			される。小学校上級当時から読書に熱中し始めていたが、中学に入るとさらに文学趣味が高じて、やがて小説家を志すようになり、文芸雑誌を耽読するほか、新体詩、短歌、俳句、作文などを試みるようになった。	
三	一九一四	15	**5月**祖父三八郎死去。これによって肉親すべてと死別、孤児となり、豊里村の母の実家黒田家に引き取られる。祖父の死の間際の日々を記録した『十六歳の日記』を記した。	7・28第一次世界大戦勃発。第二次「新思潮」刊。
四	一九一五	16	**1月**それまで黒田家から汽車通学していたのをやめて中学校寄宿舎に入り、卒業まで寮生活を送ることになる。内外の文学を多読、本屋への支払いがかさんで苦しむほどだった。	『羅生門』（芥川龍之介）。
五	一九一六	17	後に『少年』にまとめられる寄宿舎同室の下級生との同性愛的交友が始まる。地元の新聞社を訪ね、短文短歌等を掲載してもらった。また「文章世界」など諸雑誌に投稿を試みた。	12・9夏目漱石没。第四次「新思潮」刊。『高瀬舟』（鷗外）。『貧しき人々の群』（中条［宮本］百合子）。
六	一九一七	18	**3月**中学校卒業。一高進学を志望して上京、受験準備に励み、入学試験に合格して、**9月**文科乙類（英文）に入った。石浜金作、鈴木彦次郎らの同級生を	3・12ロシア二月革命。11・7ロシア十一月革命。『城の崎にて』（志賀直哉）。『月に吠え

			知る。寮に入るが、長くなじめなかった。多読を続け、ロシア文学、特にドストエフスキーに傾倒した。	る』（萩原朔太郎）。
七	一九一八	19	10月伊豆を旅し、旅芸人の一行と道連れになる。『伊豆の踊子』のもととなる体験である。これをきっかけとして、以後十年ほど、毎年のように湯ケ島にでかけて逗留することになる。	8・3富山県で米騒動が始まり、以後全国に波及。第五次「新思潮」・「赤い鳥」刊。
八	一九一九	20	文学仲間を通じて今東光と知り合い、その家に繁く出入りするようになった。東光の父母からは家族のように可愛がられ、父の武平からは心霊学の話を聞かされて興味を覚えた。一高「校友会雑誌」に『ちよ』を発表。	6・28ヴェルサイユ講和条約調印。
九	一九二〇	21	7月一高卒業。同月東京帝国大学文学部英文学科入学。秋、同級の石浜金作、鈴木彦次郎らに今東光を加えて第六次「新思潮」の発行を計画、菊池寛を訪ねて了解を得る。これを機縁としてその後長く菊池の恩顧を受けることになる。この年、石浜らと本郷のカフェにしばしばでかけ始める。	1・10国際連盟発足。
一〇	一九二一	22	2月第六次「新思潮」発刊。4月第二号に発表した『招魂祭一景』が好評を得て文壇登場の道筋がつく。秋から冬にかけて、カフェ・エランの伊藤初代との	7・9森鷗外没。

			婚約、破約という出来事がおこり、深い痛手を受ける。菊池寛の家で横光利一に引き合わされ、交友が始まる。「新潮」に『南部氏の作風』が掲載され、初めて稿料を得る。	
一一	一九二二	23	6月英文学科から国文学科に転科。夏、湯ケ島にこもって『湯ケ島での思ひ出』を書く。この年から、学費仕送りを断り、自活し始める。	
一二	一九二三	24	2月菊池寛の創刊した「文芸春秋」に編集同人として参加。9月関東大震災に会い、今東光、芥川龍之介と共に被災跡を見て回る。	9・1関東大震災。
一三	一九二四	25	3月大学卒業。卒業論文『日本小説史小論』の序章を『日本小説史について』と題して「芸術解放」に発表。10月横光利一、片岡鉄兵らと「文芸時代」を創刊、新感覚派として文壇に新風を吹き込む。	
一四	一九二五	26	湯ケ島湯本館に一年の大半をすごす。東京滞在中、松林秀子に初めて出会う。	5・12治安維持法施行。『檸檬』（梶井基次郎）。谷崎潤一郎訳『源氏物語』刊行開始。
一五 昭和元	一九二六	27	秀子と暮らし始める。横光、片岡らと新感覚派映画連盟を結成、サイレント映画『狂つた一頁』を製作。6月最初の作品集『感情装飾』（掌編小説集）を金	円本流行。

			星堂から出版する。秋から湯ケ島ですごし、秀子夫人が合流したほか、友人多数が訪問、滞在した。	
二	一九二七	28	梶井基次郎が訪ねてきて親しく出入りし、川端の校正を手伝ったりする。3月第二作品集『伊豆の踊子』刊行。4月横光の結婚披露に出席するため上京、そのまま東京に住むことになる。5～6月、各地に講演旅行。8月～最初の新聞小説『海の火祭』を連載。杉並の隣家に大宅壮一が移り住んできて親しくつきあうが、12月には熱海の島尾子爵の別荘に引っ越し、翌春まで滞在。	7・24芥川龍之介没。
三	一九二八	29	5月尾崎志郎の誘いをうけて大森、ついで馬込に住むことになる。犬を飼い始め、近隣の尾崎、宇野千代夫妻、萩原朔太郎、広津和郎、室生犀星ら「文士村」の一同とダンス、麻雀などに興じる。	6・29治安維持法改正。
四	一九二九	30	文芸時評を盛んに書く。9月上野桜木町に転居、浅草に繁く通うようになる。特に日本最初のレビュー劇場として旗揚げしたカジノフォウリイには楽屋にまで出入りし、座付き文芸部員や踊子などとつきあって、小説材料とするノートをとった。12月～新聞連載小説『浅草紅団』を発表、これが評判をよんで、	10・24世界恐慌始まる。『蟹工船』（小林多喜二）。

五	一九三〇	31	カジノフォウリイはにわかに盛況を呈するようになる。文化学院、日本大学に出講する。武田麟太郎、堀辰雄らをともなって浅草通いを続ける。飼い犬多数。	1・21～4・22ロンドン軍縮会議。
六	一九三一	32	カジノフォウリイの踊子梅園龍子に目をかけて本格的に洋舞を習わせる。画家古賀春江を知る。12月秀子との婚姻届を提出し、入籍。	9・18満州事変始まる。
七	一九三二	33	3月伊藤初代が訪ねてきて再会。同月、梶井基次郎死去。梅園龍子が本格的に舞踊活動を開始する。この年舞踊発表会を多く見る。また、小鳥を多く飼う。	五・一五事件。
八	一九三三	34	2月『伊豆の踊子』映画化（五所平之助監督、田中絹代主演）。7月『禽獣』を発表。10月武田麟太郎、小林秀雄、林房雄らとともに雑誌「文学界」を創刊、これによって、北条民雄、岡本かの子らの新人登場に力を尽くした。9月古賀春江死去。感慨深く、『末期の眼』を書く。	4・22鳩山一郎文相、瀧川幸辰教授の辞職を京大総長に要求（瀧川事件）。
九	一九三四	35	1月文芸懇話会が発足し、会員となる。6月水上を経て初めて湯沢を訪れる。12月湯沢再訪、『雪国』連作を書き始める。	
一〇	一九三五	36	1月文芸春秋社によって芥川賞、直木賞が創設され、そのうち芥川賞の選考委員となる。『雪国』連作の	

			分載発表が始まる。この年、発熱をくりかえし、入院しばしば。9月末〜一カ月ほど湯沢に滞在、『雪国』続篇の素材を得る。12月林房雄の誘いで鎌倉浄明寺に転居、以後終生鎌倉住まいとなる。	
一一	一九三六	37	2月欧州視察の途につく横光を見送る。7月湯沢を再訪。8月末〜9月初めて軽井沢に滞在、これ以降信州に親しむようになる。	二・二六事件。南部修太郎没。
一二	一九三七	38	5月鎌倉市二階堂に転居。6月各誌に分載してきた分に書き下ろし新稿を加えて単行本『雪国』第一版を刊行。これによって第三回文芸懇話会賞を受ける。夏を軽井沢ですごし、九月には別荘を購入。以後二十年まで、毎夏を軽井沢で送るようになる。この年、写真、ゴルフを始める。	7・7盧溝橋事件（日中戦争勃発）。『暗夜行路』（志賀直哉）。
一三	一九三八	39	4月〜改造社版『川端康成選集』全九巻の刊行を開始。本因坊秀哉名人引退碁の観戦記を六十回余にわたって新聞に掲載（6月から12月まで）。	
一四	一九三九	40	前年に引き続き、熱海、伊豆、信州等へ旅し、滞在することが多かった。また綴り方運動に深い関心をもってかかわり、豊田正子らを世に送り出した。	9・1第二次世界大戦勃発。
一五	一九四〇	41	1月秀哉名人死去、その死に顔を写真に撮る。6〜	10・12大政翼賛会発会。

一六	一九四一	42	7月小説取材をかね東海道各地を旅する。7月文芸銃後運動の講演会に出席、「事変綴方」と題して、梅園龍子の朗読に解説を付した。9月改造社版『新日本文学全集』第二巻として『川端康成集』を刊行。4月満州日日新聞の招きをうけて渡航、5月まで各地を視察。9月関東軍の招聘で再び渡満、予定日程を終えた後も自費で滞在を続けるが、開戦近しの知らせをうけて11月末に帰国。	12・8真珠湾攻撃。
一七	一九四二	43	小山書店から季刊雑誌「八雲」を刊行、その編纂代表者として島崎藤村、志賀直哉らの大家に協力依頼を行う一方、自らは『名人』を執筆掲載する。6月『満州各民族創作選集』を編集、選者の言葉を寄せた。12月8日の開戦記念日に際し、戦死者の遺文を読んで感想文『英霊の遺文』を発表した。	6・5〜7ミッドウェー海戦。
一八	一九四三	44	3月従兄黒田秀孝の三女政子（麻紗子）を養女にもらいうけるため大阪に行く（5月入籍）。このいきさつから始まって幼少時代を回顧する『故園』を執筆。4月梅園龍子の結婚の媒酌をする。同月小説『東海道』取材のため、ところどころ途中下車しながら京都まで旅する。	11・18徳田秋声没。

一九	一九四四	45	4月『故園』『夕日』などによって菊池寛賞を受賞。戦局厳しくなり、庭裏に防空壕を掘ったり、近隣の防火郡長として夜警に回るような生活となる中で源氏物語や仏典などの古典を耽読した。原稿発表の機会も途絶え、収入難から軽井沢の別荘のひとつを売却して生活費にあてたりした。年末、片岡鉄兵死去。	『花ざかりの森』（三島由紀夫）。
二〇	一九四五	46	4月海軍報道班員として鹿児島県鹿屋の海軍航空隊特攻基地を視察、この時の印象を後に『生命の樹』などに記すことになる。5月久米正雄、小林秀雄、高見順ら鎌倉在住の文士と共に蔵書を持ち寄って貸本屋鎌倉文庫を開く。8・15夫人、娘と共に終戦の玉音放送を自宅で聞く。8・17島木健作が鎌倉で死去、臨終に立ち会う。9月鎌倉文庫は出版社に発展し、東京に事務所を構えることになった。これにともない、川端は重役として勤勉に出勤、老大家たちに出版許可をもらったり、事務全般にわたって精力的に働いた。この経験が『山の音』などに生かされることになる。この年後半より、静岡から戦災で焼け出されて鎌倉にもどってきた家主の詩人蒲原有明と一年ほど同居。	2・4～11ヤルタ会談。7・26ポツダム宣言。原爆投下（8・6広島、8・9長崎）。8・15終戦。10・24国際連合成立。

二一	一九四六	47	1月三島由紀夫の訪問をうけ、その『煙草』を、鎌倉文庫から創刊した雑誌「人間」に掲載する。3月武田麟太郎死去。10月鎌倉市長谷に転居、これが終の住居となる。	5・3極東国際軍事裁判開廷。11・3日本国憲法公布。
二二	一九四七	48	ひきつづき鎌倉文庫の仕事に精勤、週三日の出勤の際には、戦後復興の東京の様子に関心をもって見て回ったりもした。2月ペンクラブ再建総会に出席。この頃から美術趣味高まり、後に国宝に指定される『十便十宜』などを手に入れる。10月『続雪国』を発表、昭和十年の『夕景色の鏡』発表以来一三年を経て『雪国』を完成。12・30横光利一死去。	
二三	一九四八	49	1・3横光の告別式に出席、弔辞を読む。3月菊池寛死去。5月～新潮社版一六巻本『川端康成全集』を刊行。五十歳の節目にあたって企画されたこの全集に川端は生涯の分岐点に立つ気構えであたり、自身で編集、各巻ごとに自作解説（後に『独影自命』としてまとめられる）をほどこした。6月志賀直哉の後をうけて日本ペンクラブ第四代会長に就任。11月新聞社の依頼で東京裁判を傍聴、傍聴記を発表した。12月完結版『雪国』を刊行。	『細雪』（谷崎）完成。

二四	一九四九	50	この年5月～『千羽鶴』、8月～『山の音』を平行して分載発表し始めた。11月広島市の招きで、ペンクラブを代表し、原爆被災跡を見て回った。	10・1中華人民共和国成立。
二五	一九五〇	51	4月ペンクラブ会員を率いて広島、長崎を訪問、広島において平和宣言を発表した。この年、鎌倉文庫倒産。	6・25朝鮮戦争勃発。
二六	一九五一	52	6月林芙美子死去。葬儀委員長をつとめる。	9・4～8サンフランシスコ講和会議。
二七	一九五二	53	2月『千羽鶴』を刊行、これによって昭和二六年度の芸術院賞を受賞した。10月大分県の招きで九州を旅行、久重高原を歩き、翌年にも同高原を再訪して『千羽鶴』の続篇『波千鳥』の舞台とすべく取材したが、ノートをおさめた鞄を紛失、結局、『波千鳥』は未完のまま終わった。	
二八	一九五三	54	5月堀辰雄死去。葬儀委員長をつとめる。夏、戦後初めて軽井沢に滞在。11月芸術院会員となる。	
二九	一九五四	55	1月『みづうみ』の連載開始。4月『山の音』を完結刊行、これによって12月野間文芸賞を受賞。	3・1ビキニ水爆実験、第五福竜丸被曝。
三〇	一九五五	56	1月サイデンステッカー抄訳による『伊豆の踊子』が『アトランティック・マンスリー』日本特集号に	

三一	一九五六	57	載った。以後、外国への紹介が盛んになる。 1月〜新潮社版十巻本『川端康成選集』刊行。	10・19日ソ国交回復。12・18日本、国連加盟。『金閣寺』(三島)。
三二	一九五七	58	3〜5月国際ペンクラブ執行委員会に出席し、ひきつづいて東京大会への出席を要請するためヨーロッパ、アジア各国を歴訪、モーリアック、エリオットらに会った。9月第二九回国際ペンクラブ東京大会開催。	
三三	一九五八	59	2月国際ペンクラブ副会長に就任。3月国際ペンクラブ東京大会開催に尽くした功績により菊池寛賞を受賞。11月〜翌年4月胆石のため入院。	
三四	一九五九	60	11月〜新潮社版一二巻本『川端康成全集』刊行。この年、一作も小説の発表がなかった。	
三五	一九六〇	61	1月〜『眠れる美女』連載開始。5月アメリカ国務省の招きをうけて訪米。7月ブラジル、サンパウロで開かれた国際ペンクラブ大会に出席。	1・19日米安保改定。12・27政府、国民所得倍増計画を決定。
三六	一九六一	62	『古都』『美しさと哀しみと』の取材、執筆のため京都下鴨に家を借りて滞在した。11月文化勲章受章。	
三七	一九六二	63	2月睡眠薬中毒治療のため入院。10月世界平和アピール七人委員会に参加。11月前年完結した『眠れる	10・22〜28キューバ危機。

			美女』によって毎日出版文化賞を受賞。	
三八	一九六三	64	4月財団法人日本近代文学館発足、監事に就任。8月～『片腕』を連載。	『午後の曳航』（三島）。
三九	一九六四	65	6月～遺作となる『たんぽぽ』連載開始。	10・10～24東京オリンピック開催。
四〇	一九六五	66	4月～NHK連続テレビ小説として『たまゆら』放送。8月高見順死去。葬儀委員長をつとめる。10月日本ペンクラブ会長を辞任。	2・7米国、北爆開始。
四一	一九六六	67	1～3月肝臓炎のため入院。	5・16中国文化大革命始まる。
四二	一九六七	68	2月中国文化大革命に対する学問芸術の自由擁護のためのアピールを、安部公房、石川淳、三島由紀夫とともに出した。7月養女麻紗子（政子）結婚。	
四三	一九六八	69	7月参議院選挙に立候補した今東光の選挙事務長を引き受け、街頭演説をおこなった。10月日本人として最初のノーベル文学賞受賞決定。12月ストックホルムでの授賞式に臨み、記念講演「美しい日本の私―その序説」をおこなった。	
四四	一九六九	70	1月初孫誕生。3～6月ハワイ大学の招きをうけて日本文学についての特別講義をおこなう。その間、アメリカ芸術文芸アカデミーの名誉会員に選ばれ、	1・19東大安田講堂に機動隊出動。

			ハワイ大学から名誉博士号を贈られる。4月～生前最後の一九巻本全集（新潮社）刊行開始。	
四五	一九七〇	71	この年、ひきつづき、顕彰をうけるため各地を回る。5月川端康成研究会発足。11月三島由紀夫割腹自殺。	3・14～9・13日本万国博覧会開催。
四六	一九七一	72	1月三島の葬儀に葬儀委員長として出席。3月東京都知事選に立候補した秦野章の応援に立つ。この年、体調思わしくなく、ひと夏を鎌倉ですごす。	6・17沖縄返還協定調印。
四七	一九七二		2月従兄秋岡義愛が死去し、その葬儀に出席するため大阪まででかけて以来体調を崩し、3月盲腸炎のため入院手術。3・17退院後、自宅で静養を続けていたが、4・16日午後、外出して仕事部屋としていた逗子マリーナ・マンションに向かい、夜になってガス自殺しているのを発見された。満七二歳十カ月だった。4・18長谷の自宅で密葬。5・27日本ペンクラブ、日本文芸家協会、日本近代文学館の合同葬が青山斎場でおこなわれた。葬儀委員長は芹沢光治良、戒名は今東光から贈られた「文鏡院殿孤山康成大居士」。	2・3～13札幌オリンピック開催。2・19～28浅間山荘事件。

本略年譜は『川端康成全集第三五巻』（新潮社昭和五八年）所収川端香男里編年譜をもとに作成した。

人名索引

あ 行

か 行

や・ら行

事項索引

あ行

か行

さ行

た行

な行

は行

著作索引

あ 行

か 行

さ 行

た 行

な　行

は　行

ま　行

や・ら行

《著者紹介》
大久保喬樹（おおくぼ・たかき）
1946年　生まれ。
東京大学教養学部フランス科から，大学院比較文学・比較文化修士課程に進学。パリ第三大学および高等師範学校に留学。
帰国後，東京工業大学助手，東京女子大学専任講師，助教授を経て，
現　在　東京女子大学日本文学科教授（近代日本文学，比較文学専攻）。
著　書　『岡倉天心』第一回和辻哲郎文化賞受賞，小沢書店，1987年。
『森羅変容』小沢書店，1996年。
『見出された「日本」』平凡社選書，2001年。
『日本文化論の系譜』中公新書，2003年，ほか。

ミネルヴァ日本評伝選
川《かわ》端《ばた》康《やす》成《なり》
——美しい日本の私——

2004年4月10日　初版第1刷発行　〈検印省略〉

定価はカバーに
表示しています

著　者　大久保　喬　樹
発行者　杉　田　啓　三
印刷者　江　戸　宏　介

発行所　株式会社　ミネルヴァ書房
607-8494 京都市山科区日ノ岡堤谷町1
電話（075）581-5191（代表）
振替口座 01020-0-8076番

共同印刷工業・新生製本

ISBN4-623-04032-1
Printed in Japan

刊行のことば

歴史を動かすものは人間であり、興趣に富んだ人間の動きを通じて、世の移り変わりを考えるのは、歴史に接する醍醐味である。

しかし過去の歴史学を顧みるとき、人間不在という批判さえ見られたように、歴史における人間のすがたが、必ずしも十分に描かれてきたとはいえない。二十一世紀を迎えた今、歴史の中の人物像を蘇生させようとの要請はいよいよ強く、またそのための条件もしだいに熟してきている。

この「ミネルヴァ日本評伝選」は、正確な史実に基づいて書かれるのはいうまでもないが、単に経歴の羅列にとどまらず、歴史を動かしてきたすぐれた個性をいきいきとよみがえらせたいと考える。そのためには、対象とした人物とじっくりと対話し、ときにはきびしく対決していくことも必要になるだろう。

今日の歴史学が直面している困難の一つに、研究の過度の細分化、瑣末化が挙げられる。それは緻密さを求めるが故に陥った弊害といえるが、その結果として、歴史の大きな見通しが失われ、歴史学を通しての社会への働きかけの途が閉ざされ、人々の歴史への関心を弱める危険性がある。今こそ歴史が何のためにあるのかという、基本的な課題に応える必要があろう。評伝という興味ある方法を通じて、解決の手がかりを見出せないだろうかというのも、この企画の一つのねらいである。

狭義の歴史学の研究者だけでなく、多くの分野ですぐれた業績をあげている著者たちを迎えて、従来見られなかった規模の大きな人物史の叢書として、「ミネルヴァ日本評伝選」の刊行を開始したい。

平成十五年（二〇〇三）九月

ミネルヴァ書房

ミネルヴァ日本評伝選

企画推薦
梅原　猛
ドナルド・キーン
佐伯彰一
角田文衞

監修委員
上横手雅敬
芳賀　徹

編集委員
石川九楊
伊藤之雄
猪木武徳
今谷　明
今橋映子
熊倉功夫
佐伯順子
坂本多加雄
武田佐知子
竹西寛子
西口順子
兵藤裕己
御厨　貴

上代

卑弥呼　古田武彦
日本武尊　西宮秀紀
蘇我氏四代　遠山美都男
聖徳太子　仁藤敦史
斉明天皇　武田佐知子
天武天皇　新川登亀男
持統天皇　丸山裕美子
阿倍比羅夫　熊田亮介
柿本人麻呂　古橋信孝
聖武天皇　本郷真紹
光明皇后　寺崎保広
孝謙天皇　勝浦令子
藤原不比等　荒木敏夫
吉備真備　今津勝紀
道　鏡　吉川真司
大伴家持　和田　萃
行　基　吉田靖雄

平安

桓武天皇　井上満郎
嵯峨天皇　西別府元日
宇多天皇　古藤真平
醍醐天皇　石上英一
村上天皇　京樂真帆子
花山天皇　上島　享
三条天皇　倉本一宏
後白河天皇　美川　圭
小野小町　錦　仁
菅原道真　竹居明男
紀貫之　神田龍身
慶滋保胤　平林盛得
安倍晴明　斎藤英喜
藤原道長　朧谷　寿
清少納言　後藤祥子
紫式部　竹西寛子
和泉式部　ツベタナ・クリステワ
大江匡房　小峯和明
式子内親王　奥野陽子
建礼門院　生形貴重
阿弖流為　樋口知志
坂上田村麻呂　熊谷公男
*源満仲・頼光　元木泰雄
平将門　西山良平
平清盛　田中文英
藤原秀衡　入間田宣夫
空　海　頼富本宏
最　澄　吉田一彦
源　信　小原　仁
守覚法親王　阿部泰郎

鎌倉

源頼朝　川合　康
源義経　近藤好和
後鳥羽天皇　五味文彦
北条時政　野口　実
*北条政子　関　幸彦
北条義時　岡田清一
北条時宗　近藤成一
安達泰盛　山陰加春夫
竹崎季長　堀本一繁
西　行　光田和伸
藤原定家　赤瀬信吾
*京極為兼　今谷　明
兼　好　島内裕子
重　源　横内裕人

運慶　根立研介
法然　今堀太逸
慈円　大隅和雄
明恵　西山　厚
親鸞　末木文美士
恵信尼・覚信尼　西口順子
道元　船岡　誠
叡尊　細川涼一
忍性　松尾剛次
*日蓮　佐藤弘夫
一遍　蒲池勢至
夢窓疎石　田中博美
宗峰妙超　竹貫元勝

南北朝・室町

後醍醐天皇　上横手雅敬
護良親王　新井孝重
北畠親房　岡野友彦
楠正成　兵藤裕己
新田義貞　山本隆志
足利尊氏　市沢　哲
佐々木道誉　下坂　守

円観・文観　田中貴子
足利義満　川嶋将生
足利義教　横井　清
大内義弘　平瀬直樹
日野富子　脇田晴子
世阿弥　西野春雄
雪舟等楊　河合正朝
宗祇　鶴崎裕雄
満済　森　茂暁
一休宗純　原田正俊

戦国・織豊

北条早雲　家永遵嗣
毛利元就　岸田裕之
今川義元　小和田哲男
武田信玄　笹本正治
三好長慶　仁木　宏
上杉謙信　矢田俊文
吉田兼倶　西山　克
織田信長　三鬼清一郎
豊臣秀吉　藤井讓治
前田利家　東四柳史明

蒲生氏郷　藤田達生
伊達政宗　伊藤喜良
支倉常長　田中英道
北政所おね　田端泰子
淀殿　福田千鶴
ルイス・フロイス　エンゲルベルト・ヨリッセン
*長谷川等伯　宮島新一
顕如　神田千里

江戸

徳川家康　笠谷和比古
徳川吉宗　横田冬彦
後水尾天皇　久保貴子
以心崇伝　杣田善雄
池田光政　倉地克直
シャクシャイン　岩崎奈緒子
田沼意次　藤田　覚
林羅山　鈴木健一
山崎闇斎　澤井啓一
北村季吟　島内景二

ケンペル　ボダルト・ベイリー
雨森芳洲　上田正昭
前野良沢　松田　清
平賀源内　石上　敏
杉田玄白　吉田　忠
上田秋成　佐藤深雪
大田南畝　沓掛良彦
菅江真澄　赤坂憲雄
鶴屋南北　諏訪春雄
良寛　阿部龍一
滝沢馬琴　高田　衛
山東京伝　佐藤至子
平田篤胤　川喜田八潮
シーボルト　宮坂正英
横井小楠　源　了圓
本阿弥光悦　岡　佳子
小堀遠州　中村利則
尾形光琳・乾山　河野元昭
二代目市川團十郎　田口章子
与謝蕪村　佐々木丞平

伊藤若冲　狩野博幸
鈴木春信　小林　忠
円山応挙　佐々木正子
*佐竹曙山　成瀬不二雄
葛飾北斎　岸　文和
酒井抱一　玉蟲敏子
西郷隆盛　草森紳一
*吉田松陰　海原　徹
和　宮　辻ミチ子

近代

明治天皇　伊藤之雄
大久保利通　三谷太一郎
山県有朋　鳥海　靖
木戸孝允　落合弘樹
井上　馨　高橋秀直
松方正義　室山義正
北垣国道　小林丈広
伊藤博文　坂本一登
井上　毅　大石　眞
桂　太郎　小林道彦
林　董　君塚直隆
高宗・閔妃　木村　幹
高橋是清　鈴木俊夫
小村寿太郎　簑原俊洋
加藤高明　櫻井良樹
田中義一　黒沢文貴
平沼騏一郎　堀田慎一郎
宮崎滔天　榎本泰子
浜口雄幸　川田　稔
幣原喜重郎　西田敏宏
関　一　玉井金五
広田弘毅　井上寿一
安　重根　上垣外憲一
グルー　廣部　泉
東條英機　牛村　圭
蔣　介石　劉　岸偉
乃木希典　佐々木英昭
加藤友三郎・寛治　麻田貞雄
宇垣一成　北岡伸一
石原莞爾　山室信一
五代友厚　田付茉莉子
安田善次郎　由井常彦
渋沢栄一　武田晴人
武藤山治　阿部武司・桑原哲也
小林一三　橋爪紳也
大原孫三郎　猪木武徳
イザベラ・バード　加納孝代
林　忠正　木々康子
森　鷗外　小堀桂一郎
二葉亭四迷　ヨコタ村上孝之
島崎藤村　十川信介
泉　鏡花　東郷克美
有島武郎　亀井俊介
永井荷風　川本三郎
北原白秋　平石典子
菊池　寛　山本芳明
宮澤賢治　千葉一幹
正岡子規　夏石番矢
P・クローデル　内藤　高
高浜虚子　坪内稔典
与謝野晶子　佐伯順子
種田山頭火　村上　護
斎藤茂吉　品田悦一
*高村光太郎　湯原かの子
萩原朔太郎　エリス俊子
原阿佐緒　秋山佐和子
高橋由一・狩野芳崖　古田　亮
竹内栖鳳　北澤憲昭
黒田清輝　高階秀爾
中村不折　石川九楊
横山大観　高階秀爾
橋本関雪　西原大輔
小出楢重　芳賀　徹
中山みき　鎌田東二
ニコライ　中村健之介
出口なお・王仁三郎　川村邦光
島地黙雷　阪本是丸
新島　襄　太田雄三
澤柳政太郎　新田義之
河口慧海　高山竜三
大谷光瑞　白須淨眞

李　方子　小田部雄次
徳富蘇峰　杉原志啓
久米邦武　髙田誠二
岡倉天心　木下長宏
内藤湖南・桑原隲蔵　礪波　護
岩村　透　今橋映子
西田幾多郎　大橋良介
喜田貞吉　中村生雄
上田　敏　及川　茂
柳田国男　鶴見太郎
厨川白村　張　競
辰野　隆　金沢公子
矢内原忠雄　等松春夫
薩摩治郎八　小林　茂
福地桜痴　山田俊治
田口卯吉　鈴木栄樹
陸　羯南　松田宏一郎
竹越與三郎　西田　毅

宮武外骨　山口昌男
吉野作造　田澤晴子
野間清治　佐藤卓己
北　一輝　宮本盛太郎
北里柴三郎　福田眞人
南方熊楠　飯倉照平
寺田寅彦　金森　修
J・コンドル　鈴木博之
小川治兵衛　尼崎博正

現代

昭和天皇　御厨　貴
吉田　茂　中西　寛
マッカーサー　柴山　太
重光　葵　武田知己
和田博雄　庄司俊作
竹下　登　真渕　勝
松永安左ヱ門　橘川武郎
鮎川義介　井口治夫

松下幸之助　米倉誠一郎
本田宗一郎　伊丹敬之
井深　大　武田　徹
幸田家の人々　金井景子
正宗白鳥　大嶋　仁
*川端康成　大久保喬樹
松本清張　杉原志啓
R・H・ブライス　菅原克也
金　素雲　林　容澤
柳　宗悦　熊倉功夫
バーナード・リーチ　鈴木禎宏
イサム・ノグチ　酒井忠康
川端龍子　岡部昌幸
藤田嗣治　林　洋子
手塚治虫　竹内長武
山田耕筰　後藤暢子
武満　徹　船山　隆

西田天香　宮田昌明
安倍能成　中根隆行
G・サンソム　牧野陽子
和辻哲郎　小坂国継
青木正児　井波律子
矢代幸雄　稲賀繁美
石田幹之助　岡本さえ
平泉　澄　若井敏明
前嶋信次　杉田英明
竹山道雄　平川祐弘
保田與重郎　谷崎昭男
佐々木惣一　松尾尊兊
*瀧川幸辰　伊藤孝夫
福本和夫　伊藤　晃
フランク＝ロイド・ライト　大久保美春

*は既刊
二〇〇四年三月現在